007 James Bond
Liebesgrüße aus Athen

Jubiläums-Edition

Robert Markham

007 James Bond
Liebesgrüße aus Athen

Jubiläums-Edition

Scherz
Bern – München – Wien

Sonderausgabe 1992
Einzig berechtigte Übertragung aus dem Englischen
von Norbert Wölfl
Titel des Originals: »Colonel Sun«

1

James Bond stand am achtzehnten Loch des neuen Golfplatzes von Sunningdale und genoß den ruhigen sonnigen Septembernachmittag. Der alte Golfplatz mit seinen majestätischen Eichen und Fichten war zwar landschaftlich schöner, aber der neue mit seinen freien Strecken und den wesentlich schwierigeren Passagen sagte ihm mehr zu. Den Hundertfünfzig-Meter-Drive vorhin, der vollen körperlichen Einsatz erforderte, hatte er zu seiner Freude fertiggebracht, ohne daß die alte Narbe ihm zu schaffen machte, wo Scaramangas Revolverkugel seinen Magen durchschlagen hatte.

Ganz in der Nähe wartete Bonds Partner und zugleich bester Freund im Secret Service, Till Tanner, bis er an die Reihe kam. Tanner war M's Stabschef und im Augenblick stark überarbeitet, wie die dunklen Ringe unter seinen Augen und die tief eingekerbten Linien um Mund und Nase verrieten. Bond freute sich, daß er ihn zu einem Ausflug aufs Land hatte überreden können. Jetzt griff Tanner zu seinem neuen Ben-Hogan-Driver, den er schon lange hatte ausprobieren wollen. Konzentriert setzte er zum Schlag an. Es ging um keinen Einsatz bei diesem Spiel, aber es war einfach nicht seine Art, irgend etwas halb zu tun.

Die Sonne brannte, Insekten summten über den Rasen. Bond fragte sich wieder einmal, ob dies nicht die bessere Art zu leben sei: ein ausgiebiges Mittagessen, dann eine wenig anstrengende Partie Golf mit einem guten Freund, anschließend die gemütliche Rückfahrt nach London, ein kleines Abendessen zu Hause, ein paar Runden Pikett mit einem anderen Freund – 016 von der Station B, der gerade für einen zehntägigen Urlaub aus

West-Berlin nach London gekommen war –, danach um halb zwölf ins Bett. Das war sicher vernünftiger als der Alkohol und die Aufputschmittel, mit denen er sich noch vor zwei Jahren, vor seiner Odyssee durch Japan und Rußland, auf den Beinen gehalten hatte. Er trat vor und griff nach seinem Schläger. Ein seltsamer Gedanke zuckte ihm durch den Kopf: Vielleicht gibt es eine schlimmere Sünde als die Langeweile: Selbstzufriedenheit. Sich mit Zweitklassigem begnügen. Schlapp werden.

Der Mann mit der ungewöhnlich großen, dunklen Sonnenbrille hatte auf dem Weg zum Green keine Schwierigkeiten, den Golfspieler zu identifizieren, der am Abschlag des achtzehnten Lochs stand. In den vergangenen Wochen war er oft gezwungen gewesen, ihn aus viel größerer Entfernung wiederzuerkennen. Ihm blieb nicht mehr viel Zeit. Das schärfte seinen Blick.
Für den Fall, daß ein Clubmitglied ihn ansprechen sollte, hatte der Fremde mit der dunklen Brille schon eine Ausrede parat: Er suchte einen gewissen John Donald, von dem er wußte, daß er sich gegenwärtig in Paris aufhielt. Aber niemand kümmerte sich um ihn. Das war nicht weiter verwunderlich; denn er war in einem ebenso langwierigen wie kostspieligen Kurs darauf geschult worden, nicht aufzufallen.
Er schlenderte über den Golfplatz und schien mit völlig unbeteiligter Miene die Blumenbeete zu bewundern. Innerlich war er alles andere als gelassen.
Das heutige Unternehmen war schon dreimal angesetzt und in letzter Minute wieder abgeblasen worden. Die Zeit wurde so knapp, daß ein völliger Fehlschlag drohte, wenn es heute nicht klappte. Das wäre ihm nicht nur aus politischen Gründen unangenehm gewesen, sondern es hätte ihn auch in seinem Berufsstolz schwer getroffen.
Es ging um nicht mehr und nicht weniger als den tollkühnsten Handstreich, der ihm jemals zu Ohren gekommen war. Wenn er gelang, war ihm eine Beförderung sicher. Wenn er allerdings fehlschlug . . .
Der Mann mit der dunklen Brille fröstelte plötzlich. Das lag nicht nur an der abendlichen Kühle, die sich über den Golfplatz senkte. Aber dieser Augenblick ging rasch vorüber. Nach seinem Zeitplan hatte er schon eine halbe Stunde Verspätung, und

die konnte sich als verhängnisvoll erweisen. Dieser James Bond hatte einfach zu viel Zeit zum Essen in dem versnobten Landgasthof gebraucht.
Ein rascher Blick sagte ihm, daß die Engländer ihr kindisches Spielchen beendet hatten und rasch weggingen. Es wurde still. Auf dem Parkplatz wurde ein Motor angelassen. Irgendwo am Himmel brummte eine Düsenmaschine. Eine Turmuhr schlug.
Obwohl der Mann sich unbeobachtet glaubte, spielte er seine Pantomime: den Wartenden, dem die Zeit zu lang wird. Er ging auf die Straße zu und nahm die Brille ab. Gelassen schob er sie in die Brusttasche seines unauffälligen grauen Anzugs. Seine Augen bildeten mit ihrem verwaschenen Blau einen seltsamen Kontrast zu dem schwarzen Haar. In ihnen lag die kühle Aufmerksamkeit eines Scharfschützen, der zu seinem Gewehr greift.

»Hältst du's für möglich, daß ich zu weich werde, Bill?« fragte James Bond zwanzig Minuten später an der Bar.
Bill Tanner lächelte. »Ärgern dich die zwei Punkte Rückstand?«
»Nein. Mir geht's um ernstere Dinge. Es fängt schon damit an, daß ich unterbeschäftigt bin. Was war denn los in diesem Jahr? Ein Höflichkeitsbesuch in Amerika und dann die Panne in China.«
»Na, es war schließlich nicht deine Schuld, daß du zu spät gekommen bist und man unseren Mann mit abgeschnittenem Kopf im Hafenviertel von Hongkong fand.«
Bond starrte in sein Ginglas. »Nein, das ist es nicht. Mehr Kummer macht es mir, daß mich die Sache kaum berührt hat. Im Gegenteil: ich war froh, daß mir die Anstrengung erspart blieb. Etwas stimmt da nicht.«
»Physisch fehlt dir jedenfalls nichts. Du bist besser in Form als in den letzten paar Jahren.«
Bond sah sich in dem Clubraum mit seinen gemütlichen dunkelblauen Ledersitzen um. Überall kleine Gruppen würdiger Geschäftsleute, ruhige, ordentliche Männer, die sich noch nie in ihrem Leben ungehörig oder gar gewalttätig benommen hatten. Vorbildliche Bürger – doch der Gedanke, er könnte ihnen ähnlich werden, schreckte Bond.
»Das Furchtbare ist, daß man zu einem Gewohnheitstier wird«,

fuhr er fort. »Seit ich wieder in England bin, komme ich fast jeden Dienstag um dieselbe Zeit hierher, treffe mich mit denselben Freunden, fahre um dieselbe Zeit wieder nach Hause und verbringe meine Abende ohne Abwechslung. Am schlimmsten ist aber, daß ich nichts daran finde. Ein Mann in meinem Beruf sollte nicht nach dem Stundenplan leben. Das verstehst du doch?«

»Nein, das verstehe ich nicht ganz, James«, antwortete Tanner mit leiser Ironie. »Über mangelnde Abwechslung kannst du dich doch nicht beklagen.«

»Ich meine das auch eher allgemein. Ich lebe immer mehr nach einem festen Schema. Da muß ich einfach ausbrechen.«

»Nun, dazu wird sich schon beizeiten eine Gelegenheit finden«, meinte Tanner und fügte mit einem Blick auf die Uhr hinzu: »Du mußt dich auf den Weg machen.«

Bond nickte, dann überlegte er es sich anders. »Wenn ich schon ausbrechen will, kann ich auch gleich damit beginnen! – Noch einen, Dot!« sagte er zu dem Mädchen an der Bar.

»Kommst du dann nicht zu spät zu M?« fragte Tanner.

»Er wird sich gedulden müssen. Vor Viertel nach acht Uhr ißt er nicht, und eine halbe Stunde in seiner Gesellschaft reicht völlig.«

»Wem sagst du das!« murmelte Tanner. »Im Büro gehe ich ihm möglichst aus dem Weg und rede nur noch über die Sprechanlage mit ihm. Er ist ziemlich mit den Nerven fertig, finde ich.«

Bond schwieg. M's schlechte Laune kam sicher daher, daß er seit Monaten unter einer verschleppten Erkältung litt. Nach einem Zusammenbruch im Juni hielt er sich hauptsächlich in seinem Landhaus am Rand von Windsor Park auf. Er nannte es *Zwischendeck*, und wie ein Schiff war es auch eingerichtet. Bond benutzte seine Ausflüge zum Golfplatz meist dazu, rasch auf einen Sprung bei M vorbeizuschauen; angeblich, um über geschäftliche Dinge mit ihm zu reden, in Wirklichkeit aber, um ein wenig auf die Gesundheit seines Chefs zu achten. Hammond, ein früherer Kollege, und dessen Frau pflegten M. Bei ihnen erkundigte sich Bond regelmäßig, ob M sich halbwegs nach den Vorschriften des Arztes richtete, seine Medizin nahm und auf die schwarzen Giftstengel verzichtete. M nahm diese Besuche grollend hin, zumal er vorübergehend nur an drei

Tagen in der Woche arbeiten durfte und sehr unter seiner Isolierung litt.
»Komm doch mit«, schlug Bond vor. »Ich kann dich nachher mit nach London nehmen.«
Tanner zögerte. »Lieber nicht, James. Ich erwarte einen dringenden Anruf von Station L, den ich selbst annehmen möchte.«
»Wozu haben wir einen diensttuenden Beamten? Du arbeitest so schon für zwei.«
»Hm – es ist nicht nur das.« Tanner verzog das Gesicht. »Ich würde M ohnehin nicht aufheitern. Das Haus hat etwas an sich, das mir immer eine Gänsehaut über den Rücken jagt.«
Eine Viertelstunde später hatte Bond seinen Stabschef am Bahnhof abgeliefert und bog mit seinem langen Continental Bentley von der vielbefahrenen A 30 ab. Bis zum *Zwischendeck* lagen nun noch zehn Minuten gemütliche Fahrt über kurvenreiche Nebenstraßen vor ihm.

Der Mann mit der dunklen Sonnenbrille hatte seinen gestohlenen Ford Zephyr fünfzig Schritt von der Abzweigung entfernt geparkt. Er nahm sein kleines Hitachi-Sprechfunkgerät und sprach ein einziges Wort hinein. Sieben Kilometer entfernt murmelte ein anderer Mann eine kurze Bestätigung und schaltete sein Gerät ab. Zusammen mit seinen zwei Begleitern tauchte er aus dem dichten Gebüsch auf, in dem er seit über zwei Stunden auf der Lauer gelegen hatte.
Der Mann im Zephyr blieb noch eine Minute lang still sitzen. Es lag in seiner Natur, jede unnötige Bewegung zu vermeiden, selbst in einem solchen Augenblick, wo selbst er die Spannung spürte. Sein Zeitplan hinkte bereits um fünfzig Minuten nach. Noch eine kleine Verzögerung, und die Folge würde nicht nur ein Fehlschlag, sondern eine Katastrophe sein; der Schritt, den er mit seinem Signal ausgelöst hatte, war ebenso unwiderruflich wie gefährlich. Doch sein geschulter sechster Sinn sagte ihm, daß kein weiteres Hindernis mehr auftauchen würde. Diese eine Minute war der sorgfältig berechnete Abstand, mit dem er dem Continental folgen mußte. Er ließ den Motor an und bog von der Straße ab.

Bond passierte die Grenze zur Grafschaft Berkshire und fuhr gemächlich zwischen den häßlichen Häusern dahin, die rasch aus dem Boden geschossen waren – Villen im imitierten Tudorstil, Bungalows und zweistöckige Kästen, deren Dach die unvermeidliche Fernsehantenne zierte. Nachdem er die A 329 überquert hatte, lagen diese Symbole des Wohlstands hinter ihm. Der Bentley glitt leise brummend eine schmale, sanft abfallende Straße zwischen Nadelwäldern hinunter. Bald lag links offenes Feld, rechts gepflegter Forst. Vor ihm startete – gleichsam als Widerspruch zu seinem Eindruck – eine Düsenmaschine vom Londoner Flughafen. Seine Gedanken kehrten in die Gegenwart zurück: Er mußte versuchen, M aufzuheitern. Nachher vielleicht ein paar Telefongespräche. Auf jeden Fall wollte er endlich aus seinem Alltagstrott ausbrechen ...
Mit der Routine des geübten Autofahrers fuhr er fast mechanisch. Ab und zu warf er einen Blick in den Rückspiegel. Nicht ein einziges Mal erblickte er dabei den Zephyr. Aber selbst wenn er ihn gesehen hätte, wäre ihm daran nichts Ungewöhnliches aufgefallen. Er hätte auch den Fahrer nicht wiedererkannt. Es war ihm nicht bewußt geworden, daß er seit Wochen beschattet wurde; im eigenen Land rechnen Geheimagenten eben nicht mit einer Überwachung. Es ist auch nicht schwer, einen Mann im Auge zu behalten, der ein geregeltes Leben führt und zu bestimmten Zeiten an bestimmten Orten auftaucht. Hinzu kam noch, daß der Gegenseite, der Wichtigkeit der bevorstehenden Operation wegen, ein reichliches Budget zur Verfügung stand. Sie konnten eine große Anzahl von Agenten auf Bond ansetzen und die Beobachter wechseln. Kein Gesicht tauchte so häufig in Bonds Gesichtskreis auf, daß sein Unterbewußtsein es unwillkürlich registriert hätte.
Der Bentley überquerte die Straße von Windsor nach Bagshot. Vertraute Wahrzeichen tauchten auf: das *Squirrell-Haus*, das Gestüt, die Lurex-Fabrik, die so oft M's Zorn heraufbeschwor, dann auf der rechten Seite die bescheidene Einfahrt zum *Zwischendeck*, der kurze, sehr gepflegte Kiesweg zu dem schlichten Bau aus grauen Feldsteinen, die das Alter mit einem grünlichen Schimmer überzogen hatte. Es lag im Schatten von Eichen, Buchen, Silberbirken und hohem Gebüsch. Alter wilder Wein rankte sich bis zu dem kleinen Balkon vor M's Schlafzimmer

hoch. Als Bond die Wagentür zuschlug, glaubte er hinter dem Fenster eine Bewegung zu erkennen. Zweifellos machte Mrs. Hammond gerade das Bett.
Die Bronzeglocke, die zu einem längst untergegangenen Schiff gehört hatte, dröhnte durch die Stille. Dann wurde es wieder ruhig. Nur der Wind raschelte in den Bäumen. Wahrscheinlich hatte Mrs. Hammond noch oben zu tun, und Hammond holte gerade eine Flasche von dem schweren algerischen Wein aus dem Keller, den M so liebte. Tagsüber war die Haustür nie abgeschlossen. Bond legte die Hand auf die Klinke. Die Tür gab sofort nach.
Jedes Haus hat seine eigenen typischen Geräusche – sie setzen sich aus gedämpften Stimmen, Schritten, Küchengeklapper und dem Hin und Her von Menschen bei ihrer üblichen Tätigkeit zusammen. Kaum hatte James Bond die Schwelle überschritten, sagten ihm seine geschärften Sinne, daß diese Geräusche völlig fehlten. Sprungbereit stieß er die Mahagonitür zu dem Lesezimmer auf, in dem M für gewöhnlich Besuch empfing.
Das Zimmer war leer. Wie stets herrschte peinliche Ordnung. Die Bilder, durchweg maritime Motive, hingen wie immer. Auf dem Tischchen neben der Staffelei am Fenster waren die Malutensilien ordentlich aufgereiht. Das alles wirkte unnatürlich, gekünstelt, wie in einem Museum, in dem man zu Ehren einer großen Persönlichkeit alles so belassen hat, wie es zu deren Lebzeiten gewesen war.
Bond hatte sich kaum richtig umgesehen, als die Tür zum Eßzimmer aufflog. Sie lag dem Lesezimmer genau gegenüber und hatte einen Spalt offengestanden. Ein Mann tauchte auf. Er zielte mit einer langläufigen Automatik genau auf Bonds Knie und sagte laut und deutlich: »Rühren Sie sich nicht von der Stelle, Bond! Keine Bewegung! Eine zerschossene Kniescheibe kann sehr schmerzhaft sein.«

2

Im Verlauf seiner beruflichen Karriere war James Bond schon ein paar Dutzend Male auf diese Weise bedroht worden, oft – wie in diesem Fall – von einem völlig Fremden. Er wußte, was

man in einer solchen Lage zu tun hatte: Zeit gewinnen und versuchen, etwas zu erfahren.
Es hatte keinen Sinn, Überlegungen über die Absichten dieses Fremden anzustellen oder sich über M und die beiden Hammonds Gedanken zu machen. Im Vordergrund stand jetzt die Pistole. Bond erkannte auf den ersten Blick die 9-mm-Luger mit Schalldämpfer. Eine Kugel dieses Kalibers wiegt eine ganze Menge, fliegt an der Grenze der Schallgeschwindigkeit und hat eine ungeheure Durchschlagskraft. Wenn sie ihn irgendwo in die Kniegegend traf, konnte er sicher sein, daß er nie wieder richtig gehen können würde. Es war die Waffe eines Profis.
Der Mann hatte ein hageres, knochiges Gesicht und einen schmalen Mund. Er trug einen leichten dunkelblauen Anzug und glänzende Schuhe. Eigentlich wirkte er mehr wie ein leitender Angestellter einer Werbeagentur oder beim Fernsehen, ein junger Mann mit großer Zukunft und Anziehungskraft auf Frauen. Er war fast ebensogroß wie Bond und schmaler. Das bedeutete vielleicht einen kleinen Vorteil bei einer handgreiflichen Auseinandersetzung, wenn man ihn in eine solche verwikkeln konnte. Beunruhigend war die Sparsamkeit seiner Gesten und seiner Worte; blieb sachlich, übertrieb nicht und vermied vor allem die für einen Amateur so typische affektierte Nonchalance. Das war das sicherste Anzeichen für den Profi, der mit seiner Waffe umzugehen verstand und auch nicht zögern würde, notfalls zu schießen.
Alle diese Gedanken zuckten Bond in Sekunden durch den Kopf. Da hörte er auch schon einen Wagen in den Kiesweg einbiegen. Hoffnung flackerte in ihm auf. Doch der Mann mit der Luger wandte nicht einmal den Kopf zur Seite. Er schien zu wissen, daß Freunde und nicht Feinde kamen. Rasche Schritte, das Klappen der Haustür – dann trat ein zweiter Mann ein. Er beachtete Bond nicht, sondern fuhr sich mit der Hand über den dichten schwarzen Haarschopf und zog aus der Hüfttasche eine genau gleich aussehende Luger mit Schalldämpfer. Wie in einem genau abgesprochenen Manöver trat er ein paar Schritte zurück und blieb am Fuß der Treppe stehen.
»Treppe rauf, aber schön langsam!« befahl der erste, hagere Mann im gleichen sachlichen Ton wie zuvor.
Es ist schon schwierig genug, aus einem Zimmer im Erdgeschoß

zu entkommen, wenn man von zwei bewaffneten Gegnern bewacht wird; praktisch hoffnungslos wird die Lage, wenn der Schauplatz des Geschehens ins Obergeschoß verlegt wird und sich unten im Flur oder auf dem Treppenabsatz bewaffnete Posten befinden. Das war Bond sofort klar, trotzdem gehorchte er. Der Hagere ging Schritt um Schritt rückwärts und behielt immer dieselbe Entfernung bei. Der Mann mit dem schwarzen Haar stand auf dem ersten Treppenabsatz und zielte mit seiner Luger unverwandt auf Bonds Knie. Kein Zweifel: es waren Profis.

Bond schaute sich um. Im Flur sah alles wie immer aus – die schimmernde Täfelung, das maßstabgetreue Modell von M's letztem Schiff, dem Kreuzer *Repulse*, sein altmodischer Überzieher, achtlos an einen Haken der Garderobe gehängt. Ihm wurde klar, daß er da in eine böse Sache geraten war, noch dazu unbewaffnet. Die beiden Männer waren offensichtlich fest entschlossen, ihn anzuschießen, notfalls auch zu töten. In Friedenszeiten riskiert man so etwas nur, wenn sehr viel auf dem Spiel steht. Aber worum ging es eigentlich?

Er stieg mechanisch den abgetretenen olivgrünen Treppenläufer hinauf. Der schwarzhaarige Revolvermann ging vor ihm her, der andere folgte ihm; beide wahrten sie sicheren Abstand.

»Da rein!«

Diesmal war es der Schwarzhaarige, der den Befehl aussprach. Der andere wartete auf der Treppe. Bond betrat M's Schlafzimmer, einen hohen, luftigen Raum mit schönen Brokatvorhängen vor der Balkontür, die jetzt zurückgezogen waren.

Und dann erblickte er M selbst.

M hockte mit gebeugten Schultern auf dem Chippendalestuhl neben seinem Bett. Seine Hände baumelten zwischen den Knien, er wirkte um zehn Jahre gealtert. Nach ein paar Sekunden hob er langsam den Blick, schien Bond aber nicht zu erkennen. Seine Augen blieben ausdruckslos, sie hatten ihre gewohnte frostige Klarheit verloren. Seinen halbgeöffneten Lippen entfuhr ein unartikulierter Laut – vielleicht Verwunderung, eine Frage, eine Warnung.

Adrenalin wird von zwei kleinen Drüsen an der Oberseite der Nieren produziert; ihr Sekret bewirkt das Gefühl von Furcht in uns, das je nachdem Flucht oder Kampfbereitschaft auslöst. Bei

M's Anblick begann Bonds Nebennierenmark sofort Adrenalin in seinen Blutkreislauf zu pumpen; sein Atem ging schneller, sein Blut nahm mehr Sauerstoff auf, seine Härchen im Nacken stellten sich auf. Dabei überkam ihn ein eigenartiges Hochgefühl er wußte, daß er noch nicht verweichlicht war. Daß er immer noch kämpfen konnte, wenn es darauf ankam.
Eine neue Stimme; unauffällig, ohne merkbaren Akzent, sachlich und farblos wie die Stimmen der beiden anderen Männer: »Keine Sorge, Bond, Ihrem Chef ist nichts zugestoßen. Er steht nur ein wenig unter dem Einfluß von Drogen, weil er so gefügiger ist. Sobald die Wirkung nachläßt, ist er wieder ganz der alte. Sie werden jetzt dieselbe Injektion bekommen. Sollten Sie sich widersetzen, wird mein Assistent Ihnen die Kniescheibe zerschießen. Wie Sie wissen, wären Sie dann völlig hilflos. Die Injektion schmerzt nicht. Halten Sie Ihre Füße still und lassen Sie die Hose herunter!«
Der Mann war stämmig, Mitte Vierzig, blaß und fast kahl. Er hatte eine Hakennase und wirkte auf den ersten Blick ebenso unauffällig wie seine beiden Helfer. Bei näherem Hinsehen fiel etwas an seinen Augen auf – die Lider waren ungewöhnlich lang. Auch ihm schien das bewußt zu sein, denn beim Sprechen hob und senkte er sie unablässig. Diese Angewohnheit wirkte aber nicht affektiert, sondern auf seltsame Art verwirrend.
Bond registrierte automatisch die Position seiner Gegner: Der eine Revolvermann stand ihm gegenüber, der andere bewachte draußen auf der Treppe die Tür; der Kahle lehnte mit dem Rücken am Fenster zum Balkon, und ein vierter, anscheinend ein Arzt, machte sich am Bett mit einer Injektionsnadel zu schaffen. Zwei Probleme beschäftigten Bond: Etwas an den Worten des Mannes am Fenster stimmte nicht – was war das? Und war da nicht irgendeine Kleinigkeit mit den Fenstern, was die vier Männer nicht wissen konnten, das ihm aber nützlich sein würde, wenn es ihm nur wieder einfiele?
»Los!«
Der Mann klimperte befehlend mit den zu großen Lidern. Die Stimme klang noch genauso gleichmütig und gelassen.
Bond zögerte.
»Ihre Verzögerungstaktik hilft Ihnen absolut nicht weiter. Ich gebe Ihnen genau fünf Sekunden. Wenn Sie sich dann noch

weigern, werden Sie außer Gefecht gesetzt, und wir können Ihnen in aller Ruhe die Injektion verpassen.«
Das bedrohliche Countdown störte Bond überhaupt nicht. Noch ehe es beendet war, hatte er die Lösung seines ersten Problems gefunden. Die Befehle des Kahlen enthielten einen Widerspruch: Einem ohnehin schon hilflosen Mann brauchte man keine Injektion zu geben, um ihn hilflos zu machen. Warum schossen sie ihn nicht gleich zum Krüppel? Das wäre einfacher, gefahrloser und rascher gewesen. Die Sache mit der Injektion war weitaus komplizierter. Die Antwort war: Sie brauchten ihn unverletzt! Die Drohung mit der Kugel war wahrscheinlich nur ein Bluff. Wenn er sich in diesem Punkt irrte, dann würden die Folgen äußerst schmerzhaft sein. Aber eine andere Möglichkeit sah er nicht.
Die Stimme hatte bis fünf gezählt, Bond rührte sich immer noch nicht. In der Stille, die nun folgte, gab M einen zweiten unartikulierten Laut von sich.
»Los!« befahl der Kahle.
Ruckartig wurden Bond beide Arme nach hinten gerissen und auf den Rücken gedreht. Er hatte nicht bemerkt, daß der eine Revolvermann hereingekommen und leise hinter ihn getreten war. Noch bevor der Polizeigriff voll wirksam wurde, trat Bond nach hinten aus und traf sein Ziel. Er bekam einen Arm frei. Sofort packte der Schwarzhaarige zu.
Bei dem Kampf, der nun folgte, stand es zwar zwei gegen einen, aber die Chancen waren ziemlich ausgeglichen; denn erstens stärkte Bond das Bewußtsein, richtig getippt zu haben, und zweitens verlieh ihm das Hochgefühl seines wiederentdeckten Kampfgeistes doppelte Kraft. Sie durften ihn nicht verletzen, während er keine Rücksicht zu nehmen brauchte.
Dann traf ein Ellbogen Bonds Magengrube. Er kippte nach vorn. Bevor er sich wieder aufraffen konnte, gruben sich zehn Finger wie ein eiserner Schraubstock in die empfindlichen Nervenstränge seines Halses. Seine Oberarmmuskeln schienen sich in Gummi zu verwandeln. Ein Ruck, und Bond krachte zu Boden. Mit dem Gesicht nach unten blieb er liegen. Ein Gegner lag ihm quer über den Schultern, der andere drückte seine Oberschenkel auf den Boden. Was war nur mit den Fenstern? Wenn er nur die Fenster erreichen könnte ...

»Los, die Nadel!«
Bond spürte, wie auch der Arzt sich auf ihn warf. Er nahm alle Kraft zusammen und bewies seinen Gegnern, wie schwer es selbst für zwei kräftige, geschickte und erfahrene Profis ist, einen einzigen Mann festzuhalten, wenn sie dabei nicht brutal werden durften. Als er sich keuchend und schwitzend bemühte, der Injektionsnadel auszuweichen, hörte er halb unbewußt einen Wortwechsel zwischen dem Kahlen und dem Arzt. Da fiel ihm unvermittelt ein, was mit den Fenstern los war: sie ließen sich zwar schließen, aber nicht festhaken! Der Riegel war abgebrochen. Hammond hatte es vor ein paar Wochen M gegenüber erwähnt. M reagierte ziemlich gereizt – kein blöder Schreiner sollte ihm alles durcheinanderbringen, und der Riegel könne auch die paar Wochen bis zu seinem Urlaub warten. Ein kräftiger Stoß gegen das Fensterkreuz müßte eigentlich ausreichen . . .
Da spürte er im Unterarm den scharfen Einstich der Nadel. Ärger und Verzweiflung überspülten ihn wie eine eiskalte Woge. Er fragte sich, wie lange es wohl dauerte, bis das Zeug wirkte. Probeweise ließ er alle seine Muskeln erschlaffen und spürte, wie der Druck der anderen ein wenig nachließ.
Dann handelte er. Ihm blieb nur diese einzige Sekunde. Er kam teilweise frei, stemmte sich hoch und trat mit beiden Füßen gleichzeitig aus. Der Hagere schrie auf und fiel zu Boden. Blut schoß ihm aus der Nase. Der andere versetzte Bond einen Schlag ins Genick, aber zu spät, Bonds Ellbogen traf ihn genau an die Luftröhre. Der Kahle setzte zu einem Fußtritt an, als Bond hochkam, aber auch er war zu langsam. Er gab mit dieser Bewegung nur Bond den Weg zum Fenster frei. Als seine Schulter gegen das Fensterkreuz krachte, flogen die beiden Fensterflügel ohne großen Widerstand auf. Mit einer Hand griff Bond nach der niedrigen Steinbrüstung, schwang sich darüber, landete federnd auf allen vieren im Garten und hetzte geduckt auf die nächsten Bäume zu.
Die ersten, vereinzelt stehenden Kiefern schienen sich nur langsam an ihm vorbeizubewegen, obgleich er rannte, so schnell ihn die Beine trugen. Dann wurde das Unterholz dichter. Heidelbeeren, wilder Rhododendron. Schwierig. Vorsicht – nicht hinfallen. Nicht langsamer werden. Weiter, immer weiter. Warum eigentlich? Weg. Fort von ihnen. Von wem? Männer. Nur weg.

Muß M retten. Retten ... Zurück zu ihm? Nein. Weiter! M retten, indem ich davonlaufe? Ja. Nur weiter ...
Als seine Sinne kapitulierten, rannte sein Körper noch ungefähr eine Minute lang weiter, dann hielt er an. Keuchend, mit hängenden Armen, blieb er stehen. Er hatte die Augen offen, aber sie sahen nichts. Dann wurde sein Körper von einem allerletzten Aufbäumen der Willenskraft noch zehn oder zwölf Schritte weitergetrieben, bis er im hohen Gras zwischen zwei Zwergpappeln liegen blieb. Selbst aus einer Entfernung von fünf Schritten hätte man ihn hier kaum bemerkt.
Aber so nahe kam niemand. Die Suche nach ihm war von vornherein hoffnungslos. Der Hagere, dem das Blut aus der Nase lief, sah vom Balkon aus Bond gerade noch zwischen den Bäumen verschwinden. Es dauerte jedoch zehn oder zwölf Sekunden, bis er, sein Kumpan und der Kahle, der das Balkonspringen nicht gewöhnt war, aus der Haustür traten. Hätte der Hagere für einen Boss gearbeitet, der Wert auf persönliche Initiative legte, so wäre er bis zum Waldrand gelaufen und hätte sich nach dem Gehör richten können. So war Bond bereits außer Hörweite, als das Trio die vordersten Bäume erreichte.
Sie gaben bald auf.
»Zurück!« befahl der Kahle und blickte den Hageren seltsam eindringlich an. Der wurde noch bleicher. Dann gingen sie wieder ins Haus.
Sechzig Schritte weiter, und sie wären über Bond gestolpert.
Die Zeit verstrich. Zwischen den Bäumen wurden die Schatten länger, verwischten sich mit der aufkommenden Dämmerung. Das Summen der Insekten ließ nach. Irgendwo rief ein Vogel. Dann wieder Stille.

Es war nur ein kleines Zimmer, aber er konnte trotzdem nicht erkennen, was darin war oder wie es aussah. Zwecklos, es zu versuchen. Zwei Männer unterhielten sich, vielleicht auch drei. Er konnte ihre Züge nur verschwommen erkennen. Was war los? Tausend mühsame Schritte ... Nie aufgeben ...
Ein anderer Mann, viel näher. Gesicht sehr nahe. Tut was mit dem Auge. Hält das Handgelenk fest. Fummelt am Hemdärmel herum. Tut ein bißchen weh. Dann wieder weg.
»Na, Doktor?«

»Massive Dosis eines Herzstimulans, wahrscheinlich Hyoszamin oder Atropin. Hab' ihm was gegeben, damit er wieder zu sich kommt.«
»Also süchtig?«
»Nein. Zum Spaß spritzt man sich das Zeug nicht. In dieser Menge macht es einen Menschen nur zu einer willenlosen Puppe. Man verliert jegliches Interesse, die Orientierung, ist ganz durcheinander. Wo haben Sie ihn gefunden?«
»Ein Autofahrer hat ihn vor einer halben Stunde abgeliefert. Er hat ihn in der Nähe des Großen Parks entdeckt – dort lief er planlos durch die Gegend. Hat natürlich erst gedacht, er ist betrunken.«
»Ist auch ganz ähnlich. Gibt keine bessere Methode, einen Menschen gefügig zu machen. Hören Sie, Sergeant: die Sache gefällt mir nicht. Wer ist unser Freund überhaupt?«
»Ein gewisser James Bond. Als Geschäftsadresse ist London angegeben, irgendwo am Regent's Park. Ich hab' die Leute auf jeden Fall angerufen: Ich soll ihn festhalten und außer einem Arzt niemand an ihn ranlassen. Sie wollten gleich einen Mann herschicken. Der Inspektor müßte auch gleich kommen. Der ist vorhin zu einer Verkehrsstauung auf der M gefahren. Mann, wird das eine Nacht!«
»Ja, möglich ... Hallo, ich denke, jetzt kommen wir weiter! – Mr. Bond? Hören Sie mich? Sie sind in Sicherheit. In ein paar Minuten fühlen Sie sich wieder wohler. Ich bin Dr. Allison, die beiden hier sind Sergeant Hassett und Constable Wragg. Sie befinden sich auf einem Polizeirevier, aber Sie haben nichts angestellt. Was Sie brauchen, ist ein bißchen Ruhe, sonst nichts.«
Bond hob langsam den Blick. Er konnte wieder klar sehen und hören. Vor sich hatte er ein sehr englisches Gesicht mit neugieriger Nase und vertrauenerweckenden dunklen Augen, die ihn besorgt anblickten. Im Hintergrund standen zwei kräftige Männer in blauer Uniform. Was noch? Ein abgenutzter Schreibtisch mit Telefon, Aktenschränke, an der Wand Karten und Diagramme, ein Plakat, das einen Polizeiball ankündigte. Alles beruhigend alltäglich und sehr wirklich.
Bond schluckte und überlegte angestrengt, er wußte nicht genau, was er diesen Leuten sagen mußte. Was war es nur?

»Legen Sie Ihre Beine hoch, Mr. Bond. – Wragg, würden Sie bitte den Stuhl näher rücken? Und könnten Sie vielleicht eine Tasse Tee besorgen?«
Langsam. Immer eins nach dem andern. Bond sagte mit belegter Stimme: »Ich brauch einen Wagen. Vier Mann. Bewaffnet. Sollen mitkommen. So rasch wie möglich.«
»Der arme Kerl ist immer noch ganz durcheinander«, stellte der Sergeant mitleidig fest.
Der Arzt runzelte die Stirn. »Das bezweifle ich. In diesem Zustand ist man verwirrt, aber man phantasiert nicht.« Er beugte sich vor und legte Bond fest die Hände auf beide Schultern. »Sie müssen sich klarer ausdrücken, Mr. Bond. Wir hören. Und wir werden versuchen, Sie zu verstehen.«
»Admiral Messervey«, murmelte Bond und sah, wie der Sergeant zusammenzuckte. »In seinem Haus hat es Ärger gegeben. Ich fürchte, er wurde gekidnappt.«
»Bitte, weiter, Sir!« rief der Sergeant und griff schon nach dem Telefon.
»Es waren vier Männer. Er hat dieselbe Spritze bekommen wie ich. Weiß selbst nicht recht, wie ich da weggekommen bin.«
»Das können Sie auch nicht wissen«, sagte Dr. Allison und bot Bond eine Zigarette an.
Bond sog den köstlichen Rauch tief in die Lungen und ließ ihn genießerisch durch die Nase ausströmen. Rasch und kühl überlegte und analysierte er die Lage. Die Schlußfolgerung, zu der er gelangte, war wie ein Schlag ins Gesicht. Er sprang auf. Im gleichen Augenblick legte der Sergeant den Hörer auf.
»Nummer nicht zu erreichen«, murmelte er.
»Natürlich nicht!« rief Bond. »Geben Sie mir das Ding!« Als sich die Telefonzentrale der Polizei meldete, sagte er: »Londoner Flughafen, aber rasch, es ist dringend! Ich bleibe dran.«
Der Sergeant streifte ihn mit einem kurzen Blick und stürzte aus dem Raum.
Bond erreichte seinen Freund Spence, den Sicherheitsoffizier des Flughafens. Er rasselte die Beschreibung M's und der vier gegnerischen Agenten herunter. Inzwischen kam auch der Inspektor. Wenige Minuten nach ihm traf Bill Tanner ein. Bond beendete sein Gespräch, legte auf, holte tief Luft und wollte gerade Tanner Bericht erstatten, da kam der Sergeant wieder herein.

Sein rundliches, gutmütiges Gesicht war leichenblaß. Er wandte sich direkt an Bond.
»Ich hab' einen Streifenwagen zum Haus geschickt, Sir.« Er schluckte hart. »Sie haben sich gerade gemeldet. Ich fürchte, Ihre vier Leute kommen zu spät. Aber Sie werden wir brauchen, Doktor. Nur glaube ich nicht, daß Sie dort noch viel tun können.«

3

Die Leiche des Hageren lag im Flur des *Zwischendecks* auf dem Rücken. Eine Kugel aus der Luger hatte seinen Schädel zerschmettert und war danach tief in die Wandtäfelung eingedrungen. Hammond hatte zwei Schußwunden: eine in der Brust, die andere im Nacken. Er war vermutlich schon erledigt worden, als er die Tür öffnete. In seinem Fall hatte man eine kleinkalibrige Waffe benutzt, um auf dem Flur keine Spuren zu hinterlassen, die Bond bei seiner Ankunft gewarnt hätten. In der Küche lag noch eine dritte Leiche.
Mrs. Hammond starb ahnungslos. Ihr Mörder tötete sie mit einem einzigen, wohlgezielten Genickschuß. Er benutzte dabei dieselbe kleinkalibrige Waffe wie bei ihrem Mann, der noch im Tod ihre Schulter mit seiner Hand berührte. Seit die beiden vor zwanzig Jahren in M's Dienst getreten waren, hatten sie sich keinen einzigen Tag getrennt. Bond betrachtete die beiden Toten und empfand Schmerz und Wut. Man hätte sie auch auf humanere Weise außer Gefecht setzen können. Er schwor sich, sie zu rächen.
»Gut, daß du heute abend nicht mitgekommen bist, Bill«, sagte Bond heiser. Tanner nickte stumm. Dann wandten sie sich ab und überließen das Feld dem Arzt und den Experten der Mordkommission. Der Mord an den Hammonds gab keine Rätsel auf. Die Frage war nur, warum der Hagere hatte dran glauben müssen.
»Vielleicht hat ihn sein Boss in einem Wutanfall niedergeknallt«, meinte Tanner. »Nach dem, was du mir erzählt hast, war der Kerl bei dem kleinen Handgemenge nicht gerade sehr geschickt. Möglich, daß ihm sein Versagen sogar als Fluchthilfe

ausgelegt wurde. Andererseits sind das keine Leute, die sich von Wutanfällen hinreißen lassen. Ein Mann mit blutiger Nase fällt auf – kann das für eine Kugel ausgereicht haben? Ziemlich erschütternd, wenn's so wäre.«
Bond schenkte sich und Tanner einen Whisky-Soda ein, trank einen tiefen Schluck und antwortete: »Das würde gut zu der Flughafentheorie passen. Es wäre auch so schon riskant, M durch den Zoll zu schmuggeln und seinen Zustand mit einer Erkältung oder etwas anderem zu entschuldigen. Wenn ich mit dabeigewesen wäre, hätten sie es aber noch schwerer gehabt. Aber lassen wir das vorerst. Auf jeden Fall war alles bis ins kleinste vorbereitet. Dann trat ein unvorhergesehener Zwischenfall ein. Jemand, der noch die Spuren einer Schlägerei im Gesicht trägt, mußte auf jeden Fall die Aufmerksamkeit des nächstbesten Beamten wecken. Ja, so kann's gewesen sein. Dennoch . . .«
Tanner sah ihn schweigend an und nahm sich eine Zigarette.
»Ich werde das Gefühl nicht los, daß noch mehr dahintersteckt. Warum haben sie ihn zurückgelassen? Damit geben sie uns doch freiwillig eine Menge Informationen. Sie hätten normalerweise wenigstens versuchen müssen, die Leiche zu verstecken.«
»Dazu fehlte es an der Zeit«, antwortete Tanner mit einem Blick auf die Uhr. »Sie müssen nach einem minuziösen Plan gearbeitet haben. Übrigens – wann klingelt eigentlich das verdammte Telefon? Wir sollten lieber . . .«
»So schnell geht das nicht. Nach dem Schichtwechsel auf dem Flughafen hat es Spence nicht leicht, die Leute der vorherigen Schicht wieder zusammenzutrommeln. Außerdem hat er zu wenig Männer. Die haben alle Hände voll zu tun, die Personenbeschreibungen an die übrigen Flughäfen weiterzuleiten.«
Ein Polizeibeamter trat ein. »Telefon ist wieder in Ordnung, Sir«, meldete er. »Außerdem haben wir den Flughafen London verständigt.«
»Danke.« Der Mann ging. Tanner setzte sein Glas hart ab und rief: »Es ist ohnehin alles sinnlos, James! Machen wir uns lieber auf die Beine. Alle möglichen hohen Tiere müssen unterrichtet werden. Wozu sitzen wir noch hier herum?«
»Weil wir erstens in der Nähe des Telefons bleiben und zweitens abwarten müssen, ob sich hier nicht noch etwas Wichtiges

ergibt. Inspektor Crawford ist offenbar recht tüchtig. Und was soll sinnlos sein? Wenn alle Flugplätze und Seehäfen verständigt sind –«

»Hör mal, James«, unterbrach ihn Tanner, »sie haben immerhin vier Stunden Vorsprung. Mehr konnten sie sich sowieso nicht erhoffen. Wenn sie ihn mit einer Maschine wegschaffen wollten, dann waren sie spätestens eine Stunde nach deiner Flucht in der Luft – es ist ja nur ein Katzensprung bis zum Flughafen. Ein Flug nach Orly oder Amsterdam oder auch nach Marseille dauert heutzutage nicht lange. Sicher haben sie einen verhältnismäßig nahen Ort angeflogen, weil sie nicht das Risiko eingehen konnten, stundenlang in der Luft zu hängen und eventuell von unserer Fahndung überholt zu werden. Macht im besten Fall um die zwei Stunden. Dann noch eine weitere halbe Stunde für die Abfertigung am Ziel. Im Augenblick können sie schon über hundert Kilometer vom Zielflughafen entfernt sein – oder irgendwo auf hoher See.«

»Wie kommst du darauf, daß sie jetzt nicht längst in Ost-Berlin sind?« fragte Bond. »Oder halbwegs in Moskau?«

»Ich weiß es nicht.« Tanner zündete sich eine neue Zigarette am Stummel der ausgerauchten an. »Von der Sorte scheinen mir die Burschen nicht zu sein. Aber vielleicht ist dabei auch nur der Wunsch der Vater des Gedankens.«

Darauf hatte Bond nichts zu erwidern.

»Vielleicht haben sie ihn überhaupt nicht über die Grenze geschafft. In einer abgelegenen Jagdhütte irgendwo auf dem Land wären sie am sichersten, was immer sie auch vorhaben. Wir werden's ja erfahren. Auf jeden Fall hat's uns böse erwischt, James!«

Im Flur klingelte das Telefon. Tanner sprang auf. »Ich geh dran. Du ruhst dich aus!«

Bond lehnte sich in seinem Sessel zurück und hörte nur ein paar Wortfetzen von Tanner. Das Lesezimmer wirkte noch museumähnlicher, als es ihm früher vorgekommen war. Er hatte das Gefühl, daß sich die Mauern wie Zeltwände eindrükken ließen, wenn er mit der Hand dagegenstieß.

Als Tanner zurückkam, schreckte Bond aus dem Halbschlaf hoch. Anscheinend war das noch die Nachwirkung der Droge. Tanner sah zum Fürchten aus.

»Mein Tip war beinahe richtig, James – ein schwacher Trost!« Er lief erregt auf und ab. »Sie sind mit dem Flug AER LINGUS hundertsiebenundvierzig A um zwanzig Uhr vierzig gestartet. Der Beamte in der Abfertigung erinnert sich genau an sie. Alles bis in die letzte Einzelheit geplant – vier Leute landen, angeblich dieselben vier reisen weiter. Alles schon dagewesen. Ich frage mich nur, was sie mit dir und dem Hageren vorhatten. Sie sind etwa um einundzwanzig Uhr dreißig in Shannon gelandet, also vor ungefähr zweieinhalb Stunden. Zu dem Zeitpunkt bist du noch durch die Wälder gewandert. Natürlich sind sie inzwischen über alle Berge. Ein Wagen hat sie in Shannon abgeholt – ich kenne die Küste dort zu wenig. Weiß der Teufel, wie's weiterging. Vielleicht hat sie ein Schiff erwartet, oder ein U-Boot! Sie scheinen diesmal wirklich alle Mittel eingesetzt zu haben. Vielleicht hat sie auch ein Flugboot aufgenommen. Dann geht's ab in die weite, weite Welt! Jedenfalls haben wir die irische Küstenwache verständigt. Die Marine wird Ausschau halten. Viel wird es nicht nützen. Wir schicken noch heute einen Mann hin. Auch der kann kaum etwas ausrichten. In London gibt's verschiedene Leute, die wir schonend auf das Schlimmste vorbereiten müssen. Komm, James, wir müssen telefonieren! Hier haben wir nichts mehr zu suchen. Ich habe dieses verdammte Haus nie gemocht!«
Als sie gerade den dritten Telefonanruf erledigt hatten, kam Inspektor Crawford herein, ein großer, ernster Mann in den Vierzigern, der Bond auf Anhieb gefiel. Er hielt einen großen braunen Umschlag in der Hand. »Hier sind wir so gut wie fertig, meine Herren. Sie werden es sicher eilig haben. Ich denke, Sie finden alles Wissenswerte in diesem Umschlag.« Er überreichte ihn Bond und deutete auf die Gestalt, die auf dem Fußboden lag. »Hatte der Kerl da in seinen Taschen. Wundert mich ein bißchen. Man sollte annehmen, daß sie Wert darauf legten, anonym zu bleiben. Ich fürchte, den Schneideretiketten seiner Kleidung ist nichts zu entnehmen. Keine Schildchen von Wäschereien. Drei recht gute Fotos seiner sterblichen Überreste, dazu die Fingerabdrücke. Keine besonderen Merkmale. Wenn er bei Ihnen überhaupt registriert ist, dann werden Sie ihn auch ohne das Material leicht identifizieren können. Mr. Bond hat ja alles genau gesehen. Dazu noch der Bericht des Arztes, nur der

Vollständigkeit halber. Das wär's. Bitte, unterschreiben Sie mir die Quittung für die Sachen des Toten, Sir. Wenn Sie das Zeug nicht mehr brauchen, schicken Sie es zurück.«
Tanner kritzelte seinen Namen auf einen Zettel. »Danke, Inspektor. Sie werden uns wahrscheinlich nach London begleiten müssen. Es ist eine Besprechung angesetzt, die vermutlich die ganze Nacht dauern wird. Eigentlich geht Sie das nichts an, aber jemand könnte sehr sauer werden, wenn Sie nicht mitkämen, um als Vertreter der Polizei Ihren Bericht mündlich abzugeben. Ich hoffe, Sie verstehen.«
»Ich denke schon, Sir.« Crawford nickte mit unbewegter Miene. »Zwei Minuten noch, dann stehe ich zur Verfügung.«
»Ihnen ist natürlich klar, daß strengste Geheimhaltung nötig ist? Ordnen Sie an, daß das Telefon sofort wieder außer Betrieb gesetzt wird, wenn wir hier abfahren. Vielen Dank für alles, was Sie und Ihre Männer getan haben. Sobald Sie fertig sind, treffen wir uns draußen.«
Die Sterne funkelten hell in der samtenen Spätsommernacht. Das versprach gutes Flugwetter. Wohin wurde M wohl verschleppt? Bond schüttelte diesen Gedanken vorläufig ab.
Ein kühler Wind kam auf und jagte ihm eine Gänsehaut über den Rücken. Er merkte, daß er hungrig war. Aber es gab erst nach der Ankunft in London etwas zu essen – frühestens. War das überhaupt wichtig?
Tanner und Bond traten auf die beiden Polizeifahrzeuge zu, wechselten mit den Fahrern ein paar Worte und gingen dann weiter zu dem Bentley. Der stand immer noch an der Stelle, wo Bond ihn vor einer halben Ewigkeit geparkt hatte. Tanner legte ihm die Hand auf die Schulter.
»Nein, James. Du fährst mit mir. Um deine Karre kümmere ich mich morgen.«
»Unsinn! Ich bin wieder vollkommen in Ordnung!«
»Außerdem wissen wir nicht, ob sie das Ding nicht präpariert haben.«
»Das ist doch Unsinn! Sie wollen mich lebend und unverletzt haben.«

4

Sir Ranald Rideout, der zuständige Minister, war ganz und gar nicht begeistert, als er plötzlich von der Abendgesellschaft einer österreichischen Prinzessin abberufen wurde, um deren Gunst er sich schon lange bemühte. Bei der telefonischen Benachrichtigung wurde ihm nur gesagt, daß es sich um eine sehr wichtige Angelegenheit handle, aber nicht, worum es ging. Das Gespräch wurde auch so rasch beendet, daß der Minister nicht einmal Zeit hatte zu protestieren. Ihm blieb gar nichts weiter übrig, als sich im Büro des *Transworld Consortium,* also im Hauptquartier des Secret Service, einzufinden. Demnach saß der verflixte alte Admiral in der Klemme, der wegen seiner Hartnäckigkeit gegenüber Politikern berüchtigt war. Den Kerl hätte man schon längst hinauswerfen sollen.

Sir Ranald befand sich in einer entsprechenden Stimmung, als er um ein Uhr zwanzig morgens – eine unmögliche Zeit – die Stufen des großen grauen Gebäudes am Regent's Park hinaufging. Trotz seiner sechzig Jahre war er ein agiler kleiner Mann in allerbester körperlicher Verfassung, wie man es oft bei Leuten findet, die vor lauter Machtstreben wenig Interesse an Essen und Trinken haben.

Er bekam die nackten Tatsachen zu hören. Verärgert und ungläubig sah er sich in der Runde um, die sich an dem etwas verschrammten alten Eichentisch versammelt hatte: ein Unterstaatssekretär aus seinem Ministerium; Vallance, der stellvertretende Polizeipräsident; Tanner, in dessen Büro sie sich hier befanden und dessen persönliche Bedeutungslosigkeit man ganz klar am Zustand seiner Möbel ablesen konnte; sowie ein Agent namens Bond, der anscheinend für das Durcheinander verantwortlich war, dazu noch irgendein Polizist aus Windsor.

Sir Ranald blies seine Backen auf und ließ die Luft geräuschvoll entweichen. »Also wirklich, meine Herren – ich muß schon sagen, das ist ein starkes Stück. Es ist Ihnen doch hoffentlich klar, daß der Premierminister davon erfahren wird.«

»Ich bin froh, daß Sie darin unserer Meinung sind«, sagte Tanner gelassen. »Aber wie Sie wissen, flog der Premierminister heute nach Washington – nein, gestern. Von dort aus kann er nichts unternehmen, und ich bezweifle, daß es ihm möglich sein wird, seinen Aufenthalt abzukürzen. Es sieht also ganz so aus, als ob wir selbst etwas tun müßten.«

»Selbstverständlich. Die Frage ist nur, was. Sie haben offensichtlich nichts in der Hand, was man eine Information nennen könnte. Sehr ungewöhnlich. Nehmen Sie den Mann, der erschossen aufgefunden wurde. Nicht den Diener, ich meine den Gangster oder was er war. Von ihm wissen Sie doch nur, daß eine Kugel ihm den Kopf zerschmettert hat. Äußerst nützlich, muß ich sagen. Weiß denn wirklich keiner mehr darüber? Irgend etwas werden Sie doch wohl über ihn herausgefunden haben?«

Sofort meldete sich Inspektor Crawford zu Wort. Sir Ranalds Stirn umwölbte sich ein wenig.

»Seltsamerweise fanden wir bei ihm einige Sachen, Sir«, meldete der Inspektor. Er deutete mit dem Kopf auf das kleine Häufchen verschiedener Gegenstände, in denen Vallance herumwühlte. »Aber sie sagen uns nicht viel. Nur . . .«

»Kann man ihnen nicht entnehmen, wer der Mann ist?«

»Meiner Meinung nach nicht, Sir.« Vallance, der zu dieser frühen Morgenstunde nie ganz auf dem Posten war, warf Crawford einen Blick zu und schüttelte den Kopf.

»Darf ich mir dann erlauben, meine Frage noch einmal zu stellen? Wer war er? Was hat der stellvertretende Polizeipräsident dazu zu sagen?«

»Unsere Fingerabdruckkartei wird im Augenblick gerade zu Rate gezogen, Sir Ranald«, antwortete Vallance und sah den Minister an. »Natürlich besteht die Möglichkeit, daß der Kerl nicht registriert ist. Wir haben auch unsere Auslandsstellen, Interpol und so weiter informiert, nur wird es ein paar Tage dauern, bis die Antworten einlaufen. Außerdem bin ich ziemlich sicher, daß wir nichts Nützliches erfahren werden. Nach meiner Ansicht hat man ihn nur deswegen zurückgelassen, weil man sicher war, daß es uns nicht weiterhelfen würde, wenn wir ihn identifizieren.«

»Ich stimme darin mit Vallance überein«, sagte Tanner. »Dieser Mann scheint ein Neuling auf der internationalen Bühne zu sein. Es ist deshalb nur Zeitverschwendung, Sir, wenn wir uns Mühe geben, ihn zu identifizieren, denn in gewisser Weise war er wohl ein Niemand.«

»Das sind aber nur Vermutungen, nicht wahr, Tanner?« sagte Sir Ranald und zwinkerte ihm ein wenig zu, um zu zeigen, daß er ihn damit nicht persönlich anzugreifen gedachte. »Ich halte nicht viel von Vermutungen, so begründet sie auch sein mögen. Ich habe gelernt, gründliche Beobachtungen zu machen und sie ebenso sachlich wie sorgfältig zu prüfen, bevor ich eine Theorie wage. Nun zu Ihnen, Bond«, fuhr der Minister fort und seine Miene drückte genau aus, was er von Bond hielt. »Sie haben den Mann noch zu Lebzeiten gesehen. Können Sie nichts über ihn sagen, was uns weiterhelfen würde?«
»Fast nichts, Sir, fürchte ich. Er versteht etwas von Jiu-Jitsu, aber das ist auch schon fast alles.«
»Was ist mit seiner Stimme? Etwas Ungewöhnliches?«
Bond war der Erschöpfung nahe. Sein Kopf schmerzte, ein unangenehmer metallischer Geschmack füllte seinen Mund. Sein Magen knurrte, und nur dunkel erinnerte er sich noch an das Schinkenbrot und die Tasse Kaffee, die er im Vorbeigehen in der Kantine zu sich genommen hatte. Trotzdem hätte er nicht in so aggressivem Ton geantwortet, wenn die Hochnäsigkeit dieses Politikers ihm nicht derart gegen den Strich gegangen wäre.
So antwortete er spitz: »Er sprach auf jeden Fall englisch mit mir, Sir. Nach meinem Begriff war es korrektes Englisch. Einen fremden Akzent konnte ich nicht feststellen. Allerdings hat er in meiner Gegenwart kaum zwanzig Worte von sich gegeben, zu wenig, um wirklich Schlüsse zu ziehen.«
Vallance erlitt einen leichten Hustenanfall.
Sir Ranald blieb geduldig. Er warf Vallance einen raschen Blick zu und wandte sich dann freundlich an Bond: »Sie haben sich ja auch nicht sehr lange im Haus aufgehalten, nicht wahr? Sie hatten es sehr eilig, wieder wegzukommen. Ich muß Ihnen zu Ihrer Flucht gratulieren. Zweifellos wäre es Ihnen lächerlich altmodisch vorgekommen, an Ort und Stelle auszuharren und für Ihren Vorgesetzten zu kämpfen, um ihn vor einem ungewissen Schicksal zu bewahren.«
Der Unterstaatssekretär wandte sich plötzlich ab und starrte in eine Ecke des Zimmers. Inspektor Crawford, der Bond gegenüber saß, wurde rot und scharrte unruhig mit den Füßen.
»Mr. Bond hat viel Mut und Klugheit bewiesen, Sir«, sagte er, eine Spur zu laut. »Ich kenne niemand, der in der Lage wäre,

allein und unbewaffnet vier kräftige Männer zu überwinden, noch dazu, wenn er unter dem Einfluß einer Droge steht, die Mr. Bond wenige Minuten später außer Gefecht setzte. Wenn er nicht entkommen wäre, dann hätte die Maschine ihn ebenfalls entführt. Nach meiner Auffassung haben die Pläne des Gegners durch Mr. Bonds Flucht einen entscheidenden Schlag erlitten.«

»Schon möglich.« Sir Ranald machte eine ungeduldige Handbewegung, dann wandte er sich mit angewiderter Miene an seinen Unterstaatssekretär: »Bushnell, öffnen Sie doch ein Fenster, bitte. Man kann in diesem Raum kaum noch atmen, wenn drei Leute ununterbrochen rauchen.«

Bushnell sprang gehorsam auf. Sir Ranald rieb sich die Hände, als hätte er einen wichtigen Pluspunkt für sich verbuchen können. »Da wäre noch etwas. Das Haus des Admirals scheint nicht bewacht gewesen zu sein. War das normal, oder hat hier jemand versagt?«

»Es war normal, Sir«, antwortete Tanner und lief nun ebenfalls dunkel an. »Ein solcher Zwischenfall ist in Friedenszeiten einmalig.«

»Das kann man wohl sagen. Aber vielleicht stimmen Sie mit mir darin überein, daß man sich gerade vor dem Einmaligen schützen müßte.«

»Ja, Sir«, antwortete Tanner ausdruckslos.

»Gut. Gibt es einen Hinweis darauf, wer hinter dieser Sache stecken könnte und welcher Zweck damit verfolgt wird? Vielleicht denken Sie einmal darüber nach.«

»Am ehesten kommt dafür ein gegnerischer Geheimdienst in Betracht. Eine normale Erpressung scheint unmöglich, denn dazu hätte man nicht das gewaltige Risiko eingehen müssen, den Admiral und Mr. Bond – falls man ihn ebenfalls erwischt hätte – außer Landes zu schaffen. Dieselben Gründe sprechen auch gegen ein Erzwingen von Informationen, eine Gehirnwäsche oder Ähnliches. Nein, dahinter muß mehr stecken – etwas Ungewöhnlicheres, würde ich sagen.«

Wieder schnaufte Sir Ranald. »Nun, was zum Beispiel?«

»Keine Ahnung, Sir.«

»Hm. Vermutlich liegen uns auch keine Informationen darüber vor, von wo aus diese Sache angezettelt wurde. Oder gibt es Berichte über ungewöhnliche Aktionen?«

»Nein, Sir. Natürlich habe ich Weisung erteilt, besonders auf diese Dinge zu achten.«
»Wir wissen also überhaupt nichts. Sieht ganz so aus, als müßten wir auf den nächsten Zug der Gegenseite warten. Ich danke Ihnen allen für Ihre Hilfe. Ich bin sicher, daß jeder von Ihnen sein Bestes getan hat. Tut mir leid, Mr. Bond, falls meine Worte vorhin wie Kritik klangen. Ihre Flucht ist der einzige Pluspunkt in der ganzen Angelegenheit.«
Diese Worte klangen schlicht und aufrichtig. Im Verkehr mit Leuten, die unter ihm standen, gingen ihm manchmal die Pferde durch. Erst zu spät war ihm der Gedanke gekommen, daß man ihn persönlich zwar fairerweise nicht für die Entführung des Geheimdienstchefs verantwortlich machen konnte, daß seine Kabinettskollegen von Fairneß aber ebensoviel hielten wie alle anderen Politiker. Mit anderen Worten: über diese Angelegenheit konnte er leicht stolpern. Neid, Ehrgeiz und Mißtrauen umgaben ihn von allen Seiten. Diese Leute hier waren vielleicht nicht die besten Verbündeten, aber sie waren die einzigen, die er im Augenblick hatte.
Er wandte sich an Vallance. »Wie verhalten wir uns inzwischen der Presse gegenüber, Mr. Vallance? Ich lasse mich in dieser Hinsicht gern von Ihnen beraten.«
Vallance wagte es nicht, Bond oder Tanner anzusehen. »Ich würde die Angelegenheit nicht ganz unterdrücken, Sir. Der Admiral hat viele Bekannte, und wir wollen nicht riskieren, daß sie neugierig werden. Ich würde eine kurze Mitteilung herausgeben, daß er noch immer nicht ganz wohlauf ist und sich einer Kur unterziehen muß.«
»Ausgezeichnet. Das überlasse ich Ihnen – noch irgendwelche Vorschläge?«
Crawford meldete sich: »Nun, Sir, wenn ich vielleicht . . .«
»Bitte, Inspektor, reden Sie ruhig.« Sir Ranald sah ihn aufmunternd an.
»Es geht um das Blatt Papier mit den Namen und Zahlen, das wir in der Tasche des Mannes entdeckt haben. Soviel ich weiß, beschäftigt sich die Dechiffrierabteilung damit, aber es wird wohl zu wenig sein, um etwas herauszubekommen. Vielleicht sollten wir es uns selbst noch einmal ansehen. Könnte es sich um Telefonnummern handeln?«

»Ich fürchte, so kommen wir nicht weiter, Inspektor«, sagte Tanner und rieb sich müde über die Augen. »Der Name ›Christiana‹ könnte Christiania in Norwegen sein, und ›Vasso‹ bedeutet möglicherweise Vassy in Ostfrankreich. Wo Paris liegt, wissen wir alle, aber damit wird auch klar, daß es sich nicht um Telefonnummern handeln kann, weil die Zahlen sonst länger sein müßten. Wir sind also genausoweit wie zuvor. Tut mir leid, daß ich Sie enttäuschen muß.«

»Kann es sich um geographische Hinweise handeln?« warf der Unterstaatssekretär ein.

Tanner schüttelte den Kopf. »Paßt nicht.«

Der Inspektor fuhr sachlich, aber hartnäckig fort: »So habe ich das nicht gemeint, Sir. Hier steht ein Name, den wir noch nicht erwähnt haben: ›Antigone‹. Woran könnte man dabei denken?«

»Griechisches Drama«, antwortete Tanner. »Von Sophokles, nicht wahr? Weiß der Teufel, wofür dieses Codewort steht.«

»Möglich, Sir. Aber ›Antigone‹ ist nicht nur ein griechisches Drama, sondern auch ein griechischer Name, genauer gesagt, ein Frauenname. Weiß nicht, ob er noch verwendet wird, aber in Griechenland findet man häufig klassische Namen. Dann ›Christiana‹. Klingt das nicht ebenfalls wie ein Frauenname? Und auch ›Paris‹ ist ein griechischer Name.«

Bill Tanner sprang unvermittelt auf und rannte zu dem Telefon, das auf einem tintenverschmierten und mit Brandlöchern übersäten Tischchen in der Ecke stand.

»Was das Wort ›Vasso‹ betrifft, so weiß ich nicht –«

»Worauf wollen Sie hinaus?« unterbrach ihn Sir Ranald.

»Ich will damit sagen, daß unser Mann vielleicht auf dem Weg nach Griechenland war und sich von jemand Telefonnummern besorgt hat, um sich gegebenenfalls mit weiblicher Gesellschaft eindecken zu können. Es muß sich um Nummern handeln, die zum gleichen Telefonnetz gehören – möglicherweise Athen. Vielleicht will man aber auch nur erreichen, daß wir das glauben.«

Sir Ranald legte die Stirn in Falten. »Aber Paris ist ein Männername. Ich glaube kaum . . .«

»Das schon, Sir. Aber wenn Sie sich den Zettel noch einmal ansehen wollten . . .«

Crawford reichte ihm das kleine schmutzige Blatt liniertes Papier. Der Minister setzte seine Brille auf und betrachtete düster die mit Kugelschreiber hingekritzelten Worte. »Na?« schnaubte er.
»Sehen Sie hier, Sir – unmittelbar über dem Namen ›Paris‹. Die Zeile ist schwer zu lesen, aber könnte das nicht heißen: ›Falls Vorrat ausgeht?‹ Daß also ›Paris‹ ihm andere Mädchen besorgen sollte, falls ›Antigone‹ und die beiden anderen nicht erreichbar wären, oder ihm nicht gefielen? Ich halte das für einen Trick, Sir. Sollte der Zettel echt sein, dann ist er nur durch ein dreifaches Versehen in unsere Hände gefallen: die Leiche wurde nicht beseitigt, seine Taschen wurden nicht entleert, und er wurde nicht gründlich durchsucht. Aber ...«
»Sie glauben also, man will uns irreführen?«
»Nein, Sir, ganz im Gegenteil. Der Zettel deutet auf Griechenland hin, unauffällig, aber eindeutig.«
Tanner hatte inzwischen aufgelegt und setzte sich wieder. Er betrachtete Crawford mit einem Blick voller Hochachtung. »Wie Mary Kyris von der Botschaft meint, können alle vier durchaus moderne griechische Vornamen sein. Bei den Zahlengruppen dürfte es sich um Telefonnummern von Athen, Saloniki oder einer anderen größeren Stadt handeln.«
»Also sind wir doch ein Stück weiter, meine Herren«, sagte Sir Ranald, und seine kleinen Äuglein verschwanden beinahe in den Fältchen.
James Bond hatte seit einer Viertelstunde nichts mehr gesagt und wie im Halbschlaf die Augen geschlossen. In Wirklichkeit zermarterte er sein erschöpftes Gehirn nach einer Lösung. Er richtete sich wieder auf und sah Tanner an.
»Inspektor Crawford hat recht, der Zettel ist eine Art von Kriegslist. Anscheinend sind sie immer noch hinter mir her. Die Namen und Zahlen auf diesem Papier stellen eine großartige Improvisation dar: man will erreichen, daß ich mit Volldampf ihren Spuren folge. Natürlich werde ich genau das tun. Sie hätten genausogut das Wort ›Griechenland‹ auf ein Stück Papier schreiben und es auf dem Fußboden liegenlassen können.«
Tanner nickte bedächtig. »Und wo willst du anfangen?«
»Irgendwo«, antwortete Bond. »Sagen wir Athen. Spielt gar keine Rolle. Sie werden mich schon finden.«

5

Vrakonisi liegt auf halbem Weg zwischen dem südlichen Griechenland und der Südküste der Türkei. Genauer gesagt ziemlich exakt im Mittelpunkt des Dreiecks, das von den drei größeren Inseln Naxos, Ios und Paros gebildet wird. Vrakonisi ist vulkanischen Ursprungs, Teil der Kraterwand eines riesigen Vulkans, der seit prähistorischen Zeiten erloschen ist. Die Jahrtausende haben an der Insel genagt und einen Halbkreis zerklüfteter Berge geschaffen, die sich stellenweise bis zu vierhundert Metern über das Meer erheben. Vom Flugzeug aus wirkt Vrakonisi wie eine Sichel. Die Spitze der Sichel ist abgebrochen. Zwischen der Hauptinsel und dem namenlosen Inselchen am nördlichen Ende liegen ungefähr hundert Meter flache See. Die kleine Insel ist zwar bewohnt, aber abgesehen von zwei oder drei Fischerhütten trägt sie nur ein einziges Gebäude, ein niedriges, langgestrecktes Haus, das an der äußersten Spitze schneeweiß durch Palmen und Kakteen leuchtet. Es gehört einem Reeder aus Piräus, der es für die Sommermonate an ausländische Besucher vermietet.

In diesem Sommermonat wurde das Haus von zwei Männern bewohnt, die ihren Pässen nach Franzosen waren. Sie machten einen düsteren, schweigsamen Eindruck und sahen nicht so aus, als ob sie viel in die Sonne kämen. Das merkte man auch an ihrem Verhalten: In ihren bunten Badehosen fühlten sie sich ungemütlich und fehl am Platz, und man sah sie nur selten in den Liegestühlen oberhalb ihrer kleinen Privatküste, deren Anlegeplatz leer blieb. Sie benahmen sich wie Leute, die sich nur die Zeit vertrieben, bis sie mit ihrer eigentlichen Aufgabe beginnen konnten.

Mehr über diese Leute wußte Oberst Sun Liang-tan vom Sonderkomitee der chinesischen Volksbefreiungsarmee. Er konnte, als er am Fenster seines kleinen, noch unzulänglicheren Hauses auf der Hauptinsel saß, die Männer auf dem Inselchen nicht sehen. Dazu hätte er einen etwa fünfzig Meter hohen buschbewachsenen Hügel erklimmen müssen; von dort aus war es nur noch etwa einen Kilometer Luftlinie zu dem weißen Haus. Doch Oberst Sun hatte seit seiner Ankunft per Schiff am vergangenen Abend das Haus noch nicht verlassen. Die Auffälligkeit des asiatischen Gesichtsschnitts erschwerte die Durchsetzung westlicher Länder mit chinesischen Agenten – abgesehen von den Vereinigten Staaten oder Großbritannien, wo Asiaten nicht selten sind. Auf den griechischen Inseln trifft man sie jedoch kaum. Und gerade auf Vrakonisi durfte sich niemand Gedanken darüber machen, was ausgerechnet ein Chinese hier zu suchen hatte.

Der Oberst war auf den ersten Blick als Chinese zu erkennen, obwohl er ziemlich groß war und mehr den grobknochigen, tibetanischen Typ verkörperte. Die Farbe seiner Haut war ein helles Gelb, das Haar blauschwarz und anliegend, die Mongolenfalte besonders ausgeprägt. Nur wenn man ihm genau in die Augen blickte, wirkte er nicht ganz so chinesisch. Seine Augen hatten das Zinngrau eines neugeborenen Babys, vielleicht das Erbe kirgisischer Eindringlinge aus dem Mittelalter. Aber nicht viele Leute wagten es, Oberst Sun direkt in die Augen zu blicken.

Der Oberst blieb auf seinem harten Holzstuhl sitzen, während es draußen Nacht wurde. Sonst las er viel und gern, aber an diesem Abend mußte er sich auf die vor ihm liegende Aufgabe vorbereiten. Er rauchte zwei englische Zigaretten – Sun teilte die oft unaufrichtige Verachtung seiner Kollegen gegenüber allem Westlichen nicht.

Seine erste nähere Bekanntschaft mit den Briten hatte er im September 1951 in einem Kriegsgefangenenlager in Pjöngjang in Nordkorea gemacht. Dort war er als einundzwanzigjähriger Offizier Major Pak von der nordkoreanischen Armee für die Vernehmung von Kriegsgefangenen zugeteilt worden. Nach der Entlassung der letzten Gefangenen im September 1953 beschränkten sich seine Erfahrungen mit Männern aus der westlichen Welt – Frauen lernte er nicht kennen – auf Franzosen, Australier und Amerikaner. Viele von ihnen waren interessante Typen, aber sie reichten nicht an die Briten heran. So mußte er sich mit einem gelegentlich in China gefangenen britischen Spion oder hin und wieder einem amerikanischen Gefangenen aus Südvietnam begnügen, der sich als britischer Emigrant entpuppte. Glücklicherweise war er bei seinen Vorgesetzten als sehr geschickter Vernehmungsoffizier gerade der Briten bekannt, und es kam kaum vor, daß ein britischer Gefangener ihm nicht überstellt wurde. Nun hatte er seit sechs Monaten keinen mehr zu sehen bekommen. Deshalb freute sich der Oberst ganz besonders, heute abend wieder britische Freunde kennenzulernen und die nächsten zweiundsiebzig Stunden in ihrer Gesellschaft verbringen zu dürfen. Die zinngrauen Augen bekamen in der Dunkelheit einen starren Ausdruck. An der Tür wurde schüchtern geklopft. Sun rief liebenswürdig in englischer Sprache: »Ja, bitte, treten Sie ein.«

Die Tür öffnete sich, er erkannte gegen den hellen Fleck die Umrisse eines Mädchens. Mit rauher, aber leiser Stimme fragte es, ebenfalls in englisch: »Kann ich das Licht einschalten, Genosse Oberst?«

»Erst möchte ich die Jalousien schließen – so, jetzt.«

Das grelle Licht der nackten Glühbirne fiel auf den Steinfußboden ohne Teppich, vier gekalkte Wände, einen einfachen Tisch und einen ebenso einfachen hölzernen Stuhl. Es herrschte die nüchterne Atmosphäre, die jedes Vernehmungszimmer kennzeichnet. Weder die plötzliche Helle noch der Anblick des Mädchens entlockten ihm ein Blinzeln – was verständlich gewesen wäre, obwohl er sie seit seiner Ankunft ein dutzendmal gesehen hatte. Denn Doni Madan, zweiundzwanzig Jahre alt, Bürgerin von Kortscha im südöstlichen Albanien, zur Zeit Besitzerin eines in Tirana ungewöhnlich geschickt gefälschten griechischen Passes, war wirklich eine Schönheit.

Sie trug enge grüne Hosen aus Tai-Seide, eine schlichte türkisfarbene Jacke aus dem gleichen Material und Pantoffeln aus besticktem Leder. Das war alles – selbst in unmittelbarer Nähe des Meeres sind Septemberabende in diesen Breiten oft heiß und schwül. Eigentlich war diese Kostümierung nur gewählt worden, um Doni als Teilnehmerin an einer typisch westlichen Wohlstandsparty, als Playgirl, Tochter von reichen Feriengästen, zu kennzeichnen, doch diese Absicht änderte nichts am Resultat.

Sie war etwas mehr als mittelgroß, schlank und feingliedrig, die geradefallende Jacke konnte ihren hübschen Busen nicht verbergen. Ihre hohen Backenknochen und das flächige Gesicht waren asiatisch, die dunkelbraunen Augen türkisch, der gerade geschnittene, volle Mund beinahe venezianisch; das hellbraune Haar, das sie hochgesteckt trug, bildete einen aufregenden Kon-

trast zu ihrer zarten Haut. So stand sie in bescheidener, unschuldig provozierender Haltung im Türrahmen und schien sich gar nicht bewußt zu sein, daß sie in Oberst Sun einen Mann vor sich hatte.
Ihre Reize wären bei ihm auch nur Verschwendung gewesen. Sun Liang-tan machte sich nichts aus Frauen; wenn er allerdings herausgefordert wurde, dann machte er ihnen auf ziemlich plumpe Weise deutlich, daß er sie als Tröster einsamer Stunden immerhin gelten ließ.
Er warf einen Blick in Donis Richtung und sagte: »Ja?«
»Ich wollte nur wissen, ob Sie was essen möchten«, sagte sie mit leiser, kehliger Stimme.
Doni sprach fast ohne Akzent Italienisch, Serbisch und Griechisch, nur ihr Englisch war nicht ganz so gut. Sie hatte aber keine andere Möglichkeit, um sich mit ihrem augenblicklichen Chef zu verständigen. Es regt chinesische Agenten immer ein wenig auf, wenn sie sich im Umgang mit europäischen Kollegen der Sprache des Feindes bedienen müssen, aber wenn Sun jetzt eine leichte Gereiztheit an den Tag legte, so entsprang diese ganz entgegengesetzten Gefühlen.
Er verschränkte seine Finger hinter dem Nacken und lehnte sich in seinem Stuhl zurück.
»Was haben Sie da gefragt?« sagte er langsam. »Ich wollte nur wissen, ob Sie was essen möchten? – Das heißt: Soll ich Ihnen eine Kleinigkeit zu essen fertig machen oder so ähnlich. Geben Sie sich doch Mühe, meine Liebe, nicht in allem, was Sie tun und sagen, so bäuerlich-primitiv zu wirken. Nein, danke, im Augenblick möchte ich nichts essen. Wir warten lieber noch, bis unsere Freunde eingetroffen sind. Sie müßten jeden Augenblick kommen.«
Doni sah an ihm vorbei. »Tut mir leid, Genosse Oberst«, sagte sie unterwürfig. »Ich weiß, mein Englisch ist nicht gut.«
»Aber immer noch besser als das der anderen«, antwortete Sun mit nachsichtigem Lächeln. Seine Lippen waren dunkel, seine Schneidezähne standen ein wenig nach innen. »Aber lassen wir den Genossen Oberst. Das klingt nach Experimentiertheater. Nennen Sie mich Oberst Sun, das ist freundlicher. Wo sind die anderen?«
Er folgte Doni aus dem Zimmer und ging über den steinbeleg-

ten Korridor in das Wohnzimmer des Hauses, einen hohen, luftigen Raum mit altem Dielenboden und reichverzierten Möbeln aus Olivenholz. Die grellen Farben der modernen Teppiche und Kissen und die Drucke moderner Gemälde an den Wänden paßten nicht recht dazu. Eine offene Doppeltür führte auf eine kleine Terrasse mit Klappstühlen und einem niedrigen Tisch; von hier aus blickte man hinaus aufs Meer, das friedlich und ruhig im hellen Mondlicht lag.

Sun blieb für einen Augenblick in der Tür stehen und sah hinaus. Natürlich hielt er sich dabei im Schatten des Türrahmens. Er hatte das Meer seit fünfzehn Jahren nicht mehr gesehen, und der Anblick faszinierte ihn immer wieder. Dieses Meer war das Element der Briten, auf das die Männer von der kalten Insel sich hinausgewagt hatten, um ein Viertel der Welt unter ihre Macht zu zwingen. Genau die richtige Szenerie, dachte Sun und drehte sich um.

Das Mädchen, das auf dem roten Sofa lag, blickte rasch auf. Sie war ungefähr so groß wie Doni, hatte die gleichen fast schwarzen Augen, war ähnlich gekleidet – schwarze Hose und weiße Jacke –, und doch wirkte Doni neben diesem feingliedrigen Mädchen beinahe plump. Luisa Tartinis Aussehen war beinahe noch italienischer als ihr Name: sie hatte lange Beine, kleine spitze Brüste und einen wohlgeformten, schmalen Kopf mit kurzgeschnittenem dunklem Haar. Trotzdem war sie wie Doni Albanerin, und ihr Paß stammte aus derselben Werkstatt. Nur fehlte ihr Donis Unterwürfigkeit, und sie sah Sun mit einer Mischung aus Ablehnung und Angst an.

Sun schien den Blick nicht zu bemerken. Er sagte freundlich: »Was für ein schöner Abend. Sie sehen wirklich sehr dekorativ aus, meine Liebe.«

»Wie langweilig«, murrte Luisa und schob ihre langen schlanken Beine beiseite, damit Doni sich neben sie setzen konnte. »Was tun wir hier eigentlich?«

»Wie ich Ihnen schon sagte, besteht Ihre Hauptaufgabe darin, unserer kleinen Gruppe den Anstrich einer freundlichen Urlaubsgesellschaft zu geben. Das ist nicht sehr anstrengend. Heute abend wird Ihr Pflichtenkreis jedoch erweitert. Sie und Doni werden sich einigen Männern zur Verfügung stellen müssen, die bald eintreffen. Das kann anstrengender werden.«

»Wie viele?«
»Sechs. Zwei sind Reaktionäre – um die brauchen Sie sich nicht zu kümmern. Die anderen vier sind Kämpfer für den Frieden, die von einem gefährlichen Auftrag zurückkehren. Um sie werdet ihr beide euch nach besten Kräften bemühen.«
Luisa zuckte die Achseln. Doni lächelte schläfrig.
»Und jetzt ... Ah, genau pünktlich, Ewgenij. Was für einen guten Diener du abgibst. Du solltest den Beruf wechseln.«
Das vierte Mitglied des kleinen Haushalts, ein untersetzter Russe mit kahlgeschorenem Schädel, schob sich mit einem Tablett Gläser ins Zimmer. Ewgenij Rijumin hatte sich in der sowjetischen Botschaft in Peking unterbezahlt und abgeschoben gefühlt; daher war er in den Dienst der Chinesen getreten. Er hatte wenig Phantasie, war aber recht geschickt und skrupellos. Diese Qualitäten hatten ihn in Verbindung mit seinem europäischen Aussehen in Suns Gruppe die Position eines Mädchen für alles eingetragen.
Ewgenij stellte das Tablett auf einem kleinen runden Tisch ab und nickte den beiden Mädchen zu. Der Oberst sah mit nachsichtigem Lächeln zu, wie Luisa einen Wodka mit Eis und Doni ein Glas Bier gereicht bekam; er selbst nahm keinen Drink, erlaubte dem Russen aber großzügig, sich ein Glas einzuschenken.
Dann schob er die Hände in die Hosentaschen und stellte sich wieder an die offene Tür. Er warf einen raschen Blick auf seine teure englische Uhr, die er vor fünfzehn Jahren geerbt hatte. Ihr früherer Besitzer, Captain in einem englischen Regiment, war während der Verhöre als Held gestorben. Für Sun war diese Uhr ein kostbarer Besitz – eine Erinnerung, nicht eine Trophäe. Er rief befehlend über die Schulter: »Ewgenij, die Lampen! Alle!«
Rijumin stellte sein Glas ab. »Alle?«
»Alle. Was man nicht verbergen kann, soll man betonen. Der Rest unserer kleinen Urlaubsgesellschaft trifft ein.«
Oben auf der Kuppe des Hügels über dem Haus lagen die beiden Männer von der kleinen Insel unter einem alten Feigenbaum und beobachteten, wie Terrasse und Anlegeplatz plötzlich in strahlendes Licht getaucht wurden. Sie sahen das Motorboot herangleiten, Lachen und laute Begrüßungsrufe drangen an ihr

Ohr, drei Männer gingen an Land, von denen einer gestützt werden mußte. Der Diener trug die Koffer, dann verschwanden alle im Haus. Das Motorboot glitt mit leise tuckerndem Motor nach Westen davon, um das vorgelagerte Inselchen zu umfahren und einen geschützten Ankerplatz an der Hauptseite der Insel anzulaufen.
Einer der beiden Beobachter hob die Hand. Dann standen sie beide auf und machten sich wieder auf ihren anstrengenden, unergiebigen Rundgang. Sie mußten noch elf weitere Häuser überprüfen.

Im Haus betrachtete Sun Liang-tan schweigend die drei Neuangekommenen. Der schwarzhaarige Revolvermann, der vor dreißig Stunden James Bond vom Golfplatz bis zum Haus des Admirals verfolgt hatte, erstattete Meldung.
»Bond«, begann er, aber dann wurde ihm die Kehle trocken, und er mußte sich räuspern, »Bond ist uns in England entwischt.«
Sun nickte mit ausdrucksloser Miene.
»Es wurden bereits Schritte unternommen, diesen Fehler zu korrigieren. Innerhalb von vierundzwanzig Stunden dürfte er sich in unseren Händen befinden«, fügte der Mann steinern hinzu, als sagte er einen auswendig gelernten Text her.
Wieder nickte Sun.
»HNC-Sechzehn wirkt nur dann unmittelbar, wenn es intravenös injiziert wird«, erklärte der zweite Mann. »Bond hat sich derart gewehrt, daß ich ihm nur eine intramuskuläre Injektion geben konnte, und das bedeutete ...«
Sun unterbrach ihn mit einer winzigen Handbewegung.
»Vor seiner Flucht hat er Doyles Gesicht so zugerichtet, daß wir Aufmerksamkeit erregt hätten«, fuhr der erste Mann im gleichen Ton wie vorhin fort. »Doyle mußte daher an Ort und Stelle beseitigt werden. Danach verlief alles nach Plan ...«
Wieder unterbrach ihn eine Handbewegung von Sun.
»Quantz hat in Doyles Tasche eine improvisierte Spur hinterlassen«, fuhr der Berichterstatter fort. »Zweifellos wird Bond seinen Chef in Athen suchen. Hier sind alle Einzelheiten.« Der Revolvermann reichte Sun einen versiegelten Umschlag. »Inzwischen ist Quantz selbst in Athen. Wir sind mit dem Wasserflug-

zeug vor Kap Sunion niedergegangen und haben ihn in einem Schlauchboot abgesetzt. Er wird mit unseren Freunden in Athen Verbindung aufnehmen. Sollte Bond trotz allem nicht auftauchen, wird Quantz dafür sorgen, daß einer der regulären britischen Agenten hierher auf die Insel gebracht wird. Quantz ist sicher, daß die Operation genau nach Plan verlaufen wird.«
Sun blieb eine halbe Minute lang schweigend sitzen, klopfte sich mit dem Umschlag aufs Knie. Den beiden Männern, die ein wenig unbeholfen vor ihm standen, traten die Schweißperlen auf die Stirn. Luisa saß auf dem Sofa und beobachtete Sun verstohlen von der Seite. Doni musterte die Neuangekommenen.
Schließlich hob der Oberst den Blick und lächelte flüchtig. Die Spannung wich. Die beiden atmeten erleichtert auf. Er wandte sich an den Revolvermann: »Gut, De Graaf. Sie müssen unverschämt viel Pech gehabt haben. Aber ich muß sagen, daß Sie anscheinend wirklich alles, was in Ihren Kräften stand, getan haben, um die Sache wieder in Ordnung zu bringen.« Im Grunde war Sun ein fair denkender Mann. Außerdem verfolgte der chinesische Geheimdienst die Methode, jedes Projekt in einzelne Aufgaben aufzuteilen, so daß Suns Verantwortung sich nur auf die Insel Vrakonisi beschränkte. Obgleich er sehr enttäuscht war, daß man Bond nicht mitgebracht hatte, erlaubte er es sich in Gegenwart von Europäern nicht, derartige Gefühle zu zeigen.
»Jetzt ruhen Sie sich erst einmal aus«, fuhr er fort. »Morgen früh besprechen wir alles ausführlich. Hier steht etwas zu trinken, bitte, bedienen Sie sich. Ewgenij wird Ihnen nach Ihren Wünschen etwas zu essen richten. Die beiden Mädchen heißen Doni und Luisa. Sie haben Anweisung, Ihnen in jeder Hinsicht und jederzeit zu Diensten zu sein. Und schließlich . . .« Ohne Eile erhob er sich und trat auf den dritten Mann zu, der seit seiner Ankunft wie leblos auf einem Stuhl hockte.
»Guten Abend, Admiral. Ich bin Oberst Sun Liang-tan von der chinesischen Volksbefreiungsarmee. Wie geht es Ihnen, Sir?«
M hob den Kopf. In seinen Augen glitzerte schon wieder ein wenig von der alten Schärfe. Seine Stimme klang fest.
»Ich habe nicht die Absicht, irgendeine Ihrer Fragen zu beantworten, Sie Bandit. Sie können sich die Mühe sparen.«
»Sie sind auch nicht hier, um Fragen zu beantworten – aber

seien Sie versichert: Wenn es uns an der Zeit erscheint, werden Sie sehr wohl alle Fragen beantworten, die wir Ihnen stellen.«
Suns Stimme klang völlig ungerührt. »Und jetzt, Lohmann, nehmen Sie Ihren Patienten mit und geben Sie ihm irgend etwas, damit er die Nacht schön durchschläft. Ewgenij zeigt Ihnen Ihr Zimmer.«
Der Arzt, ein kahler, untersetzter Mann in den Vierzigern, gehorchte.
De Graaf trank ein Glas Whisky und musterte die beiden Mädchen wie ein Einkäufer auf dem Viehmarkt. Dann zeigte er auf Luisa.
»Der Oberst sagte etwas von ›jederzeit‹«, murmelte er. »Warum nicht gleich?«
Luisa sah Doni an, und die redete eine ganze Weile auf albanisch auf sie ein. Dann zuckte Luisa die Achseln und nickte. Doni blickte De Graaf scharf an.
»Ich bitte Sie, mich auch mitnehmen, andere Mann abstoßend. Keine Haare auf Kopf und zu kleine Hände, wie Vogel. Sie mich nehmen auch mit. Wir schon haben vorher gemacht. Tun alles für Sie. Sie werden Freude haben.«
»Mir auch recht«, sagte De Graaf. »Also los!«
Sun Liang-tan war allein im Raum. Er trat auf die Terrasse hinaus und spuckte wütend aus.

6

James Bond saß in der Bar des *Grande Bretagne* in Athen und harrte der Dinge, die da kommen sollten.
Etwas anderes blieb ihm auch kaum übrig. In stundenlangen Diskussionen zwischen Bond, Bill Tanner, dem Chef der Station G in London und dem Chef der Station G in Athen über UKW war schließlich etwas entstanden, das in Ermangelung eines besseren Wortes »Plan« genannt wurde. Bond überdachte noch einmal die einzelnen Punkte, die Tanner in seinem Büro auf einem Stück Papier skizziert hatte.

1. Idealfall: 007 identifiziert die mit seiner Entführung beauftragten Feindagenten, entgeht der Gefangennahme und verfolgt sie mit der Absicht, daß sie ihn zu M führen.

2. Dieser Idealfall ist praktisch auszuklammern. 007 dürfte nicht in der Lage sein, diese Agenten im voraus zu identifizieren. Die Geschicklichkeit, die sie im *Zwischendeck* an den Tag legten, läßt außerdem darauf schließen, daß es schwer sein wird, einer Gefangennahme zu entgehen.

3. 007 muß deshalb die Gefangennahme herausfordern und dabei folgende Sicherheitsvorkehrungen treffen:

a) Die Agenten der Station G werden 007 ständig überwachen und den Entführern auf den Fersen bleiben, um eventuell eingreifen zu können.

b) 007 bekommt bei seiner Ankunft in Athen einen Minisender in seine Kleidung eingenäht.

c) Weitere Hilfsmittel zur Flucht werden ebenfalls in die Kleidung eingenäht.

Bond lächelte vor sich hin. Die Station G war im gesamten Geheimdienst berühmt. Ihr Chef, Stuart Thomas, ein freundlicher Waliser, hatte lange Zeit unter der Nummer 005 aktiven Dienst getan, bis ein Augenleiden seine Zielsicherheit beeinträchtigte. Seitdem leitete er die Abteilung Athen mit unübertrefflichem Geschick. Aber selbst von einem Mann wie Thomas durfte man keine Wunder erwarten.
Bei seiner Ankunft im Hotel fand Bond ein Päckchen mit dem Minisender vor und baute ihn in die vorbereitete Höhlung seines linken Absatzes ein. In seinem rechten Absatz wurde ein winziger Dietrich versteckt: Zwei papierdünne Sägeblätter aus Wolframstahl, ebenso schmiegsam wie der Stoff selbst, schob er in die gesteppten Aufschlagnähte seines anthrazitgrauen Mohairanzuges. Die Geräte wurden von Jahr zu Jahr verfeinert, aber die Verstecke blieben dieselben. Tüchtige Agenten wie die Entführer vom *Zwischendeck* würden sie kaum übersehen. Bond war sich völlig klar, daß er sich bei diesem Auftrag wie bei allen früheren in der Hauptsache auf unsichtbare Werkzeuge verlassen mußte, die ihm keiner nehmen konnte: seine Geschicklichkeit, seinen Mut und seine Phantasie. Er wußte, daß diese Eigenschaften bald einer harten Prüfung unterzogen würden.

Die Bar war ziemlich voll, und es ging recht lebhaft zu. Bond schaute sich um und versuchte aus reiner Neugier, die Agenten herauszufinden, die ihn überwachen sollten. Um die Gefahr eines Verrats unter einem gewaltsamen Verhör zu vermindern, wurde beim Geheimdienst dafür gesorgt, daß kein Agent mehr als erforderlich über den anderen wußte. Die Leute in der Bar sahen aus wie wohlhabende Geschäftsleute mit ihren Frauen, Bankiers aus Athen, Reeder von den Inseln, Politiker aus Saloniki, Besucher aus Istanbul, Sofia und Bukarest – die Touristen nicht zu vergessen.
Bond hatte sich das *Grande Bretagne* ausgesucht, weil er dort am leichtesten zu finden war und ihm die ein wenig schäbige Großartigkeit gefiel. Er liebte die vornehme Hotelhalle mit ihrem bunten Glas, ihren grünen Marmorsäulen und den schönen Gobelins – einer guten Kopie des Originals aus dem Louvre, das Alexander den Großen beim Einzug in Babylon auf einem dicken, kräftigen Ackergaul zeigt. Er mochte auch die Bar, ganz im französischen Stil mit Terrakottafliesen, schweren teuren Seidenvorhängen und ungewöhnlich höflichen Kellnern.
Es war zehn Uhr abends. Um diese Zeit macht das wohlhabende Athen sich Gedanken darüber, wo es dinieren soll. Bond hatte Hunger. Bei seiner Ankunft auf dem heißen, überfüllten Flughafen unterhalb des Berges Hymettos am frühen Nachmittag war er zu müde gewesen, um etwas essen zu können. Er hatte seine Koffer ins *Grande Bretagne* gebracht und war dann direkt in eines der Straßencafés auf dem Platz gegangen. Mit einer Karaffe billigem Rotwein hatte er sich die nötige Bettschwere für sieben Stunden Schlaf in dem bequemen Bett seines Zimmers Nr. 706 im obersten Stockwerk des Hotels verschafft. Dieses Zimmer war alles andere als ruhig, aber er bestellte es immer wieder, weil man von hier aus einen herrlichen Blick auf die Akropolis und das ferne Meer hatte.
Inzwischen mußte dem Gegner Bonds Ankunft bekanntgeworden sein, es war Zeit zum Gehen. Bond winkte dem Kellner. Gleichzeitig verlangte ein anderer Mann, der Bond den Rücken zukehrte, ebenfalls seine Rechnung. Von allen Besuchern der Bar sah er am spießigsten aus; er hatte sich leise mit einem Freund und zwei hübschen Frauen unterhalten. Genau die Leute, die Thomas bevorzugte. Thomas hielt überhaupt nichts

von paarweise auftretenden Gorillas in dunklen Anzügen mit kantigen Gesichtern.
Bond griff gerade nach der Brieftasche, als ein kleiner Zwischenfall am Nachbartisch auf der anderen Seite seine Aufmerksamkeit erregte. Ein plumper, fleischiger Mann mit dunklem Schnurrbart, faßte das neben ihm sitzende Mädchen am Arm und flüsterte ihr mit hämischer Miene etwas ins Ohr. Das Mädchen war jung und auffallend hübsch, mit vollen Brüsten und tabakblondem Haar. Nun verzog sie das Gesicht, und der erschrockene Blick ihrer elfenbeinfarbenen Augen fiel auf Bond. Er war der einzige Mann ohne Begleitung in ihrer Nähe.
»Bitte«, rief sie leise auf englisch. »Bitte, helfen Sie mir.«
Bond überlegte kurz. Natürlich konnte er einfach zahlen und gehen. Wenn der Mann aufdringlich wurde, so würden die Kellner bestimmt mit ihm fertig. Andererseits sagte ihm sein Instinkt, daß hinter dieser kleinen Szene mehr steckte. Das Mädchen war außerordentlich hübsch ... Was hatte er schon zu verlieren?
»Ich zahle gleich«, sagte er zu dem Kellner, ging hinüber und setzte sich neben dem Mann auf die Kante des kleinen grünen Plüschsofas. »Was ist denn los?«
»Er belästigt mich«, erklärte das Mädchen. »Er sagt ganz schreckliche, obszöne Dinge zu mir!«
Bonds Griechischkenntnisse waren bescheiden, aber ausreichend. Er beugte sich zu dem Mann, der ihn herausfordernd anstarrte, und sagte todernst. *»Fíye apo tho, málaka.«*
Diese Beleidigung war vermutlich ebenso obszön, wie das, was der Mann zu dem Mädchen gesagt hatte. Und auch Bonds entschlossene Miene und sein eiserner Griff nach dem Handgelenk des Mannes verfehlten ihre Wirkung nicht. Die beiden Männer starrten sich ein paar Sekunden lang an, dann griff Bond härter zu und bemerkte erstaunt, daß der korpulente Mann überraschend eiserne Muskeln besaß. Plötzlich stand der Mann auf, zog sein Jackett gerade und verließ die Bar. Auch die beiden Paare, die Bond vorhin aufgefallen waren, beobachteten sein Verschwinden.
»Vielen Dank«, sagte das Mädchen in ausgezeichnetem Englisch mit amerikanischem Akzent. »Es tut mir leid, aber ich wußte nicht, was ich sonst hätte tun sollen, ohne Aufsehen zu erregen.

Sie sind sehr geschickt mit ihm fertig geworden.« Sie lachte plötzlich leise, ein warmes, fröhliches Lachen, das nichts mehr von der Angst von vorhin verriet. »Sie scheinen darin viel Übung zu haben.«
»Darf ich Sie zu einem Drink einladen?« fragte Bond und hob die Hand. »Ja, es gehört zu meinen Hauptbeschäftigungen, junge Mädchen aus den Klauen zudringlicher Lüstlinge zu befreien.«
»Danke. Tzimas tut nur so. Meine Eltern wollen, daß ich ihn heirate. Er hat eine gutgehende Teppichfabrik. Nach diesem Zwischenfall wird Mutter mit Vater reden, und ich habe meine Ruhe. Sind Sie verheiratet?«
Bond lächelte. »Glücklicherweise nein. Was trinken Sie?«
»Ouzo mit Eis«, antwortete das Mädchen mit einem Blick auf den Kellner. »Aber nicht die billige Marke, die Sie sonst servieren, haben Sie Butari?«
»Gewiß, Madam. Und für Sie, Sir?«
»Dasselbe. Mit viel Eis.«
»Kennen Sie Ouzo?« fragte das Mädchen mit nachdenklichem Blick. »Kennen Sie Griechenland sehr gut?«
»Ja, ich kenne es ein wenig, und was ich kenne, gefällt mir gut. Was dieses Getränk betrifft: Es ist die griechische Version von Pernod, riecht aber übler und hat die gleiche Wirkung.«
»Welche Übertreibung! Die Franzosen haben uns dieses Getränk abgeschaut und es dann mit Anisette gewürzt und grün gefärbt. Wie schrecklich! Ich heiße übrigens Ariadne Alexandrou.«
»Mein Name ist James Bond. Woher wußten Sie, daß ich Englisch spreche?«
Wieder lachte das Mädchen. »Die meisten sprechen Englisch. Außerdem sehen Sie englisch aus, Mr. Bond.«
»Dabei bin ich gar kein Engländer, sondern Schotte, halb Schweizer.«
»Das Englische überwiegt aber. Was tun Sie in Athen? Sind Sie geschäftlich hier oder zum Vergnügen?«
»Geschäftlich – trotzdem erhoffe ich mir von meinem Aufenthalt auch ein wenig Vergnügen.«
Ariadne Alexandrou warf Bond einen fragenden Blick zu, dann betrachtete sie kritisch die beiden kleinen Gläser, in denen

weißliche Schlieren von den Eiswürfeln aufstiegen. Der Kellner goß Wasser hinzu. Bond betrachtete ihr hübsches Profil, das sehr griechisch war, dem aber die Strenge der klassischen Linien fehlte. Die Wirkung wurde noch durch Ohrringe im antiken Stil verstärkt – kleine Halbkreise aus gehämmertem Gold.
Zweifellos war Ariadne wegen ihres Aussehens und ihrer Intelligenz vom Gegner auf ihn angesetzt worden. Es war Bond völlig klar, daß der Zwischenfall sorgfältig inszeniert worden war.
Ariadne hob ihr Glas und betrachtete ihn mit einem herausfordernden Lächeln, das bei einer anderen Frau wahrscheinlich ordinär gewirkt hätte, bei ihr betonte es nur die feingeschwungene Linie ihrer Lippen.
»Wenn wir Griechen jemandem zutrinken, so sagen wir *ees iyían* oder schlicht *yássou.* Neuerdings heißt das fast immer *cheers.*« Das Lächeln verschwand. »Griechenland ist auch nicht mehr, was es einmal war. Es wird mit jedem Jahr weniger griechisch. Daß ich Ouzo bestelle, zeigt schon, wie konservativ ich bin. Moderne Leute trinken Whisky oder Wodka. Sind Sie schon zum Essen verabredet, Mr. Bond? Können wir nicht zusammen ausgehen?«
Bond mußte unwillkürlich über ihre Taktik lächeln, ihn mit ihrem Geplauder abzulenken, um dann ganz plötzlich wieder auf die Hauptsache zurückzukommen. Andererseits quälte ihn die Vorstellung dessen, was ihm bevorstand: irgendeine einsame finstere Straße, ein paar Männer, die aus einer dunklen Einfahrt traten, ihn zu einem Wagen schleppten und über die bulgarische Grenze brachten und dann ... Aber was blieb ihm übrig?
Das Getränk schmeckte verdächtig mild. Der Geschmack erinnerte ihn an Hustenbonbons. Er antwortete: »Ja, das wäre wunderbar. Aber können wir nicht im Hotel essen? Ich habe eine lange Reise hinter mir und ...«
»Ach was, hier ißt man nur, wenn es gar nicht anders geht. Ich wollte Sie in ein Lokal führen, wo es noch echte griechische Küche gibt. Mögen Sie die?«
»Ja.« Er beschloß, das Visier wenigstens zum Teil fallenzulassen. »Ich möchte mir nur ungern das Essen verderben lassen. Ich hasse nichts so sehr, als wenn man mich mit leerem Magen zu Bett schickt.«

In den hellbraunen Augen zuckte es erschrocken auf, doch dann wurden sie sofort wieder undurchdringlich. »Ich weiß nicht recht, was Sie damit meinen. Unsere guten Restaurants haben lange geöffnet. Sie bekommen alles, was Sie mögen. Die griechische Gastfreundschaft ist in ganz Europa berühmt – und das ist keine bloße Touristenwerbung. Sie werden ja sehen.«
Zum Teufel damit, dachte Bond verärgert. Was bleibt mir schon übrig, als mitzuspielen. Es war noch viel zu früh für einen Versuch, die Initiative in die Hand zu nehmen. Er beschloß, mit soviel Anstand wie möglich nachzugeben.
»Entschuldigen Sie«, murmelte er. »Ich bin zu sehr an die englischen Sitten gewöhnt. Da muß man früh essen, wenn man gut essen will, sonst bekommt man nichts Anständiges mehr. Ich überlasse alles Weitere Ihnen«, fügte er hinzu und meinte es auch so.
Drei Minuten später standen sie auf den Stufen des Hotels zwischen den hohen Säulen. Ein zufällig vorbeirollendes Taxi hielt an der Bordsteinkante. Bond nahm Ariadnes Arm und führte sie zum Wagen. Ihr Arm war fest, ihre Haut fühlte sich herrlich kühl an. Sie sagte ein paar Worte zu dem Fahrer, einem älteren, wohlbeleibten Mann, der einen ausgesprochen gemütlichen und harmlosen Eindruck machte. Dann fuhren sie los. Ariadne betrachtete Bond von der Seite. Wie immer beschränkten sich die Anweisungen ihrer Vorgesetzten auf die wesentlichsten Punkte. Sie hatte lediglich Befehl, den Engländer zu veranlassen, sich mit ihr in eine bestimmte Gegend zu begeben, von wo aus ihre Kollegen dann die Sache übernehmen sollten. Was nachher mit ihm geschah, ging sie nichts an. Aber genau diese Frage beschäftigte sie immer mehr; denn sie war eine Frau, die bei einem Mann wie Bond nicht unbeteiligt bleiben konnte. Sie hatte ihre Aufträge immer getreulich durchgeführt und dachte nicht einen Augenblick daran, sich den Befehlen zu widersetzen und sich etwa nach dem Essen von Bond verführen zu lassen. Dennoch konnte sie die leidenschaftlichen Wünsche nicht ganz unterdrücken, die in ihr aufstiegen . . .
Bond legte ihr Schweigen irrtümlicherweise als Anzeichen innerer Spannung aus. Anscheinend stand ihm der nächste Akt des Dramas unmittelbar bevor. An jeder Kreuzung war er darauf vorbereitet, daß das Taxi plötzlich in eine dunkle Gasse abbog,

und er überlegte schon mögliche Gegenmaßnahmen, als ihm einfiel, daß er nichts unternehmen durfte, da seine Gefangennahme der einzige Zweck seiner Reise nach Griechenland war.
Plötzlich wurde die Straße breiter, die Schatten wichen zurück, und das Taxi fuhr langsam einen flachen Hügel hinauf, an dessen höchstem Punkt die Lichter eines Restaurants blinkten. Der Fahrer hielt an, stellte den Motor ab und blieb am Steuer sitzen. Bond bezahlte und verfiel wieder in die Rolle des englischen Touristen, der ein schönes griechisches Mädchen ausführt. Als sie die schmalen Stufen zur Spitze des Hügels hinaufgingen, berührten sich ihre Schultern für einen Augenblick. Bond legte Ariadne den Arm um die Taille und flüsterte ihr zu: »Das Essen wollen wir wenigstens genießen.«
Sie drehte sich halb zu ihm um. Es war so hell, daß er den Ausdruck finsterer Entschlossenheit in ihren Augen bemerkte. Sie legte ihm mit überraschender Herzlichkeit die Hand auf den Arm.
»Nein«, antwortete sie. »Das lassen wir uns von keinem verderben, James. Darf ich Sie James nennen? Sagen Sie Ariadne zu mir, falls Sie den Namen aussprechen können.«
»Ariadne. Ganz leicht. Vier wunderhübsche Silben.«
»Ariadne war angeblich die Freundin des Königs Theseus von Athen. Sie half ihm, den Minotaurus zu bezwingen – wissen Sie, das Scheusal mit dem Stierkopf, das im Labyrinth lebte. Aber dann hat Theseus sie auf der Insel Naxos abgesetzt und im Stich gelassen und ...«
Bond warf ihr einen raschen Blick zu. »Und was dann?«
»Ach, das habe ich vergessen. Ich glaube, er fuhr weiter und erlegte den kaledonischen Bären oder so etwas Ähnliches. Jedenfalls blieb Ariadne lange Zeit allein. Der Weingott Dionysos kam zufällig vorbei, und sie ließ sich von ihm verführen. Seltsamer Zufall: dieses Restaurant ist nach ihm benannt. Wie gefällt es Ihnen? Hübsch, nicht wahr?«
Von der obersten Stufe hatten sie einen herrlichen Blick auf den Hügel der Akropolis. Bond nahm die Schönheit unbewußt in sich auf, denn der Gedanke an ihre Worte von vorhin beschäftigte ihn zu sehr. Ariadne Alexandrou hatte sich genauso verhalten, als hätte sie um ein Haar ein wichtiges Geheimnis preisgegeben. Aber was war schon geheimnisvoll an einer Legende,

die man in jedem Buch nachlesen konnte? Bond ließ das Problem auf sich beruhen und sagte ein wenig lahm: »Ich habe noch nie eine solche Aussicht gesehen.«

»Freut mich, daß es Ihnen gefällt«, antwortete sie. »Dieser Ausblick ist unsere Hauptattraktion hier.« Sie ging weiter. »Man ißt hier ziemlich teuer, aber wenn man weiß, was man bestellen muß, kann man etwas recht Anständiges bekommen. Wollen Sie das mir überlassen?«

»Gern.«

Von ihrem Tisch zwischen den Kaktusbeeten aus konnten sie die Akropolis und den Eingang des Restaurants überblicken, durch den kurz danach die beiden Paare eintraten, in denen Bond vorhin schon seine Kollegen zu erkennen geglaubt hatte.

Sie nahmen als Vorspeise zarte junge Krebse, die mit der frischen Mayonnaise köstlich schmeckten. Bond genoß den Duft exotischer Gewürze, vermischt mit der reinen, milden Luft des östlichen Mittelmeers, vor allen Dingen aber die Gegenwart des Mädchens.

Sie sah ihn lächelnd an. »Es scheint Ihnen zu schmecken.«

»Natürlich. Man merkt, daß nichts Künstliches daran ist. Was kann man mehr verlangen?«

»Viele Ihrer Landsleute mögen nur Steaks, Rührei und Pommes frites. Sie sind aber anscheinend gar nicht so englisch; ich habe gehört, bei Ihrem Lord Byron war es genauso.«

»Das Kompliment ist gut gemeint«, sagte Bond und lächelte zurück. »Aber ich lasse mich nicht gern mit Byron vergleichen. Als Dichter war er affektiert und angeberisch, außerdem ist er in frühen Jahren dick geworden und mußte nach einer strengen Diät leben. Sein Geschmack war gräßlich, was Frauen anbetrifft, und als Vorkämpfer der Freiheit ist er nie weit gekommen.«

Ariadnes Mund bekam einen strengen Zug. »Ich finde es nicht richtig, daß Sie so leichtfertig über einen der größten Engländer urteilen«, verwies sie ihn. »Lord Byron war der Begründer der Romantik in der Literatur. Sein Exil bedeutete einen Sieg der bourgeoisen Moral. Es war eine Tragödie, daß er sterben mußte, bevor er seine Truppen in die Schlacht gegen den Unterdrücker führen konnte.«

Lektion 1, dachte Bond ironisch; Bewußtwerdung der griechischen Nation; Unabhängigkeitskrieg; Sieg über die Türken.

»Daß er aber die Griechen mit Geld und seinem Einfluß unterstützte, das war ...« Ariadne hielt inne, als hätte sie bei ihrer Vorlesung eine Seite überschlagen. In viel normalerem Ton fuhr sie fort: »Die Griechen werden es ihm nie vergessen. Ob er es verdient hat oder nicht – hier gilt er als Nationalheld, und Sie sollten eigentlich stolz auf ihn sein.«
»Ich werde mir Mühe geben. Wahrscheinlich ist er mir in der Schule verekelt worden.«
Ariadne schwieg eine Weile, dann sagte sie leise: »Natürlich war es nicht nur Lord Byron. Die Engländer haben uns in vieler Hinsicht geholfen – in letzter Zeit nicht mehr. Trotzdem haben wir ihnen das nie vergessen. Trotz Zypern und trotz vieler anderer Dinge ...«
Bond warf ein: »Und trotz unserer Hilfe bei der Niederwerfung der Kommunisten nach dem Krieg.«
»Wenn Sie so wollen.« Die hellbraunen Augen blickten traurig. »Der Bürgerkrieg war furchtbar, für uns alle. Die Geschichte kann schon sehr grausam sein. Wenn man nur das Vergangene wiederherstellen könnte!«
Zum erstenmal in ihrer Gegenwart empfand Bond so etwas wie Hoffnung. Ariadne schien nicht mit ganzem Herzen bei der Sache zu sein. Er glaubte sogar, daß er in ihr mit ein bißchen Glück eine Verbündete gewinnen konnte.
Dieser Gedanke setzte sich immer mehr in ihm fest, während sie miteinander plauderten und ein wenig über die reichen Reeder und Griechenlands Millionäre lästerten. Ariadne wußte so gut Bescheid, daß sich bei Bond der Eindruck vertiefte, ihr Weg zum Kommunismus habe in einer reichen Familie begonnen und nicht in der Verbitterung des unterdrückten Mittelstandes. Wieder ein Pluspunkt.
Bonds Spannung ließ ein wenig nach. Die Lammkoteletts vom Holzkohlengrill waren ausgezeichnet, und der Weißwein war ebenso ausgezeichnet. Man schmeckte förmlich den Sonnenschein, die warme Erde und ein wenig das Salz der Ägäis heraus.
Doch dann war er mit einem Schlag wieder mitten in der Gegenwart. Als sie den türkischen Mokka schlürften, sagte Ariadne rasch: »James, ich möchte Sie um etwas bitten. Es ist jetzt halb zwölf. Wir haben Vollmond, und die Akropolis ist

noch geöffnet. Wenn wir gleich fahren, können wir sie uns noch ansehen. Das müssen Sie erleben. Es ist unbeschreiblich. Ich möchte selbst gern wieder einmal hin – mit Ihnen. Nehmen Sie mich mit? Danach ... können wir irgend etwas unternehmen, was Sie gern möchten.«
Bei diesem so eindeutigen Vorschlag drehte sich Bond förmlich der Magen um. »Natürlich«, murmelte er. »Es bleibt mir wohl nichts anderes übrig.«

7

Es ist schon etwas dran: das Parthenon ist aus der Entfernung am schönsten. Auf jeden Fall hatte es unter einem beinahe vergessenen Krieg im 17. Jahrhundert schwer gelitten. Die Restaurierung war in kümmerlichen Ansätzen steckengeblieben, doch der Mondschein verhüllte gnädig die Fehler.
Selbst James Bond blieb nicht ungerührt, als er an Ariadnes Seite den südlichen Säulengang durchschritt und jeden Augenblick das Unvermeidliche erwartete. Nur wenige späte Besucher ergingen sich noch auf der zugigen Hügelkuppe, und schon bald mußten die Tore schließen. Unter diesen wenigen Besuchern war irgendwo eine Gruppe von Leuten, die weder Touristen noch Verliebte waren. Bond gab sich keine Mühe, sie zu entdekken, sie würden sich schon bemerkbar machen.
Er merkte an Ariadnes Gesichtsausdruck, daß der kritische Augenblick näherrückte. Sie sah ihn an, und sein Herzschlag setzte aus. »Verzeih mir!« flüsterte sie.
Sekunden später waren sie da, zwei kräftige Männer, die sich links und rechts von Bond aufbauten. Der Untersetzte befahl ihm auf griechisch mitzukommen. Das Mädchen stellte dem anderen eine Frage, die Bond nicht verstand. Nach kurzem Zögern folgte eine genauso rasche Antwort. Dann nickte Ariadne Alexandrou, trat auf Bond zu und spuckte ihm ins Gesicht.
Er hatte keine Zeit, zurückzuzucken, da stand sie schon vor ihm. Das waren nicht die Ohrfeigen eines kleinen Mädchens, sondern Schläge, die seinen Kopf hin und her warfen. Ein Strom griechischer Beleidigungen und Flüche ergoß sich über ihn –

»englisches Schwein« war noch der damenhafteste Ausdruck. Abgesehen von den physischen Schmerzen empfand er nichts als Trauer. Er sah flüchtig, wie der Dicke sein Gesicht zu einem verlegenen Grinsen verzog.
Dann – sie schlug immer noch auf ihn ein – begann sie englisch zu sprechen. Da sie sich desselben Tonfalls wie vorhin bediente, klang es, als ob sie die Beschimpfungen in Bonds Sprache fortsetzte. Dabei sagte sie:
»Hören Sie. Diese Männer – sie sind Feinde. Wir müssen weg, ich nehme den Dicken, Sie nehmen den anderen. Dann mir nach.«
Sie hielt inne, ging lachend auf den Dicken zu, rammte ihm das Knie in den Unterleib, spreizte die Finger und zielte damit nach seinen Augen. Er gab nur einen dünnen Schrei von sich.
Halb unbewußt drehte Bond sich nach dem anderen um und versetzte ihm einen harten Handkantenschlag gegen den Hals. Der Dicke krümmte sich und hatte beide Hände vors Gesicht geschlagen. Bond ließ seine Fäuste auf den speckigen Nacken hinabsausen, packte Ariadne und lief los.
Es ging erst die leeren schattigen Kolonnaden nach Westen entlang, dann verließen sie die Marmorplatten, stolperten über den unebenen, grasbewachsenen Boden, kamen an einem Liebespärchen vorbei, rannten auf eine Tür zu . . . aber Ariadne zog ihn nach links. Richtig: am Haupteingang konnten noch mehr Feinde stehen. Aber gab es einen anderen Ausgang? Er wußte es nicht. Keine Fragen – er hatte einmal beschlossen, sich auf das Mädchen zu verlassen, und mußte dabei bleiben.
Dann hinter ihnen ein Schrei – zwei erstaunte Gesichter –, eine Felskante, die für einen Sprung zu tief war und zu steil, um hinunterzuklettern. Doch eine Hauswand bildete einen Winkel mit dem Felshang, und an der Innenseite liefen einige elektrische Drähte hinab. Sie ließen sich an den Kabeln hinunter, dann folgte ein nicht ganz so steiler Hang und eine Querpassage, bei der ihnen wieder ein Draht half. Einen Schritt entfernt spritzte Erde auf. Kein Knall – Schalldämpfer. Über ihnen lose Steinchen, lautes Fluchen. Noch ein Sprung in die Tiefe vom Dach irgendeiner kleinen Hütte, dann ein schmaler Pfad, ein eiserner Zaun – vor ihnen Leute; Hunderte. Er half Ariadne über den Zaun, dann schlossen sie sich dem Menschenstrom an.

Ariadne lachte unsicher. »Das Theater des Herodes Atticus. Vorstellung beendet; in doppelter Hinsicht, hoffe ich.«
Bond sah sie bewundernd an. Ariadnes Motive kannte er nicht, doch sie hatte sich als geschickt, entschlossen und wendig erwiesen. Eine wertvolle Verbündete. Er sagte leise: »Wie gut, daß Sie den Notausgang kannten.«
»Ja, wir planen alles sorgfältig. Ich könnte Ihnen blind einen Grundriß der Akropolis zeichnen.«
»Wer sind ›wir‹?«
»Vielleicht sage ich Ihnen das später. Jetzt müssen wir uns durch die Menge drängen und ein Taxi erwischen!«
In den nächsten paar Minuten schoben sie sich rücksichtslos durch die Menge. Die Leute waren in heiterster Laune und ließen sich nicht gern herumstoßen. Dann erreichten sie schließlich die Straße und saßen in einem Taxi.
Nun zeigte sich die Reaktion. Ariadne lehnte sich zitternd an Bond. Er legte ihr den Arm um die Schultern und zog sie an sich. Nach der vergangenen Viertelstunde konnte er diesen Augenblick der Schwäche gut verstehen. Er murmelte beruhigende Worte.
Sie fuhr sich mit der Hand über die Wange und flüsterte: »Tut mir leid, daß ich Sie angespuckt habe, aber ich mußte es tun. Und dann all die gemeinen Dinge, die ich gesagt habe. Ich hoffte nur, daß Sie mich nicht verstehen würden. Sie glauben doch sicher nicht ...«
»Sie sind eine großartige Schauspielerin! Sie haben die beiden regelrecht zum Narren gehalten. Aber nun ... finden Sie nicht, daß ich jetzt das Recht hätte, einige Fragen zu stellen?«
Sie lehnte sich dicht an seine Schulter. Er spürte, wie sie nickte.
»Sie hatten den Auftrag, mich auf die Akropolis zu locken, wo ich von zwei Ihrer Leute geschnappt werden sollte, stimmt's?«
»Aber ich wollte doch nicht –«
»Lassen wir das jetzt. Und als die Männer dann auftauchten, erkannten Sie, daß es die Falschen waren. Woran eigentlich?«
Ariadne schluckte und richtete sich dann auf: »Wir hatten ein Erkennungszeichen vereinbart – etwas mit einem Taschentuch. Sie haben das Zeichen nicht gegeben. Ich sagte deshalb zu ihnen, daß nach meiner Information Legakis und Papastavrou für den Auftrag bestimmt waren. Der Kerl antwortete, die

beiden hätten einen anderen Auftrag übernehmen müssen. Soweit ich unterrichtet bin, arbeitet für uns überhaupt niemand, der Legakis oder Papastavrou heißt. Ich mußte mich auf gut Glück darauf verlassen, daß sie nicht genug Englisch verstanden. Das war alles. Haben Sie eine Zigarette?«
»Natürlich.«
Bond gab ihr eine Yanthe, eine scharfe mazedonische Zigarette, die er in Griechenland immer rauchte. Auch er zündete sich eine an. Ein seltsames Hochgefühl erfaßte ihn. Was ihm bevorstand, wußte er nicht, aber das Schema des Plans zu seiner Entführung war schon durchlöchert. Er befand sich immer noch auf freiem Fuß, und die andere Seite, wer immer das war, hatte keinesfalls die Oberhand gewonnen.
»Ariadne, für wen arbeiten Sie eigentlich? Sie wollten es mir doch sagen!«
Sie hatte sich wieder gefaßt. »Ich sagte ›vielleicht‹. Im Moment kann ich Ihnen noch gar nichts verraten. Vieles weiß ich selbst nicht. Wer waren diese Männer? Ich fürchte, die Situation hat sich in den letzten Stunden verändert. Vielleicht sind gar nicht Sie es, den wir haben wollen. Ich weiß nicht . . .«
Sie brach ab, wahrscheinlich, um ihre Gedanken nicht zu verraten. Bond zog inzwischen selbst einige Schlüsse aus der Szene auf der Akropolis. Im Augenblick mußte er sich auf den Minisender in seinem Schuh verlassen und auf die Tüchtigkeit von Thomas' Männern. Er sagte trocken: »Und wohin bringen Sie mich jetzt?«
»Zu meinem Chef. Ich kann Sie nicht zwingen, mitzukommen. Aber wir müssen miteinander reden. Vertrauen Sie mir?«
»Vertrauen hat damit nichts zu tun!«
Ariadne ergriff seine Hände. »Auf jeden Fall bin ich froh . . . ich fühle mich nicht mehr ganz so elend wie vor einer Viertelstunde. Da dachte ich, ich würde Sie nie mehr wiedersehen. Jetzt sind wir immer noch zusammen. Ich kann nicht erwarten, daß Sie mir Vertrauen schenken, James, aber das glauben Sie mir doch, nicht wahr, daß ich mich freue, bei Ihnen zu sein?«
»Ja«, antwortete Bond ehrlich. »Das glaube ich dir, Ariadne.« Er küßte sie. Dann war der Augenblick vorbei, und das Taxi hielt. Sie rückten auseinander. Bond bezahlte, und sie stiegen aus.
Sie standen in einer schmalen Straße in einem Außenbezirk der

Stadt. Bond sah eine kleine Bar, in der ein einsamer alter Mann döste; einen Lebensmittelladen; ein langes Gebäude, das vielleicht eine Schule war; ein paar andere Häuser – alle weiß gestrichen. Eines der Häuser lag ein Stück von der Straße zurück, hinter einem rostigen Eisenzaun. Ariadne öffnete ein Tor, das in den Angeln quietschte, dann überquerten sie einen kleinen, mit Steinplatten gepflasterten Hof, der mit wildem Wein und Lorbeer überwachsen war. Eine struppige Katze huschte an ihnen vorbei. An der Haustür gab Ariadne ein kompliziertes Klopfzeichen.

Riegel wurden zurückgeschoben, dann flog die Tür auf. Tzimas stand vor ihnen – jedenfalls war das der Name, den Ariadne genannt hatte. Er grunzte verblüfft, doch in der nächsten Sekunde hielt er einen Revolver in der Hand. Mit einer Handbewegung befahl er ihnen, einzutreten, dann schloß er die Tür und schob die Riegel wieder vor. Ariadne führte Bond durch einen gefliesten Flur zur nächsten Tür.

An einem einfachen Tisch saßen zwei Männer. Sie sprangen auf und überschütteten Ariadne mit Fragen. Während des heftigen gestenreichen Wortwechsels beobachtete Bond sie. Der eine war etwas über dreißig, dunkel, gutaussehend, aber für sein Alter zu dick; anscheinend ein Grieche. Das Alter des anderen war schwer zu schätzen, mußte aber irgendwo zwischen vierzig und sechzig liegen. Er war grau, dürr, trug das Haar kurz geschnitten und sprach Griechisch mit starkem Akzent. Ein Russe, das war keine Frage. Bond überlegte, ob sich M im Hause befand. Seit dem Überfall im *Zwischendeck* dachte er möglichst wenig an seinen Chef, weil ihn dann eine sinnlose Wut packte. Auch jetzt schob er den Gedanken rasch wieder beiseite.

Der Grieche biß sich auf die Lippen, stürzte an den Schreibtisch und begann wie wild zu telefonieren. Der Russe unterhielt sich noch eine Weile mit Ariadne. Als er auf Bond zutrat, wirkte er müde und besorgt.

»Vorsicht, Mr. Bond.« Sein Englisch war genauso schlecht wie sein Griechisch. »Nehmen Sie langsam Revolver heraus und geben Sie mir.«

Bond gehorchte. Tzimas stand neben ihm. Der Russe musterte die Waffe mit einem raschen Blick und legte sie auf den Tisch. »Nehmen Sie Platz, Mr. Bond. Sie möchten etwas trinken?«

Bond ließ sich neben Ariadne auf ein schäbiges Roßhaarsofa nieder und blickte überrascht auf. »Danke, gern.«
Der Russe gab Tzimas einen Wink. »Wir nur haben Ouzo. Tut mir leid. Sie sicher lieber trinken Whisky, aber zu teuer für unsere Budget.«
Die schmalen Lippen lächelten ein wenig. Mut hast du, dachte Bond. Du hast Angst, bist aber zu stolz, es dir anmerken zu lassen.
Tzimas reichte ihm ein Zahnputzglas, das halb mit der milchigen Flüssigkeit gefüllt war. Der Russe lehnte sich stirnrunzelnd an die Tischkante.
»So, Mr. Bond. Mein Name ist Gordienko, und dieser Mann hier heißt Markos. Wir vielleicht haben sehr wenig Zeit, so ich muß Sie bitten, antworten Sie rasch meine Fragen. Wie Sie sicher haben gemerkt, sollten Sie gefangen werden und hierher gebracht. Sie sind nicht gefangen, Sie aber sind doch gekommen.«
»Was blieb mir anderes übrig? Das müssen Sie doch einsehen.«
»Ich nicht einsehe. Ich verstehe nicht. Bitte, was ist Grund von Ihre Besuch in Griechenland?«
Bond starrte ihn an. »Du liebe Zeit, Sie haben mich doch selbst hergelockt.«
Gordienko zuckte hilflos die Achseln. »Vielleicht war nicht klug von mir, das zu fragen. Heute abend alles ist so verwirrend. Aber antworten Sie bitte: Wer hat nach Ihrer Meinung Männer bestellt, die Sie festnehmen sollten?«
»Das weiß ich nicht. Aber gestatten Sie mir eine Frage: Wo ist Ihr anderer Gefangener? Hält er sich hier auf?«
»Das ist . . . Ich weiß nicht, was Sie meinen.« Gordienko wirkte niedergeschlagen.
»Na schön, dann eine andere Frage: Was haben Sie mit mir vor? Das könnten Sie mir doch sagen, wo ich Ihnen nicht mehr entwischen kann.«
»Sie sind angeblich ein sehr wichtiger Mann, Mr. Bond. So wichtig, daß mir Auftrag, Sie zu fangen, aus Hand genommen wird, weil – weil jemand anders machen soll.«
Das hatte Bond bereits vermutet.
»Nach Gefangennahme sollten Sie hier in dieses sichere Haus etwa drei Tage gefangengehalten und dann entlassen werden.

Wir sollten Sie fragen nach Absicht von Ihre Besuch in Athen. Das war mein Befehl.
Bond bekämpfte mühsam seine innere Erregung. Er glaubte jetzt einen roten Faden zu sehen. Gordienko hatte schließlich keine Veranlassung, sinnlos zu lügen. Offenbar war Bond also von einer Verschwörung in eine andere hineingeraten, und die Männer auf der Akropolis gehörten zu der ursprünglichen Gruppe, die weitaus gefährlicher war. Das bedeutete, daß er sich mit diesem Russen vielleicht arrangieren konnte. Trotzdem mußte er vorsichtig bleiben.
»Ich möchte Ihnen gern glauben«, sagte er gelassen. »Wir haben uns so daran gewöhnt, daß es immer zwei Parteien gibt, daß wir kaum daran denken, daß es vielleicht noch eine dritte geben könnte, die uns beiden feindlich gesonnen ist. Ich schlage deshalb vor, daß wir für den Augenblick zusammenarbeiten.«
»Einverstanden.« Gordienkos faltiges Gesicht wirkte ein wenig entspannter. Er gab Tzimas wieder ein Zeichen. »Tauschen wir einige Erfahrungen aus. Meine Leute führen in diese Gegend – äh – eine wichtige Sache aus. Ich kann versichern, ist nicht gerichtet gegen Ihre Leute. Soll uns natürlich Vorteil bringen, aber nicht auf Ihre Kosten.«
Gordienko ließ sich von Tzimas ein Glas Ouzo reichen und betrachtete es. »Ich möchte auch lieber etwas anderes trinken, aber ein neutrale Getränk verletzt wenigstens nicht Nationalstolz von eine von uns.« Wieder huschte ein flüchtiges Lächeln über seine Miene. »Viel Glück.«
»Wir werden's brauchen.« Bond hob sein Glas und trank.
»Also: Meine Aufgabe ist, unsere Sache gegen mögliche Einmischungen abzuschirmen. Als Ihre Ankunft berichtet wurde, bekam ich Auftrag, etwas dagegen zu unternehmen. Ihre Anwesenheit hier zu eine solche Zeitpunkt konnte nicht sein Zufall. Zudem ist bekannt, daß Sie früher schon oft Erfolg gehabt haben mit Einmischung. Ja?«
Markos legte den Telefonhörer auf und kam zu Gordienko herüber. Er zitterte ein wenig und schwitzte. Dann ließ er einen griechischen Wortschwall vom Stapel, dem Bond nur entnehmen konnte, daß es sich um eine ziemlich betrübliche Mitteilung handelte.
Markos bekam neue Instruktionen, griff wieder nach dem Tele-

fon, und Gordienko drehte sich zu Bond um. Sein Gesicht war etwas grauer als vorher. Er setzte sorgfältig eine billige Nickelbrille auf.
»Unser gemeinsamer Feind geht unglaublich rücksichtslos vor. Die Männer, die Sie fassen sollten, sind ermordet worden.«
Ariadne stockte der Atem.
»Wie Sie wissen, Mr. Bond, werden in Friedenszeiten nur selten Agenten beseitigt. Es kommt natürlich vor, aber selten. Ich fürchte, wir müssen nun unsere ganze Aktion absagen. Das kann schlimme Folgen haben. Sogar eine Krieg ist möglich. Und ich kann so gut wie nichts dagegen tun.« Er leerte sein Glas in einem Zug und musterte Bond. »Wir haben Verräter in unsere Organisation. Andere Möglichkeit gibt es nicht. Ich schäme mich, das zu sagen, aber wir sind jetzt Verbündete.« Er lehnte sich wieder an den Tisch. »Die Anwesenden hier scheiden aus. Markos war immer bei mir, seit Ihre Ankunft gemeldet. Ariadne Alexandrou war nicht unterrichtet über Einzelheiten. Und Tzimas vertraue ich. Ich muß also mit diese drei in eine andere, sichere Versteck verziehen und von dort weitermachen. Moskau wird schicken neue Leute, und Markos muß neue Helfer hier suchen. Aber das kostet Zeit, und wir haben keine Zeit. Wollen Sie mitkommen, Mr. Bond, oder wollen Sie lieber erst beraten mit Ihre eigenen Leute? Wenn ja, dann ich wäre dankbar für Informationen, die Sie mir geben können.«
Bevor Bond antworten konnte, quietschte das Tor im Eisenzaun. Wahrscheinlich war es absichtlich nicht geölt worden. Gordienko preßte die Lippen zusammen. Er nickte Tzimas zu; der trat an die Tür. Dann wurde es still. Vorn hörte man das Klopfzeichen, das auch Ariadne schon benutzt hatte. Markos atmete auf, die anderen drei nicht. Dann erteilte Gordienko einen knappen Befehl. Tzimas schlich über den schwachbeleuchteten Flur, legte die Kette vor und öffnete die Tür einen Spaltbreit. Nach knapp einer Sekunde schloß er sie wieder. Er drehte sich um und kam ins Zimmer zurück, aber er schwankte ein wenig und trat auch nicht mehr so leise auf wie zuvor.
Tzimas blieb vor den anderen stehen und starrte Gordienko mit seinem linken Auge an; wo sich sein rechtes Auge befunden hatte, klaffte ein kleines schwarzumrandetes Loch. Dann verließen ihn alle Kräfte und er sank Gordienko vor die Füße.

8

Gordienko warf Bond die Walther-Automatic zu. Markos sprang zum Lichtschalter. Schlagartig wurde es im Zimmer dunkel. Gordienko bewegte sich aufs Fenster zu, aber Bond rief eindringlich: »Nein, das werden sie erwarten. Lieber vorn.«
»Richtig, danke.« Sie schlichen über den dunklen Flur, dann löste Gordienko lautlos die Kette von der Tür.
»Wir warten ungefähr eine Minute, dann wird ihre Aufmerksamkeit nachlassen. Wir verlassen das Haus in der Reihenfolge: Markos, Mr. Bond, Miss Alexandrou, zuletzt ich. Dreißig Schritt weiter nach links zweigt eine Gasse ab, die auf beiden Seiten hohe Mauern hat. Dort treffen wir uns.«
Gordienko wiederholte die Anweisung auf griechisch. Markos gab eine kurze Antwort, dann wurde es wieder still. Ariadne griff nach Bonds Hand und drückte sie an die Brust. Er spürte, wie rasch ihr Herz klopfte.
»Viel Glück, meine Freunde.« Gordienko drehte behutsam den Türknopf. Es schien Bond, als hätte er Markos auf die Schulter getippt. Dann flog die Tür auf, und sie rannten um ihr Leben.
Der Gegner hatte das eiserne Tor weit offen gelassen – ein glückliches, ein entscheidendes Versehen. Als die ersten Schüsse aus der Dunkelheit einer gegenüberliegenden Tornische aufblitzten, hatten schon alle die schützende Seitengasse erreicht, in die kaum das Mondlicht drang. Markos gab einen erstaunten Laut von sich, warf den Kopf in den Nacken, stolperte noch ein paar Schritte weiter und stürzte. Bond feuerte drei Schüsse auf die Nische ab, zwischen ihm und Ariadne zischte in Kniehöhe etwas durch die Luft. In der dunklen Gasse blitzte es auf. Bond warf sich nach rechts, ging sofort in die Knie, wartete auf den nächsten Mündungsblitz und drückte ab. Die Kugel verfehlte Gordienko um Haaresbreite, dann hörte er einen gedämpften Aufschrei. Er sprang auf, raste über die Straße und erreichte die dunkle Gasse. Für den Augenblick war er in Sicherheit. Gordienko und Ariadne kauerten neben einer Leiche.
Bond merkte, daß er sich nicht im Schatten befand. Vorsichtig spähte er nach rechts zu der Ladenfront. Sofort blitzte es auf. Die Kugel schlug zwei Schritte neben ihm in die Wand. Er zuckte instinktiv zurück, aber es war nur Störfeuer, denn als er

sich vorbeugte, sah er in einer Entfernung von fünfzig Schritten einen Mann davonrennen. Er bot ein so schlechtes Ziel, daß Bond keine Kugel an ihn verschwendete.
Das alles hatte kaum eine halbe Minute gedauert, aber schon erwachte die Straße zum Leben. Fenster wurden hell, aufgeregte Rufe erklangen, Hunde bellten. Sicher war ihnen der Gegner auf den Fersen.
Bond rannte zu der Stelle hinüber, wo Markos gestürzt war. Der Grieche lag auf dem Gesicht und hatte die Arme ausgestreckt. Seine billige Baumwolljacke war unter der linken Schulter rot gefärbt. Als Bond ihn auf den Rücken drehte, merkte er, daß die Glieder schlaff waren wie die einer Puppe. Er drückte ihm die Augen zu. Mit einem raschen Blick zum Haus hinüber lief er wieder in die Seitengasse zurück.
Der Mann, den er getroffen hatte, lehnte mit dem Rücken halb an der Wand. Bond kümmerte sich nicht um die Wunde in seiner Brust, sondern prägte sich das Gesicht ein: eine Hakennase, ungewöhnlich große Augenlider, die jetzt halb geschlossen waren. Dieses Gesicht hatte er vor ungefähr dreißig Stunden im *Zwischendeck* gesehen. Er hatte den Chef der Gruppe vor sich, die M entführt hatte.
Bond hatte genug erfahren. Er erhob sich und wandte sich seinen beiden Begleitern zu. Sie boten einen erschreckenden Anblick: Gordienko lehnte gegenüber an der Wand und atmete langsam. Er bewegte die Lippen, hatte jedoch Mühe, einen Ton herauszubringen.
»Ich glaube, eine Kugel hat ihn in den Rücken getroffen«, flüsterte Ariadne.
Der Russe hob mühsam seine Hand, deutete erst auf Bond und auf Ariadne, dann machte er eine Geste, die unmißverständlich war. Plötzlich quoll ihm ein Blutstrom über die Lippen, dann kippte Major Piotr Gregoriewitsch Gordienko von der Abteilung Auslandsinformationen des Staatssicherheitsdienstes um und blieb im Rinnstein liegen.
Ariadne weinte. »Wir müssen Gordienko gehorchen!« sagte sie.
»Ich fürchte, wir werden noch viel laufen müssen. Weißt du irgendeinen sicheren Ort für uns?«
»Ja. Wir können uns bei einer Freundin verstecken.«

Ariadnes Freundin – den Namen erfuhr Bond nie – entpuppte sich als ein brünettes Pummelchen in einem zerknitterten, sehr teuren Nachthemd. Sie zeigte sich nicht überrascht, daß sie um drei Uhr morgens aus dem Bett getrommelt wurde; Ariadnes Kleid war zerrissen und von oben bis unten schmutzig, und Bond fiel vor Erschöpfung beinahe um. Die beiden Mädchen wechselten auf griechisch ein paar Worte, dann nickte Ariadnes Freundin Bond lächelnd zu, sagte etwas Nettes, was er nicht verstand, und zog sich zurück in ihr Schlafzimmer. Eine verschlafene Männerstimme stellte eine Frage, die helle Stimme der Freundin antwortete, dann lachten die beiden.

Ariadne mußte ebenfalls lächeln. »Wir haben Glück, das Gästezimmer ist noch frei. Im Küchenschrank steht etwas zu trinken. Bedien dich, ich richte inzwischen das Bett her.«

Bond gab ihr einen raschen Kuß. Die Küche war klein, schlecht gelüftet und roch – nicht unangenehm – nach Ziegenkäse und überreifen Feigen. Im Schrank fand er zwischen Konserven und Käsepackungen ein paar Flaschen: Ouzo, billigen Rotwein, griechischen Branntwein und, glücklicherweise, auch Scotch. Er schenkte sich einen ordentlichen Schluck ein, goß ein wenig Sodawasser dazu und trank das Glas in zwei langen Schlucken leer. Schon während er sich den zweiten, ein wenig schwächeren Drink mixte, spürte er, wie sich von seinem Magen aus eine angenehme Wärme ausbreitete und die Nebel der Übermüdung verscheuchte, die sich in seinem Gehirn ausgebreitet hatten.

Das Schlafzimmer war ebenfalls klein, aber mit seinen bunten handbemalten Möbeln sehr gemütlich. Bond hatte nur Augen für Ariadne, die sich gerade über das Bett beugte, als er auftauchte.

»Ich habe nur ein Laken aufgelegt«, sagte sie. »Eine Decke brauchen wir wohl nicht.«

»Nein, es ist warm genug.«

Sie zögerte. »Es gibt so viel zu tun, und wir haben nicht genug Zeit. Aber ich glaube, zuerst müssen wir schlafen.«

»Stimmt. Und bevor wir schlafen . . .«

Der Satz blieb in der Luft hängen. Ariadne lächelte – es war ein selbstbewußtes, sinnliches Lächeln. Dann zog sie sich ohne Eile, doch auch ohne Koketterie aus, wobei sie Bond unverwandt ansah.

Sie verließen die Wohnung schon früh am Morgen. In dem geschäftigen kleinen *kafenion* an der nächsten Ecke frühstückten sie, es gab Kaffee, heiße Brötchen und herrlichen Hymettos-Honig. Dann brachte sie einer der großen gelben Busse wenig bequem, dafür aber rasch, zum Constitution Square, wo sie die nötigsten Sachen für Ariadne einkauften. Ihre Wohnung in Loukianou wurde sicherlich schon überwacht. Von hier aus fuhren sie zum *Grande Bretagne* und achteten dort darauf, sich immer in der Nähe größerer Menschenmengen aufzuhalten. Auch das Hotel wurde vermutlich überwacht, aber hier waren sie gewiß bis zum Abend sicher, und so lange wollten sie sich ohnehin nicht aufhalten.
Sie duschten sich in Bonds Zimmer und zogen sich um. Als Bond sich in dem mit grauem Marmor ausgelegten Badezimmer auch noch rasiert hatte, fühlte er sich wieder ganz frisch. Er empfand sogar einen vorsichtigen Optimismus und kam sich nicht mehr vor wie das Kaninchen vor der Schlange, sondern wie ein Jäger, der seinen Gegnern mit gleicher Waffe gegenübertritt und noch dazu eine sehr zuverlässige Jagdgefährtin an der Seite hat.
Dann setzte er sich auf die Bettkante, und Ariadne nahm auf der blauen Couch Platz. Der Kriegsrat konnte beginnen.
»Fangen wir gleich beim wichtigsten Punkt an«, sagte er und zündete für sich und Ariadne eine Xanthe an. »Deine Lage ist mehr als gefährlich. Du bist die einzige Überlebende der Gruppe, die Gordienkos Vertrauen genoß. Mit deiner Organisation darfst du dich nicht in Verbindung setzen, schon gar nicht nach den Ereignissen von heute nacht. Der Verräter in eurer Gruppe wird alles daransetzen, dich zu beseitigen. Natürlich kannst du untertauchen, bis der Sturm sich gelegt hat. Aber das hast du doch sicher nicht vor, nicht wahr?«
Ariadne lächelte. »Nein, natürlich nicht.«
»Schön. Dann bleibt dir nur noch übrig, mit uns zusammenzuarbeiten. Du ersparst mir alle Erklärungen und fungierst einfach als meine Assistentin. Einverstanden?«
»Einverstanden! Aber du verstehst doch, daß ich alles unternehmen muß, um Moskau wenigstens zu verständigen?«
»Ja, natürlich. Auch darüber habe ich mir schon Gedanken gemacht. Mit der russischen Botschaft hier hast du noch nicht

zusammengearbeitet, wie? Das bedeutet, daß du etwas riskieren mußt. Ruf die Leute von einem öffentlichen Telefon aus an und nenne den Namen Gordienko. Dann wird man dich schon mit dem richtigen Mann verbinden. Es kann dir natürlich passieren, daß du dabei auf den Verrater stößt. Aber ich wüßte nicht, was man dagegen tun könnte. Einverstanden?«
»Einverstanden.«
»Gut. Ich muß mich jetzt mit unserem hiesigen Mann in Verbindung setzen.«
Bond hob den Telefonhörer ab und verlangte eine Verbindung mit dem kleinen Laden für ausländische Bücher, den Stuart Thomas hier zur Tarnung betrieb. Kaum eine Minute später klingelte das Telefon, und die Zentrale teilte Bond mit, der Teilnehmer sei nicht erreichbar. »Nein, Sir, nicht besetzt. Und es ist auch nicht so, daß sich keiner meldet. Die Nummer ist einfach nicht erreichbar.«
Beunruhigt bat Bond das Mädchen in der Zentrale, es noch einmal zu versuchen, aber das Ergebnis war wieder dasselbe. Ariadne rief die Störungsstelle an. Der diensthabende Ingenieur war sehr freundlich, wußte aber nichts von einer Störung. Er versprach, sich sobald als möglich um die Sache zu kümmern.
Bond und Ariadne verließen in aller Eile das Hotel.
Das Rätsel fand eine ebenso einfache wie endgültige Lösung. Die Feuerwehr zog bereits ab, die Polizei beherrschte das Feld. Das Kommando führte ein untersetzter junger Leutnant in eleganter graugrüner Uniform, ein höflicher, tüchtiger junger Mann, der froh war, sein Englisch anbringen zu können. Dabei stellte sich heraus, daß er ein alter Kunde von Thomas war. Große geschwärzte Glassplitter lagen auf dem Bürgersteig, ganze Haufen von durchnäßten Büchern, Atlanten, Reiseführern, Karten und so weiter; alles roch nach verbrannter Pappe und schwelendem Leim. Ein Teil des Bücherbestands war noch unbeschädigt, und glücklicherweise hatte das Feuer nicht auf das benachbarte Reisebüro übergegriffen. Am schlimmsten sah es in dem kleinen Wohnraum hinter dem Laden aus. Die Einrichtung war mehr oder weniger zertrümmert, eine Seite des Raums eingedrückt. Genauso traurig sah die Wohnung hinter dem Reisebüro aus. Hier mußte das Feuer sehr gewütet haben.
Der Polizeileutnant nahm dankend eine Zigarette an.

»Die Feuerwehr hat ihr Bestes getan«, sagte er. »Sie wurde sehr rasch benachrichtigt. Über die Ursache sind wir uns noch nicht im klaren, aber es steht zu befürchten, daß es kein Unfall war. Die Hitzeentwicklung war größer als bei einem normalen Feuer. Es könnte sich um eine Bombe gehandelt haben. Könnten Sie mir zufällig sagen, Sir, ob Mr. Thomas Feinde hatte, ich meine, geschäftliche Rivalen?«

Die Frage war nicht ungefährlich. Bond durfte sich unter keinen Umständen in eine polizeiliche Untersuchung verwickeln lassen. Deshalb erklärte er: »Ich fürchte, so genau kenne ich ihn nicht. Ich bin auch nur Kunde. Fragen Sie doch Mr. Thomas selbst.«

»Mr. Thomas ist nicht da. Die Nachbarn halten diesen Umstand für ungewöhnlich. Normalerweise schläft er nämlich in der Wohnung hinter dem Laden. Vielleicht ist er dem Unheil durch Zufall entgangen. Zweifellos wird er bald von dem Feuer erfahren und herkommen. Hatten Sie einen besonderen Grund, mit ihm zu sprechen, Sir?«

»Nein«, antwortete Bond, »eigentlich nicht. Ich kann mich später wieder mit ihm in Verbindung setzen. Vielen Dank.«

Der Polizeileutnant verbeugte sich mit einem bewundernden Blick auf Ariadne, nickte Bond ein wenig neidisch zu und wandte sich ab. Von der Rückseite des Ladens trat ein Zivilist auf ihn zu und klopfte sich ein wenig Asche vom Anzug – zweifellos der Sprengstoffexperte.

Auch Bond wandte sich ab. Es war zu gefährlich, hier neugierige Fragen zu stellen, außerdem spielte es keine Rolle, auf welche Art der britische Geheimdienst in Athen lahmgelegt worden war. Ebenso unwesentlich war es im Grunde, ob Stuart Thomas sich lebend in den Händen des Gegners befand oder irgendwo auf dem Meeresgrund vor Piräus lag. Man hatte ihm seine wichtigste Waffe aus der Hand geschlagen, noch bevor er sie richtig hatte ergreifen können.

Als sie wieder im *Grande Bretagne* waren, sagte er zu Ariadne: »Sie waren nicht nur hinter *ihm* her. Man wollte verhindern, daß ich seine Aufzeichnungen, die Liste seiner Kontaktmänner, Angaben über Briefkästen und so weiter in die Hand bekam; ich sollte also von meinen Leuten abgeschnitten werden. All diese Unterlagen befanden sich sicher in der Wohnung hinter dem Laden, wo das Feuer am schlimmsten wütete.«

Ariadne sah nachdenklich aus. »Warum hat man nicht einfach alles beseitigt? Das wäre erstens unauffälliger gewesen und zweitens hätten sie wichtiges Material in die Finger bekommen.«
»Das war auch nicht so sicher. Sie mußten damit rechnen, daß irgendwo Unterlagen versteckt waren, die sie nur finden konnten, wenn sie das Gebäude auseinandernahmen. Die Papiere, die leicht zu finden waren, haben sie zweifellos mitgenommen. Doch wie ich Thomas kenne, war das nicht viel.«
»Was ist mit seinem Assistenten?«
Bond starrte die Wand an. »Mit dem möchte ich mich jetzt nicht in Verbindung setzen. Wenn er nicht tot ist oder entführt wurde, dürfte man ihn überwachen. Ich kann nicht warten, bis jemand zu mir kommt. Die Kollegen, die mir Thomas gestern abend auf die Spur gesetzt hat, sind verschwunden. Der Himmel weiß, wer sonst noch verschwunden ist. Wie sagte Gordienko? Ungewöhnlich rücksichtslos. Du und ich, wir sitzen jetzt im gleichen Boot.«
Ariadne setzte sich neben Bond auf die Couch. Ihre Stimme klang entschlossen. »Ich habe auch nachgedacht. Wir müssen sofort etwas unternehmen. Wir haben einen langen Weg vor uns, und es sind nur noch sechzig Stunden bis zu dem Ereignis, das Gordienko erwähnt hat. Vielleicht noch weniger, weil . . .«
»Worum handelt es sich?«
»Das werde ich dir unterwegs erzählen.«
»Ja, natürlich, damit ich keine Gelegenheit habe, es nach London weiterzumelden«, murmelte Bond.
»Liebling, ich weiß doch, daß du London unterrichten mußt. Sei vernünftig, ja? Wir haben eine Seereise vor uns – ungefähr zweihundert Kilometer Luftlinie. Wir brauchen also ein Boot und jemand, der damit umgehen kann. Ich kenne auch schon den richtigen Mann dafür.«

9

»Litsas hat in der Armee von General Papagos 1940 gegen die Italiener gekämpft, als sie in Griechenland eindrangen. Die Griechen schlugen sie bis nach Albanien zurück. Litsas gehörte zu der Infanterieeinheit, die Koritsa besetzte. Er war damals

achtzehn und wurde wegen seiner Tapferkeit zum Unteroffizier befördert.« Ariadne unterbrach ihren Bericht, als sie mit Bond das kleine Café betrat. Der Eigentümer, ein grobschlächtiger Bursche mit tabakverfärbtem Schnurrbart, kam auf sie zugestürzt. *»Kal' iméra sas«*, sagte Ariadne höflich. *»Boreíte na mou peite, sas parakaló – pou einai o Kyrios Litsas?«*
Der Mann führte sie an die Tür und deutete gegenüber zum Hafen. Es folgte eine sehr angeregte Unterhaltung. Schließlich ließ sie den Cafébesitzer allein und deutete mit einem Achselzucken an, daß der Fall ihn nun nichts mehr angehe. Sie gingen in die Richtung, die er ihnen gezeigt hatte.
Ariadne fuhr fort: »Dann kamen die Deutschen, schnitten Papagos den Nachschub ab, und er mußte sich ergeben. Seine Soldaten wurden entwaffnet und nach Hause geschickt. Litsas marschierte ein paar hundert Kilometer quer durch Griechenland bis in seine Heimat Euböa. Dort schloß er sich der Widerstandsbewegung gegen die Besatzung an.«
Bond nahm ihren Arm. »Du weißt genau über ihn Bescheid.«
»Mein Vater war 1941 sein vorgesetzter Offizier, und sie trafen sich später in der Widerstandsbewegung. Ich muß zugeben, daß beide tapfere Männer waren.«
»Zugeben?« fragte Bond erstaunt.
»Ich weiß, das klingt seltsam, aber ... Siehst du, nach meiner Meinung hat die falsche Partei den Bürgerkrieg gewonnen. Du würdest das die demokratischen Kräfte nennen. Für unser Land wäre es besser gewesen, wenn die Kommunisten an die Macht gekommen wären. Das waren die wirklichen griechischen Patrioten. Sie leisteten während der Besatzungszeit am meisten Widerstand ...«
»... und schlugen sich hauptsächlich mit rivalisierenden Organisationen herum«, unterbrach Bond sie trocken. »Aber was geht dich der Bürgerkrieg an, du warst doch viel zu jung!«
»Ich habe mich damit beschäftigt.«
»Zweifellos. Aber was war mit deinem Vater und Litsas? Sie standen vermutlich auf der falschen Seite, wie?«
»Bitte, James, mir ist das sehr ernst. Vater wurde ein Reaktionär. Er schloß sich der sogenannten Nationalarmee an, die zum großen Teil aus Faschisten und Terroristen bestand. Litsas war eine Zeitlang Verbindungsoffizier zwischen der Nationalarmee

und den Briten. Dann wurde er an die Front versetzt.«
»Weil er auf Kommunisten schießen wollte. Weißt du, Ariadne . . .«
»Da vorn steht er.«
Sie waren inzwischen an dem größeren der beiden Jachthäfen von Piräus entlanggegangen. Am gegenüberliegenden Pier hatte eine Menge verschiedener Schiffe, von Fischerbooten und kleinen Segelbooten bis zur großen Jacht, festgemacht. Genau vor ihnen wurden einige Boote repariert. Bond bemerkte sofort einen Mann in weißem Hemd, der mit lauter Stimme Anweisungen erteilte. Sie gingen die Stufen zur Werft hinunter. Bond nahm den Faden wieder auf: »Aus dem, was du sagst, müßte man schließen, daß dieser Mann unter gar keinen Umständen auf deiner Seite steht.«
»Vergiß nicht, daß es für den Augenblick auch deine Seite ist. Er ist sehr probritisch eingestellt. Er nimmt mir zwar immer noch übel, daß ich zur kommunistischen Partei gestoßen bin, aber er mag mich trotzdem gern, weil er sehr an meinem Vater hängt. Sollte er sich weigern, so weiß ich etwas, das ihn zur Mitarbeit bewegen wird.«
Litsas drehte sich um und erblickte die beiden. Die Sonne und die salzige Luft hatten seine Haut braun gegerbt; er war ein ungewöhnlich gut aussehender Mann von Mitte Vierzig, mit dichtem schwarzem Haar, das an den Schläfen schon ein wenig grau wurde; die aufmerksamen, braunen Augen blickten ein wenig melancholisch; Schultern und Oberarme wirkten auffallend muskulös. Bond schätzte ihn als treuen Freund und unerbittlichen, rücksichtslosen Feind ein. Das war ein Mann, dem man auf Anhieb vertrauen konnte.
Die beiden begrüßten sich mit einer freundschaftlichen Umarmung. Dann richteten sich die wachsamen Augen auf Bond. »Niko, das ist James Bond, ein englischer Freund von mir!« sagte Ariadne.
»Hallo, Mr. Bond.« Sein Händedruck war kräftig. »Sie haben sich für Ihren Besuch einen günstigen Augenblick ausgesucht: ich bin gerade fertig und wollte drüben rasch einen Schluck trinken. Ich hoffe, ihr beiden kommt mit. Ich muß nur noch vorher rasch diesen beiden Idioten etwas erklären. Die verstehen von Schreinerei so viel wie ich vom Stricken.«

Sein Englisch war beinahe fehlerlos und fast frei vom typisch griechischen Akzent.
Das Boot, an dem gearbeitet wurde, war eine Drei-Meter-Jacht mit ungewöhnlich spitzem Bug, anscheinend ein Fischerboot oder ein Rettungsboot, das in einen Kabinenkreuzer von Westentaschenformat umgebaut wurde – offenbar gerade das richtige für Touristen.
Ärgerlich und scheinbar mühelos brach Litsas die von ihm beanstandete Strebe ab, als handelte es sich um dünnes Papier. Die beiden Arbeiter senkten schuldbewußt den Blick. Dann wandte sich Litsas mit einer verächtlichen Geste ab und winkte Bond und Ariadne zu.
»Sie sind wie Kinder«, sagte er. »Nette Kinder, aber eben Kinder. Es liegt nicht daran, daß sie faul oder schlampig arbeiten, sie sehen nur nicht ein, wie sehr man sich anstrengen muß, um etwas halbwegs Gutes zustande zu bringen. Was führt Sie nach Griechenland, Mr. Bond? Machen Sie Urlaub?«
»Leider nicht.«
Litsas horchte auf. »Sie haben doch keinen Ärger? Vielleicht kann ich . . .«
»Es ist mehr als nur Ärger, wir brauchen Hilfe, Mr. Litsas.«
»Wir? Liebeskummer?«
»Wenn's nur das wäre. Ariadne und ich müssen uns mit einer internationalen Organisation auseinandersetzen, die England und Rußland bedroht, und wahrscheinlich auch Griechenland. Das klingt sehr dramatisch, aber . . .«
»Wie es klingt, ist mir egal, Mr. Bond.« Litsas blieb gegenüber dem Café unvermittelt stehen. Sein Blick und seine Stimme drückten Feindseligkeit aus. »Ich will nichts mehr mit Politik zu tun haben. Auf gar keinen Fall würde ich aber den Leuten helfen, für die Sie arbeiten. Und jetzt entschuldigen Sie mich bitte.«
Er wollte sich abwenden, doch Bond hielt ihn zurück. »Ich schwöre Ihnen, daß ich kein Kommunist bin. Ich stehe auf Ihrer Seite.«
»Genau diese Worte habe ich schon von mehr als nur einem Kommunisten gehört.«
Ariadne griff ein. »Niko, ich kann dir eines versprechen: Wenn mein Vater hier wäre und wüßte, um was es geht, würde er dich

bitten, uns zu helfen.«
Litsas wurde nur noch ärgerlicher. »Das ist ganz und gar nicht schön von dir, daß du den Major mit hereinziehst. Ich hätte das nicht von dir erwartet.«
»Hören Sie, Mr. Litsas«, sagte Bond verzweifelt. »Wir stehen wirklich auf der richtigen Seite! Und die Sache ist ungewöhnlich ernst.«
»So, wirklich?« Litsas beruhigte sich. »Na schön, Mr. Bond, ich höre mir Ihre Geschichte an. Mehr kann ich nicht versprechen.«
Sie betraten das Café und setzten sich an einen der kleinen Marmortische. Bei einer Tasse Mokka berichtete Bond in allen Einzelheiten von den Geschehnissen, angefangen vom *Zwischendeck* bis zum Feuer in Thomas' Laden. Litsas ließ keinen Blick von Bonds Gesicht. Dann saß er Minuten regungslos da – sehr ungewöhnlich für einen Griechen, der gern mit Händen und Füßen redet. Schließlich sagte er: »Es läuft also auf folgendes hinaus: Sie und Ariadne wollen, daß ich Sie auf eine Insel bringe, deren Namen Ariadne nicht nennen will. Dort wird sich etwas ereignen, wovon ich auch nichts erfahren soll« – seine tiefe Stimme bekam einen verächtlichen Unterton –, »falls irgendein Gegner dieses Ereignis nicht verhindert. Ein britischer Chefagent wurde entführt, und zwar vom gleichen Gegner, der die Interessen Englands schädigen möchte. Wie es weitergehen soll, können Sie erst sagen, wenn Sie dort sind. Sie haben also keinen Plan, und Ihre Geschichte klingt auch nicht sehr gut. Tut mir leid – ich kann Sie bestenfalls mit ein paar Leuten bekannt machen, die Ihnen ein Boot vermieten und auch die Mannschaft dazu. Außerdem gibt es nach allen Inseln Dampfer –«
Bond fiel ihm brüsk ins Wort. Er hatte sich inzwischen überlegt, daß sie für die bevorstehende Aufgabe mindestens zu dritt sein mußten, und dieser Mann schien ihm als Verbündeter am besten geeignet. »Hören Sie«, sagte er. »So kommen wir nicht weiter. Was riskieren Sie denn? Glauben Sie wirklich, Ariadne und ich hätten Ihnen das nur erzählt, weil wir eins Ihrer Boote stehlen wollen? Wovor haben Sie denn Angst?«
»Jetzt reicht es mir, Mr. Bond! Das lasse ich mir nicht bieten!«
Ariadne legte ihm die Hand auf den Arm. »Hör zu, Niko: Eines ist ziemlich sicher – von Richter hat damit zu tun.«
Die Wirkung war verblüffend. Litsas fauchte wie ein wildes

Tier. »Dieses Schwein! Der Mörder von Kapoudzona!«
»Er wurde zufällig von einem früheren Widerstandskämpfer gesehen. So erfuhr es der hiesige Parteichef und so weiter. Ich hörte es erst gestern.«
»Er ist also wieder in Griechenland. Aber das hat noch nichts zu bedeuten. Viele Mörder zieht es an die Stätten ihrer früheren Untaten zurück. Vielleicht ist er nur unterwegs nach Kapoudzona ...«
»Nein. Er hat sich auch darum bemüht, ein Boot zu bekommen, um nach ... um auf die Insel zu gelangen, zu der auch wir wollen. Sei ehrlich: Glaubst du an einen Zufall?«
»Nein«, antwortete Litsas. Er holte tief Luft. »Na schön, ich mache mit. Es wird Zeit, daß ich mal wieder etwas erlebe. Aber restlos bin ich noch nicht überzeugt. Vielleicht lügt dieses liebe kleine Mädchen hier, vielleicht sagt sie auch die Wahrheit, was von Richter betrifft. Doch für die Chance, ihn zu Gesicht zu bekommen, würde ich um die halbe Welt reisen.«
Bond atmete erleichtert auf. »Wann können wir abfahren?«
»Bald. Wir nehmen die *Altair*. Sie mißt dreizehn Meter und hat einen starken Dieselmotor. Verstehen Sie etwas von Booten, James?«
»Ein bißchen. Ich habe früher manchmal Urlaub auf einem umgebauten Fischdampfer gemacht.«
»Die *Altair* liegt drüben beim Glockenturm. Sie führt die Flagge von Panama. Ihr beiden geht schon an Bord und laßt euch nicht blicken, bis wir ablegen. Ist euch jemand vom Hotel hierher gefolgt?«
»Glaub ich nicht. Da wir außer einer Einkaufstasche nichts bei uns hatten, wird man kaum damit gerechnet haben, daß wir abreisen. Am gefährlichsten war der Augenblick, wo ich das Telegramm nach London und Ariadne die Nachricht an ihre Leute aufgab. Doch das mußten wir riskieren.«
»Sie werden noch mehr riskieren müssen. Bis zum Boot ist es nicht weit. Sie haben nur einen Revolver, James? Gut, überlassen Sie alles mir. Ich bin bald bei euch.«
Zehn Minuten später betraten Bond und Ariadne über das Achterdeck der *Altair* den winzigen Salon. Er war ordentlich aufgeräumt, der Fußboden geschrubbt, die Fenster geputzt, die blauen Gardinen sauber. Wahrscheinlich war das Boot für die

nächste Kreuzfahrt schon vermietet. Bond mußte grinsen, als er daran dachte, wie Litsas sich jetzt mit den Mietern auseinanderzusetzen hatte.

Vor der Kombüse lagen zwei Kabinen mit Doppelkojen und davor zwei weitere Kabinen mit Einzelkojen. Sie nahmen die mittlere Kabine an Backbord. Ariadne packte ihre wenigen Sachen aus: etwas Wäsche, Handtücher, ein paar Hemden, Toilettensachen und achtzig Magazine für die Walther. Dann wischte sie sich eine Haarsträhne aus dem Gesicht und ließ sich von Bond in die Arme nehmen.

Sie drückte ihr Gesicht an seinen Hals und sagte leise: »Jetzt habe ich dich wenigstens noch für eine Weile. Was morgen geschieht, ist mir gleichgültig.« Sie lehnte den Kopf zurück, ihre Augen glänzten. »Laß die Tür offen. Wir sind allein hier.«

Dann lagen sie in der harten, unbequemen Koje. Diesmal trieb sie nicht die beinahe hysterische Hast wie bei ihrem ersten Zusammensein. Um sie her war der Lärm des Hafens, Befehle klangen auf, Ankerketten rasselten, Motore summten, aber das alles wurde bedeutungslos und versank für sie. Schließlich lösten sie sich erschöpft voneinander und schliefen ein.

Schritte und Stimmen auf Deck weckten Bond. Er zog sich rasch an, und ehe er die Kabine verließ, beugte er sich über Ariadne und küßte ihre warme Wange.

Im kleinen Salon stand Litsas, die Hände in die Hüften gestemmt, mitten zwischen Proviant und Ausrüstungsgegenständen.

»Schläft Ariadne?«

»Ja.«

Der Grieche sah Bond direkt in die Augen. »Seien Sie gut zu ihr, James. Sie können sagen, es geht mich nichts an, aber ihr Vater ist mein bester Freund, und das bedeutet in Griechenland sehr viel. Wenn Sie sie schlecht behandeln, muß ich mich um Sie kümmern, und das wird Ihnen nicht gefallen. Verstehen Sie?«

»Ja. Es wird nicht nötig sein.«

»Dann werden wir gut miteinander auskommen.« Litsas' Blick wurde freundlicher. »Wenn ich mir vorstelle, daß die kleine Ariadne für den verdammten russischen Geheimdienst arbeitet – das ist unglaublich. Ich habe immer gedacht, sie kocht nur Kaffee für die Arbeiter und liest ihnen abends Karl Marx vor ... Vielleicht ist es gut, daß die Welt immer noch Überraschungen für uns bereithält.« Er deutete auf die Kisten. »Treibstoff und Wasser, Nahrungsmittel, etwas zu trinken. Das sehen wir uns später an. Waffen, die sollten Sie gleich überprüfen.«

Bond trat an den Tisch. Litsas wickelte die Ölhaut ab. Zum Vorschein kam eine 9-mm-Automatic Beretta M34, dazu zwei Packungen Munition, vier HE-Handgranaten und – Bond traute seinen Augen nicht – ein kurzes Lee-Enfield-Gewehr mit etwa sechzig Magazinen zu je fünf Schuß. Bond nahm den Karabiner in die Hand und visierte über Kimme und Korn. »Sie haben dieses kleine Arsenal in unglaublich kurzer Zeit beschafft.«

»Ach, das war ganz einfach. Es handelt sich um meine privaten Vorräte. Die Briten haben mir 1944 die Lee-Enfield gegeben. Immerhin ist es ein Modell von 1916. Ich habe recht gute Ergebnisse damit erzielt und den Karabiner auch behalten, als ich zum Offizier befördert wurde. Auf die gleiche Weise bin ich auch an die anderen Waffen gekommen.«

Litsas hob den Holzdeckel von der Bank an der Steuerbordseite und holte noch ein mit Ölhaut umwickeltes Paket heraus. Es enthielt eine Browning-Maschinenpistole aus dem Zweiten Weltkrieg, die genauso liebevoll gepflegt war wie die anderen Stücke.

»Ein Geschenk aus den USA. Ich habe es immer an Bord, dazu eine Menge Munition. Ich hoffe, Sie halten unsere Feuerkraft für ausreichend.«

Bond lachte. »Damit können wir schon fast einen Panzer knacken.«

»Vielleicht auch ein Schnellboot. Ich glaube, wir packen das Zeug wieder weg, wie?«

Sie waren gerade damit fertig, da erklangen oben leichte Schritte. Ein Junge von etwa sechzehn Jahren, nicht groß, aber sehr kräftig, betrat den Salon und nickte Bond ernst zu.

»Das ist Yanni«, stellte Litsas vor. *»Yanni, o Kyrios Tzems* ... Wir beide könnten mit dem Boot schon fertig werden, aber wir müssen uns auch am Steuer ablösen lassen. Yanni kennt sich mit diesem Boot ebenso gut aus wie zwischen den Inseln. Mehr Leute brauchen wir nicht. Bevor die Schießerei losgeht, werde ich ihm ein paar hundert Drachmen zustecken und ihn irgendwo an Land setzen. Gehen wir nach oben.«

Er sagte ein paar Worte zu Yanni, der nickte wieder und verschwand ebenso leise, wie er gekommen war. Gleich darauf erschien Ariadne.
In ihren Blue jeans und dem Herrenhemd sah sie auf kühle Art begehrenswert aus.
»Warum brechen wir noch nicht auf?«
»Wir sind gleich fertig, meine Liebe. Außer dir weiß schließlich niemand, wohin es geht. Meinst du nicht, daß es Zeit wäre, uns ins Vertrauen zu ziehen?«
»Erst, wenn es gar nicht anders geht.« Sie vermied Bonds Blick. »Wir fahren auf die Kykladen zu. Unterwegs sage ich euch, um welche Insel es sich handelt.«

10

»Hier fahren wir hin.« Ariadnes Finger deutete auf einen Punkt auf der Karte. »Vrakonisi.«
Litsas sah ihr über die Schulter. »Mindestens vierzehn Stunden – mehr als acht Knoten will ich nicht vorlegen. Bei schlechtem Wetter dauert's länger.«
»Im Moment ist es doch ganz ruhig«, sagte Bond.
Das Meer war fast spiegelglatt. In der Ferne sah man immer noch alle Einzelheiten der Küstenlinie, doch in der gerade einsetzenden Septemberdämmerung veränderten sich die Farben; das Grün der Bäume verfärbte sich bläulich, die Ockerfarben der Berghänge schienen eine intensivere Tönung anzunehmen. Ein Fischkutter mit einer Reihe von Booten im Schlepptau fuhr zwischen der *Altair* und der Küste auf Piräus zu.
»Warten Sie, bis wir am Kap Sunion vorbei sind und die Attische Bucht verlassen haben. Der Nordwind da draußen kann verdammt ungemütlich werden. Okay. Ich will nur noch eben mit Yanni reden.«
Litsas ging. Bond lehnte sich zurück und starrte zur Küste, ohne eigentlich etwas zu sehen. Er fühlte sich entspannt und zuversichtlich, zumindest bis zum Morgen würde es ruhig bleiben. Er hatte gelernt, solche Pausen vor dem Kampf bis zum letzten auszunutzen und jeden Augenblick der Stille zu genießen. Er griff nach der Karte und entdeckte die sichelförmige Insel. Eine

Erinnerung kam ihm. »Vrakonisi. War das nicht Theseus' Zufluchtsort, nachdem er deine Namensschwester auf Naxos zurückgelassen hatte?«

»Ich dachte, das wäre dir entgangen«, sagte Ariadne lächelnd. »Es war ein dummer Fehler von mir.«

»Wenn ich nachgeschlagen hätte, wäre ich sofort draufgekommen.«

»Diese Geschichte findet man in keinem Buch. Sie ist nur eine Legende der alten Leute hier.« Ariadne schwieg einen Augenblick.

»Kein Gelehrter weiß, warum Theseus so eilig von Naxos aufbrach. Nur die Leute aus Vrakonisi wissen es: Ihr König hatte erfahren, daß Theseus den Minotaurus erschlagen hatte. Also schickte er ein paar Männer zu ihm, um ihn zu bitten, gegen einen Drachen zu kämpfen, der seine Insel mit feurigem Atem verbrannte. Theseus schwamm um die Insel, packte den Drachen am Schwanz und zog ihn ins Meer. Das Wasser kochte, der Dampf erhob sich so hoch in den Himmel, daß die Götter auf dem Olymp neugierig wurden. Schließlich ertrank der Drache, und als Theseus zum Ufer zurückkehrte, stellte er fest, daß nur noch ein Zehntel der Insel übriggeblieben war. Es dauerte ziemlich lange, bis er nach Naxos zurückkehrte. Ariadne war nicht mehr da. Kluge Leute werden sagen, daß dieser Mythos nur die Entstehungsgeschichte der Insel versinnbildlichen soll. Ein Vulkan brach aus, feurig-flüssige Lava strömte aus dem Berg. Genausogut kann man aber auch an den Drachen glauben.«

»Und nun haust wieder ein Drache dort«, sagte Bond. »Nur ist es diesmal ein chinesischer Drache.«

Litsas kam zurück, fing die letzten Worte auf und blieb unvermittelt stehen.

»Wohin man sieht, entdeckt man die Handschrift der Chinesen.« Bond bot Zigaretten an. »Typisch ist die Rücksichtslosigkeit. Keine der kleineren Mächte, die dem russischen Einfluß in diesem Teil des Mittelmeers vielleicht Widerstand leisten – zum Beispiel die Türkei –, würde auch nur einen Bruchteil dessen riskieren, was diese Leute gewagt haben. Aber bevor wir uns in Theorien verlieren, beschäftigen wir uns lieber mit Tatsachen. Ariadne hat uns nun erzählt, wo das große Ereignis stattfinden soll. Wir brauchen nur noch zu wissen, worum es sich handelt.«

»Ja, genau das.« Ariadne legte die Beine auf die Bank und umfaßte ihre Knie. »Zwischen einem hohen russischen Funktionär, dessen Name du sicher kennst, und den Vertretern verschiedener Länder des Mittelmeerraums wurde eine Geheimkonferenz vereinbart. Der Regierungschef der VAR wollte angeblich selbst kommen, dann ernannte er aber doch einen Stellvertreter. Die Einladung wurde von allen angenommen, aber bei der Wahl des Besprechungsortes gab es Schwierigkeiten. Zwei der Delegierten – Reaktionäre – lehnten es ab, nach Rußland zu fahren. Danach wurde alles zu einer Prestigefrage. Man einigte sich schließlich auf einen mehr oder weniger neutralen Ort – Griechenland, das aus irgendeinem Grund nicht eingeladen worden war. Wahrscheinlich steckten die Türken dahinter. Das hätte Rußland verhindern müssen.«

Ariadnes Stimme klang empört, denn im Herzen eines jeden Griechen steckt ein unbesiegbares Nationalgefühl. Litsas nickte; aber Bond bemerkte es nicht. Seine Gedanken beschäftigten sich mit anderen Dingen. Er versuchte, die von Ariadne erhaltenen Informationen in das Bild einzufügen, das er sich selbst gemacht hatte. Das Ergebnis war beängstigend.

Ariadne fuhr fort: »Eine Insel schien der ideale Treffpunkt zu sein – abgelegen, aber dennoch von genügend Touristen belebt, um mehrere Besucher unauffällig hinbringen zu können. Man wählte Vrakonisi, weil am einen Ende auf einem großen Felsen ein Haus steht, das geräumig genug ist und nur auf dem Wasserweg erreicht werden kann.«

»Das Haus kenne ich«, warf Litsas ein, »ein sehr klug gewählter Ort. Wird verdammt schwer sein, sie dort zu überraschen. Genau das muß der Gegner doch beabsichtigen.«

Bonds Augen wurden enger. »Denken wir einmal über das Ziel nach!« schlug er vor.

»Aber zuerst brauche ich ein Glas Ouzo, James.« Litsas stand auf und ging zum Kühlschrank auf der Backbordseite des Niedergangs. »In Griechenland beraten wir nur bei einem anregenden Getränk, und für Kaffee ist jetzt nicht die richtige Zeit. Wir Hellenen brauchen immer etwas, um unser armes Gehirn anzuregen.«

Er goß drei Gläser voll, warf Eiswürfel dazu und reichte sie

herum. »Dieses Zeug schmeckt vom Faß viel besser als aus der Flasche. Stärker und längst nicht so süß.«
Bond probierte und stimmte ihm zu. Dann meinte er: »Die Absicht dürfte sein, die Konferenz gewaltsam zu unterbrechen, so viele Leute wie möglich umzubringen und die ganze Geschichte an die große Glocke zu hängen. Danach sollte es aussehen, als ob mein Chef und ich die Störenfriede seien, dabei mußte aber verhindert werden, daß wir uns wehren konnten. Wahrscheinlich sollte man unsere Leichen mit den tödlichen Waffen in den Händen finden. Zweifellos wollte man uns Unterlagen in die Taschen schieben, die bewiesen, daß wir ›auf offiziellen Befehl‹ handelten. Die ganze gestellte und verlogene Geschichte würde zwar zum Himmel stinken, und niemand, der die Briten kennt, würde sich auch nur für einen Augenblick täuschen lassen, aber es gibt ja auch noch andere. Genug Leute würden es glauben – oder so tun, als glaubten sie es –, denn der immer noch vorhandene britische Einfluß in diesem Teil des Mittelmeers sollte über Nacht verschwinden; man stelle sich vor – überall Aufruhr und Rebellion, Streiks und Schlimmeres. Gordienko hatte schon recht, wenn er von Kriegsgefahr sprach.«
Ariadne machte ein zweifelndes Gesicht, aber sie sagte nichts.
Bond fuhr fort: »Beängstigend ist der Gedanke an die Gewalttätigkeit, an die Brutalität – die Aussicht, daß es sich nicht nur um eine Einzelaktion handelt, sondern um den ersten Schritt eines noch viel ehrgeizigeren Unternehmens. Bedenken wir einmal, was schlimmstenfalls passieren könnte. Erstens: ein schwerer Schlag gegen England, eine Schwächung des russischen Prestiges in diesem Teil der Welt, sobald bekannt wird, daß dieses mächtige Land nicht einmal Delegierte zu schützen vermag, die es zu einer Konferenz einberuft. Und die Verletzung griechischen Hoheitsgebietes? Im östlichen Mittelmeer wäre dann dem chinesischen Einfluß die Tür geöffnet. Zweitens: die Auswirkungen auf die arabische Welt und Afrika. Was Punkt drei sein könnte, das müßt ihr euch selbst ausmalen.«
Keiner sagte ein Wort. Litsas füllte die Gläser neu.
»Schön, das könnte der große Plan sein«, sagte er. »Aber kommen wir zu den Einzelheiten. Wie wollen die Chinesen angreifen? Von der See oder vom Land? Oder vielleicht aus der Luft? Schon ein paar Bomben würden hohe Verluste verursachen.«

»Aus der Luft?« Bond schüttelte den Kopf. »Dann müßten sie die Maschine irgendwo in der Nähe abstürzen lassen, und das läßt sich schwer einrichten. Natürlich würden sie keine Skrupel haben, den Piloten zu opfern, aber vielleicht will der weiterleben? Bei einem Absturz über Land könnte alles verbrennen, und im Wasser ist die Gefahr, daß alles verlorengeht, noch größer. Man könnte es vielleicht mit zwei Maschinen versuchen – eine für den Angriff und eine genau gleiche für den Absturz. Aber dadurch verdoppelt man auch das Risiko. Nein, ich glaube, daß wir einen Angriff aus der Luft abschreiben können. Nun zum Landangriff. Kennen Sie die Insel, Niko?«

Litsas verzog das Gesicht und seufzte. »Ich versuche gerade, mich zu erinnern . . . Dieses Ende der Insel ist ziemlich wild. Große Felsbrocken, dichtes Gebüsch. Schwieriges Gelände, ausgezeichnete Deckung. Man könnte dort eine ganze Kompanie verstecken.«

»Das klingt auch nicht vielversprechend«, sagte Bond. »Nur mit leichten Handfeuerwaffen kann man gegen das Haus nicht viel ausrichten. Geschütze und Granatwerfer kommen aber kaum durch, wenn das Gelände so unwegsam ist. Ich glaube, daß ein Angriff vom Meer her immer noch am wahrscheinlichsten ist. Doch zuerst müssen wir einmal dort sein.«

Um seine innere Erregung zu verbergen, trat Bond an die Tür des Salons. Das Wetter hatte unmerklich aufgefrischt. Auf den dunklen Wellen bildeten sich kleine Schaumkronen. Die Lichter eines Dorfes zeigten sich an der Küste. Es war noch nicht völlig dunkel.

11

Nur an der Stelle, wo Litsas am Steuerrad stand, glomm ein schwacher Lichtschein. Wolken hatten sich vor Mond und Sterne geschoben. Das Meer war wieder ruhig, es herrschte nur noch Windstärke zwei bis drei. Bond duckte sich unter die Kante des Schandecks und schlich um die Ecke der Kabine herum.

»Genau voraus«, erklärte Litsas leise. »Halten Sie sich dicht am Mast und sehen Sie sich das Ding mal an.«

Bond erhob sich vorsichtig und spähte nach vorn. Ein großer

Schatten mit einem grünen Steuerbordlicht und einem zweiten Licht mitschiffs lag fast genau quer zu ihrem Kurs, noch ungefähr sechshundert Meter entfernt. Das Schiff schien keine Fahrt zu machen. Bond erkannte undeutlich einen zurückgelegten Mastbaum über dem Kabinendach und eine Bewegung auf der Brücke – sonst nichts.

»Sie kamen mit etwa 20 Knoten aus Richtung Paros gelaufen«, erklärte Litsas. »Als sie backbord voraus waren, verloren sie Fahrt und drehten bei. Maschinenschaden – echt oder auch vorgetäuscht. Ich fahre jetzt mit halber Kraft weiter.«

Die Entfernung zwischen den beiden Fahrzeugen verringerte sich. Bond hatte das Gefühl, daß die Dunkelheit auf der Backbordseite dichter war. Dort mußte Paros liegen. Auch über Steuerbord waren in der Ferne schwache Umrisse erkennbar. Wahrscheinlich die kleinere Insel Ios. Genau voraus, hinter dem immer größer werdenden Schiffsrumpf, zeichnete sich eine weitere Insel ab, um die sich die erste Morgendämmerung ankündigte: Vrakonisi.

Als die Entfernung kaum noch zweihundert Meter betrug, klang von dem Kabinenkreuzer ein schwacher Ruf herüber.

»Kapetánie!««

»Akoúo – ti thélete?« schrie Litsas und drosselte den Motor. Der Wortwechsel ging weiter. Zwischendurch übersetzte Litsas bruchstückweise für Bond.

»Beide Maschinen überhitzt – sagen sie. Angeblich niemand an Bord, der sie reparieren kann. Ein *meltémi* – ein Nordsturm – setzt ihnen seit vier Tagen schwer zu, und sie haben Angst, daß er bei Sonnenaufgang wieder auffrischen wird. Ganz vernünftig. Wenn das stimmt, müssen sie Hilfe bekommen, sonst hängen sie in ein paar Stunden auf einem Riff. Wir sollen sie nach Vrakonisi schleppen. Wäre natürlich denkbar, daß noch ein Schiff vorbeikommt, aber nicht sehr wahrscheinlich. Was sollen wir machen, James?«

Bond überlegte. »Der Trick ließ sich beinahe voraussehen. Für mich steht fest, daß es sich um ein Schiff der Gegenseite handelt. Aber wenn auch nur eine geringe Möglichkeit besteht, daß sie in Seenot sind, müssen wir ihnen helfen. Sagen Sie, daß wir sie ins Schlepp nehmen.«

»Einverstanden.« Litsas rief ein paar Worte hinüber, dann fügte

er leise hinzu: »Hier sind Ihre Pakete, James. Ich hoffe, daß wir alles gut verpackt haben.«
Bond brauchte knapp zwanzig Sekunden, um sich die Reihe kleiner, in Plastik verpackter Pakete um den Leib zu binden und die beiden Gegenstände an sich zu nehmen, die allein von all dem Kram auf der *Altair* ihm jetzt nützlich sein konnten: ein Paar Gummiflossen und ein Jagdmesser für die Unterwasserfischerei.
Früher hatte er sich bei ähnlichen Gelegenheiten eine luxuriösere Ausstattung leisten können. Aber er war gar nicht böse, daß er diesmal improvisieren mußte, daß es hauptsächlich auf Mut und Geschicklichkeit ankam. Er war bereit.
Litsas wandte sich vom Steuerruder ab und sagte leise: »Wir haben lediglich einen Rammstoß zu befürchten, den könnte ich bei ihrer überlegenen Maschinenkraft nicht verhindern. Jetzt ab über Bord mit Ihnen, viel Glück, James!«
Ein kurzer Händedruck, dann ließ sich Bond über die Reling lautlos ins Wasser hinabgleiten. Im ersten Augenblick kam es ihm sehr kalt vor, aber er wußte, daß er die Temperatur um diese Jahreszeit schlimmstenfalls noch als kühl empfinden würde, wenn er sich erst einmal bewegte. In den nächsten Minuten kam es nur auf seinen Ortssinn an – er mußte dafür sorgen, daß der Rumpf der *Altair* sich immer zwischen ihm und dem mutmaßlichen Gegner befand. Bei dem Gedanken, daß er diese komplizierten Vorbereitungen ganz unnötig traf und daß es sich vielleicht um ein paar holländische Geschäftsleute oder schwedische Lehrer auf Urlaub handelte, mußte er unwillkürlich lächeln. Dann brummte die Maschine der *Altair* auf, der Bug schwenkte nach Steuerbord, und Bond bezog mit gelassenen Schwimmstößen seine neue Position.
Von einem manövrierunfähigen Schiff eine Leine zu übernehmen und festzumachen, ist schon bei völliger Windstille nicht ganz einfach. Es allein zu tun, ist beinahe heller Wahnsinn. Aber sie waren alle drei übereingekommen, daß Yanni nicht in diese Geschichte verwickelt werden und unter Deck bleiben sollte, solange Gefahr drohte. Ariadne durfte ihre Koje nicht verlassen.
Es kam auf jede Minute an. Während die beiden Fahrzeuge aufeinander zuglitten und Anweisungen ausgetauscht wurden, ent-

fernte sich Bond allmählich von der *Altair* und schwamm einen Halbkreis, wobei er außerhalb des Lichtkreises des starken Scheinwerfers blieb, der genau an der Stelle montiert worden war, wo der Mast aus den Aufbauten des Kabinenkreuzers aufragte. Bond war trotzdem vor einer Entdeckung nicht sicher, aber eine Umrundung aus wirklich sicherer Entfernung hätte viel zu lange gedauert.

Es war nicht besonders schwierig. Seine Pakete dienten als improvisierte Tauchgewichte, und die Schwimmflossen brachten ihn rasch voran. Schon einen Meter unter der Oberfläche wurde es ziemlich ruhig. Die starke Unterdünung blieb zwar bestehen, aber sie behinderte ihn nicht. Er tauchte immer wieder auf, um Luft zu holen und die Lage zu peilen. Schließlich befand er sich fünf oder sechs Meter hinter dem Kabinenkreuzer.

Litsas machte gerade die Schleppleine fest. Am Bug des Kabinenkreuzers standen vier Männer, seltsamerweise in Straßenanzügen. Sie schienen sich mit Litsas geeinigt zu haben, packten das Tau und begannen, ungeschickt daran zu ziehen. Noch ein oder zwei Minuten, dann waren sie nahe genug heran, um die *Altair* entern zu können. Es wurde Zeit, daß er etwas unternahm.

Er streifte die Schwimmflossen ab und ließ sie einfach treiben. Dann schwamm er bis zu einem Fender, zog sich hinauf, packte die Reling und schwang sich geräuschlos an Bord. Während er sich in den Schatten der Kabine duckte, löste er die Befestigung seiner Pakete, behielt sie aber noch. Dann zog er das Messer aus der Scheide unter dem Knie und wartete.

Der erste befand sich schon auf der *Altair*. Der zweite schätzte mit offensichtlicher Besorgnis den schwankenden Abstand zwischen den beiden Booten ab, während seine zwei Begleiter sich mit dem Tau abmühten. Bond hatte es nicht eilig. Er stellte fest, daß es noch einen fünften Mann an Bord gab: einen Seemann in ausgebleichtem Hemd und kurzer Hose, der auf der Brücke an den Instrumenten lehnte und jede Bewegung seiner Begleiter genau beobachtete. Daß sich unter Deck noch jemand aufhielt, war kaum anzunehmen.

Bond bezog dicht hinter der offenen Tür zur Brücke Posten. Auch der nächste Punkt ließ sich mit etwas Glück klären: Neben dem Sitz des Steuermanns befand sich eine mit Messing

beschlagene Falltür mit einem versenkten Ring in der Mitte. Mit dem Messer in der Hand wartete Bond nur zwei Schritte vom Rücken des fünften Mannes entfernt.
Drei standen nun auf dem Achterdeck der *Altair*. Ein Streit brach los. Litsas protestierte empört und bot ein Bild gekränkter Unschuld. Bond schnappte seinen Namen auf, dann den von Ariadne und schließlich das Wort *astinomía* – Polizei.
Es war beinahe zum Lachen. Die Gruppe schien ohne viel Phantasie ein Stückchen zu spielen, das Bond und die anderen sich am Abend zuvor für sie ausgedacht haben konnten. Richtige Polizei wäre offen vorgegangen mit Suchscheinwerfer, Lautsprecher, Uniformen und schußbereiten Waffen. Aber noch war die Lage nicht eindeutig geklärt. Die andere Seite mußte dazu veranlaßt werden, unmißverständlich Farbe zu bekennen.
Litsas protestierte immer noch und zeigte mit dem Daumen über die Schulter. Zweifellos erklärte er gerade, wie besprochen, daß er den Engländer in Sunion an Land gesetzt habe.
Einer der Männer trat vor, tastete Litsas nach Waffen ab und erteilte einen Befehl. Die beiden anderen gingen in den Salon. Die Suche dauerte nicht lange. Kurze Zeit später waren sie schon wieder auf Deck. Einer von ihnen schüttelte den Kopf. Noch ein weiterer Befehl, dann gingen die zwei nach vorn und verschwanden aus Bonds Gesichtskreis.
Abgesehen von dem leisen Knacken und Knarren in den Deckaufbauten des Kabinenkreuzers war es völlig still. Dann lachte ein Mann, aber es klang erschrocken, unecht, gepreßt. Das metallische Krachen der Browning und ein lautes Stöhnen. Bond erkannte, wie Litsas nach der Stelle auf dem Dach der Kabine griff, wo er die Beretta unter einem Stück Segeltuch versteckt hatte. Im gleichen Augenblick bewegte sich auch der Mann neben Bond. Er schwang sich auf den Sitz des Steuermanns und legte einen Schalter um. Unter Deck brüllten zwei mächtige Maschinen auf.
In diesem Augenblick sprang Bond vor, packte den Mann von hinten und preßte ihm die Hand auf den Mund. Sein Messer drang in seine Brust, er spürte das Zucken. Armer Kerl, dachte er, wahrscheinlich haben sie dir gar nicht gesagt, wie gefährlich es ist, die paar tausend Drachmen zu verdienen. Dann wurde der Körper schlaff, warmes Blut floß auf Bonds linken Ärmel, er

trat beiseite und zog den Mann vom Sitz.
Von der *Altair* klangen Schreie und Schüsse herüber. Bond warf einen Blick nach vorn. Der Mann im Bug duckte sich und zielte auf Litsas. Bond ließ sich auf die Knie fallen, schob die Beine des Toten beiseite, griff nach dem Ring der Falltür und hob sie an. Das Dröhnen der Maschinen und Ölgestank kamen aus dem Loch. Er zog sich bis an die Tür zurück und wickelte die vier Handgranaten aus ihrer Plastikverpackung. Sie waren zum Schutz gegen die Nässe dick eingefettet. Er nahm eine Handgranate nach der anderen in die Rechte, zog die Sicherung heraus und warf sie durch die Falltür.
Dann zitterten die Decksplanken unter einem gewaltigen Donnerschlag. Metallstücke flogen zischend durch die Luft, aus dem Niedergang brach eine Stichflamme, eine Revolverkugel pfiff über Bonds Kopf hinweg. Bond ließ sich über die Reling fallen. Beim Untertauchen glaubte er, die zweite Explosion zu hören. Mit kräftigen Schwimmstößen strebte er vom Schiff weg, dann drehte er sich um und tauchte auf.
Er sah auf den ersten Blick, daß vom Kabinenkreuzer her niemand mehr auf ihn schießen konnte, mittschiffs war alles ein loderndes Flammenmeer. Der Wind jagte das Feuer nach vorn auf die Kabine zu. Bond hörte das Fauchen der vom Treibstoff genährten Flammen.
Der Himmel über Vrakonisi war durchsichtiger geworden. Die erste Morgendämmerung kündigte sich an. Das Nebelhorn der *Altair* blies das Zeichen des Erfolgs: drei kurze Signale.

»Ich glaube, zwei sind explodiert«, sagte Litsas, »aber das ist schwer zu sagen, der Brennstoff flog ja auch in die Luft. Es reichte jedenfalls.« Er saß am Steuer und deutete mit dem Kopf zu den Überresten des Kabinenkreuzers hinüber. Die Entfernung betrug schon fast eine Seemeile, das Feuer hatte nachgelassen und wurde teilweise durch eine pechschwarze Wolke verhüllt, die langsam auf sie zutrieb. Sobald das Feuer die Wasserlinie erreichte, würde das Schiff ohnehin sinken.
Nachdem Bond wieder an Bord war, gingen sie systematisch vor. Zunächst mußte die *Altair* verschwinden, bevor andere Schiffe aus Paros oder Vrakonisi erschienen. Bond hatte das Steuer übernommen, während Litsas und Yanni alle Segel setz-

ten. Vor dem steifen Wind machte das kleine Schiff jetzt beinahe zehn Knoten. Sie hatten beschlossen, genau nach Süden zu segeln und Ios zu umschiffen, bevor sie Vrakonisi ansteuerten. Das bedeutete zwar einen Umweg von zwei Stunden, verschaffte ihnen aber ein wertvolles Alibi gegenüber neugierigen Fragen von offizieller und inoffizieller Seite. Erst jetzt fanden sie Zeit zu einem kurzen Erfahrungsaustausch.
Bond hockte auf dem Achterdeck, nippte an einem Glas Votris und inhalierte tief den Rauch der Xanthe, die Ariadne ihm gereicht hatte. Er fragte: »Hat einer von euch beobachtet, was aus dem Mann geworden ist, der im Bug des Kreuzers stand?«
»Ich nicht«, antwortete Litsas. »Er schoß schlecht, ich schoß ein wenig besser, dann ging er in Deckung. Darauf explodierte das Schiff, und ich habe den Kerl nicht mehr gesehen. Das Rettungsboot flog über Bord, er hat es nicht mehr erreicht.«
»Er hatte die Wahl: Feuer oder Meer. Aber erzählen Sie von Anfang an.«
»Nun, die Männer haben eine Menge Fragen gestellt, und ich spielte den Dummen, das haben Sie vielleicht beobachtet. Der eine blieb bei mir, während die anderen beiden nach vorn gingen, um sich meine ›Tochter‹ anzusehen, die auf dem Kabinendach schlief, und um außerdem sicherzugehen, daß der gefährliche, kriminelle James Bond sich nirgends versteckte. Was dann kam, kann Ariadne Ihnen besser erzählen.«
Ariadne saß mit angezogenen Knien neben Bond; ihre Stimme klang ruhig und sachlich. »Wie Niko schon sagte, haben wir eine Menge Glück gehabt. Ich erkannte einen der Männer. Seine Stimme kam mir schon bekannt vor, als das Schiff beidrehte. Er heißt Theodorou und wurde vor einiger Zeit wegen krimineller Vergehen aus der Partei ausgestoßen. Mir war klar, daß ein Kerl wie er nie bei der griechischen Polizei unterkommen würde. Als er merkte, daß ich ihn erkannt hatte, befahl er mir, zur Befragung auf sein Schiff hinüberzukommen und ... so weiter. Auch das ist nicht die Art der griechischen Polizei.«
Ariadne griff nach einer Zigarette und ließ sich von Bond Feuer geben, ohne dabei ihren Bericht zu unterbrechen. So klangen ihre nächsten Sätze ein wenig abgehackt: »Also ... ich sagte ... ich sei einverstanden ... er müsse nur noch eine Minute warten ... weil ich ... einen Pullover anziehen wolle. Ich holte den

Browning und schoß ihn nieder. Der andere Mann ging auch zu Boden, und das beunruhigte mich. Ich mußte damit rechnen, daß er von hinten auf mich abdrückte, bevor ich ihn bemerken würde – kann ich auch einen Schluck haben, bitte?« Sie nahm Bonds Glas in beide Hände. Ihre Finger zitterten. Er legte ihr den Arm um die Schultern, und sie trank das Glas leer.
»Da tauchte Yanni auf«, warf Litsas ein. »Mit seinem Messer. Nachdem es den ersten erwischt hatte, wollte der zweite auf Ariadne anlegen. Zu seinem Pech kehrte er dabei Yanni den Rücken zu. Yanni kann sich wie eine Katze bewegen. Er schob sich heran und stieß unserem Freund das Messer zwischen die Schultern. Danach hatten wir keinen Ärger mehr. Ich habe Yanni ein Glas Branntwein angeboten, aber er hat dankend abgelehnt, weil er in seinem Alter noch nicht zu trinken anfangen möchte. Und das ein paar Minuten, nachdem er mit dem Messer einen bewaffneten Gegner erledigt hat!« Litsas lachte. »Jetzt ist er gerade dabei, das Deck zu schrubben.«
Bond paßte es nicht, wenn Unbeteiligte in seine Aktionen verwickelt wurden, schon gar nicht, wenn es sich dabei um einen Halbwüchsigen handelte. Er konnte nur hoffen, daß Yanni das Erlebnis ohne größeren seelischen Schaden überstand.
»Und was war bei Ihnen los, Niko?« fragte Bond.
»Ach, nichts weiter. Mein Gegenüber war zwar noch klug genug, den Revolver zu ziehen, aber als der Browning losknallte, hat der arme Teufel für eine Sekunde den Blick von mir abgewandt. Da schlug ich ihm den Revolver aus der Hand und erledigte ihn.«
Schweigend starrten sie aufs Meer hinaus. Es gab nichts zu sehen als dunkles Wasser, leise getönt vom Licht des dämmernden Morgens; der brennende Kabinenkreuzer war verschwunden – gesunken.

12

Es war ein herrlicher Morgen. Draußen auf dem offenen Meer blies der *meltémi* die Schaumkronen von den Wogen, doch an der Südküste von Vrakonisi verursachte er nur eine angenehme Dünung.

In dem Haus auf der kleinen Insel war der Wind nur noch als milde Brise zu spüren, die zeitweise ein wenig auffrischte, die ungebleichten Leinenvorhänge blähte und dann kühl und angenehm über die Papiere auf dem langen Tisch neben dem Fenster strich.

Generaloberst Igor Arenski saß mit einem Glas Tee an dem Tisch und fühlte sich sehr wohl in seiner Haut. Dies war sein erster Agentenauftrag außerhalb der Sowjetunion, obgleich er als hoher Funktionär des KGB schon oft im Ausland gewesen war – unter dem Deckmantel eines Handelsdelegierten oder Leiters einer Kulturmission. Außerdem hatte er mehr als fünf Jahre lang bei der russischen Botschaft in Washington gearbeitet.

Arenski verschränkte die Hände hinter seinem kahlen Schädel und blickte auf die friedliche Ägäis hinaus. Für einen Mann mit seinen Erfahrungen war es eine Kleinigkeit, die Sicherheitsvorkehrungen für eine derartige Konferenz zu treffen. Die eigentliche Arbeit hatte er schon vor Wochen in seinem Moskauer Büro erledigt. Eigentlich hätte er gar nicht herzukommen brauchen, nur um die Ausführung seines idiotensicheren Plans zu überwachen. Das hätten viele seiner Untergebenen – zum Beispiel dieser charmante Armenier Gevrek mit den dunklen Augen – genausogut tun können. Aber Politiker denken da eben anders. Bei ihnen kommt es auf den Rang, die Rubel, das Protokoll an. Zur Bewachung eines hohen Diplomaten braucht man einen hohen Sicherheitsoffizier.

Arenski war selbst ein ungewöhnlich geschickter Politiker, obgleich er das nie zugegeben hätte. Unter Berija hatte er sich im MDB, dem alten Geheimdienst, einigermaßen neutral verhalten und sich weder Freunde noch Feinde gemacht, dabei aber gleichzeitig den gefährlichen Status des Individualisten vermieden. Daß er kleine Jungen lieber sah als kleine Mädchen, war damals paradoxerweise ein Vorteil für ihn; im Kreml vertrat man offensichtlich die Meinung, daß ein Mann mit einer so gefährlichen Vorliebe kein Sicherheitsrisiko darstellte. Als Berija gestürzt wurde und seine Anhänger nach Stalins Tod in einem Blutbad untergingen, wurde Arenski zum Major befördert. Er war niemand und allen gegenüber loyal, ein ruhiger, gewissenhafter Arbeiter, ohne sich zu exponieren.

Arenski seufzte und senkte seinen Blick auf das Aktenstück, das offen vor ihm lag und dessen Inhalt er auswendig kannte:

4. Tag

12.00 Alarmbereitschaft Gelb	Kordon rings ums Haus
16.00 Ankunft Delegation Ministerium	Einsatz Seestreife
17.00 Alarmbereitschaft Rot	
18.00 Ankunft der Delegierten –19.30	Ausweiskontrolle
20.00 Begrüßung	Überprüfung des Kordons
20.30 Beginn der Konferenz	Posten essen in Schichten
23.30 Abendessen	

5. Tag

00.30 Fortsetzung Konferenz	
03.00 Erfrischungen, Ruhepause	Überprüfung der Posten
04.00 Fortsetzung der Konferenz	
05.30 Dankesreden, Abreise der Delegierten	
06.00	
06.30 Alarmbereitschaft Gelb	Abberufung Seestreife
12.00 Abreise Delegation Ministerium Alarmbereitschaft Blau	Posten einziehen, Funkverbindungen abbrechen
17.00 Abreise des Stabes	

Arenski selbst würde dann noch bleiben. Er hatte zehn Tage Urlaub und wollte den größten Teil davon aus bestimmten Gründen hier verbringen. Ein Klopfen an der Tür riß ihn aus seinen Gedanken. »*Da?*« rief er gereizt.
Einer der beiden Männer, die schon vor ihm angekommen waren, trat ein; sein Russisch hatte einen unangenehmen ukrainischen Akzent.
»Guten Morgen, Genosse General.«
»Guten Morgen, Mily. Nehmen Sie bitte Platz.«
Der General hatte seinen Ärger rasch überwunden und erinnerte sich an die Grundregel, daß man sich niemand zum Feind

machen darf, nicht einmal einen ungebildeten Bauern wie Mily, der sich besser zum Suppenkoch in irgendeinem Arbeitslager eignete.
Der Mann hockte sich auf die vordere Kante des nachgemachten venezianischen Stuhls neben dem Kamin aus Marmor. »Nur eine kurze Meldung, Genosse General: ein Mann im Hafen hat heute morgen etwa um fünf Uhr ein Feuer draußen auf dem Meer beobachtet. Zwei Boote sind ausgelaufen, um sich darum zu kümmern. Sie haben die ganze Gegend abgesucht, das Schiff muß spurlos gesunken sein. Ein Überlebender wurde mit schweren Brandwunden geborgen. Im Ort oberhalb des Hafens gibt es ein kleines Krankenhaus, dorthin wurde er gebracht. Er soll etwas von einem Feuer im Maschinenraum gesagt haben.«
»Eine traurige Geschichte, Mily, aber was geht uns das an? Irgendein dummer Grieche wirft eine brennende Zigarettenkippe in einen Benzinkanister und jagt sein Schiff in die Luft. Kein Wunder, daß sich in einem so rückständigen Land etwas Derartiges immer wieder ereignet. Sie sollten sich nicht soviel um Gerüchte kümmern. Ein gutgeschulter Marxist wie Sie müßte in der Lage sein, zwischen wesentlichen und unwesentlichen Dingen zu unterscheiden.«
Mily wurde rot und murmelte unterwürfig: »Tut mir leid, Genosse General, ich habe nicht nachgedacht.«
»Ist ja nicht schlimm, mein lieber Mily. Sonst noch etwas?«
»Boris hört die Frequenz von Athen zu den gewohnten Zeiten ab, aber keine Sendungen.«
»Sehr gut. Sehen Sie doch bitte mal nach, was da draußen los ist.«
Auf der Terrasse waren Schritte und aufgeregtes Murmeln zu hören. Eine Männerstimme rief ein paar griechische Worte. Mily trat an die Tür, öffnete sie und ließ mit dem hellen Sonnenlicht einen Schwall warme Luft in das schattige Zimmer ein. Dann war er für einen Augenblick verschwunden. Als er wiederkam, wirkte er aufgeregt.
»Ein Ruderboot in Sicht, Genosse General. Ein Mädchen und ein Junge von etwa sechzehn Jahren. Sie wollen zur Anlegestelle.«
Etwas Ähnliches war seit Arenskis Ankunft auf der kleinen Insel schon ein dutzendmal passiert – Touristen erkundigten

sich immer wieder, ob das Haus nicht zu vermieten sei, Händler von der Insel wollten alles mögliche verkaufen. Ein Grieche aus seinem Stab war bis jetzt mit derartigen Situationen leicht fertig geworden. Er hatte dafür genaue Anweisungen. Normalerweise hätte sich der General nicht einmal von seinem Stuhl erhoben, doch diesmal beschloß er, sich persönlich um die Angelegenheit zu kümmern. Er stand auf, zog sein grün-braun kariertes Hemd glatt und trat hinaus.
Die Sonne stach vom Himmel, und er legte die Hand über die Augen. Das weißgestrichene Ruderboot war noch etwa hundert Meter entfernt, kam aber genau auf ihn zu. Neben ihm stand der alte Grieche mit einem Fernglas in der Hand und fragte ihn nach Instruktionen. Doch Arenski beobachtete das Spiel der Muskeln unter der braungebrannten Haut des Jungen. Dann sagte er auf englisch, weil er sich mit den Griechen in keiner anderen Sprache verständigen konnte: »Haben Sie schon gefragt, was sie wollen?«
»Ja, General, aber sie antworten nicht.«
»Versuchen Sie es noch einmal. Erklären Sie ihnen, daß es sich um Privatbesitz handelt und so weiter.«
Der Grieche gehorchte. Diesmal gab das Mädchen Antwort. Von ihrem Geschnatter verstand Arenski nur einen Namen – doch auf diesen Namen reagierte er sofort.
»General, sie behauptet, eine Freundin von Genosse Gordienko zu sein, und möchte mit dem Hausherrn sprechen.«
Arenski zupfte an seiner vorstehenden Unterlippe. Das war zwar unentschuldbar und gegen alle Vorschriften, aber ihm war klar, daß er es sich nicht leisten konnte, die Person einfach wegzuschicken. Außerdem hatte er noch einen anderen Hintergedanken. Also sagte er gespielt fröhlich: »Sagen Sie ihnen, wir kennen keinen Mr. Gordienko, aber das Mädchen und ihr ... Begleiter dürfen natürlich gern für eine kurze Unterhaltung an Land kommen.«
Zwei Minuten später stand der General, die Hände in die Hüften gestützt, an der Mole und betrachtete die beiden. Das Mädchen, wahrscheinlich eine Griechin oder Bulgarin, war für ihn auf eine billige Weise hübsch, ihr Busen ein wenig überentwikkelt. Er betrachtete den Jungen aus den Augenwinkeln: kräftig und sonnengebräunt.

Das Mädchen sah ihn an. »Sprechen Sie Englisch?«
»Ja.«
»Ich heiße Ariadne Alexandrou und habe für Mr. Gordienko in Athen gearbeitet. Ich habe dem verantwortlichen Mann hier eine dringende Nachricht zu überbringen.«
»Falls Sie den Mieter dieses Hauses suchen – der bin ich. Aber entschuldigen Sie mich einen Augenblick.«
Arenski ließ die beiden in der Sonne stehen, marschierte auf seinen kurzen Beinen rasch in das Zimmer zurück, aus dem er gerade gekommen war, und griff nach einem gelb eingebundenen Aktenstück, das Fotokopien von Ausweisen und Personalunterlagen enthielt. Alexandrou – da stand es: Auf dem Foto trug sie längeres Haar, aber alles andere stimmte. Er klappte die Mappe zu und trat aus der Tür.
»Würden Sie bitte hierherkommen? Alle beide.« Als sie vor ihm standen, fuhr er freundlich fort: »Ihre Unterlagen sind in Ordnung, Miss Alexandrou, Sie können eintreten.« Seine kleinen Äuglein musterten den Jungen. »Fragen Sie bitte Ihren jungen Freund, ob er sich nicht in der Küche irgendeine Erfrischung geben lassen möchte.«
Der Junge sah Arenski an, während das Mädchen die Frage übersetzte. In dem Blick stand klar geschrieben, daß er die Hintergedanken des Generals durchschaut hatte. Er machte eine kurze Bemerkung zu dem Mädchen, drehte sich um und ging.
Arenski schluckte hart und richtete sich auf. Es kostete ihn ungeheure Mühe, das Mädchen anzulächeln, sich vorzustellen und dann zu sagen: »Gehen wir doch lieber ins kühle Zimmer.«
Das zufriedene Gefühl von vorhin war verflogen. Alles in allem war er wahrscheinlich der ungeeignetste Mann des ganzen sowjetischen Geheimdienstes für das, was Ariadne ihm zu berichten hatte. Trotzdem hörte er sie an, ohne sie zu unterbrechen.
Danach saß er eine ganze Weile schweigend in seinem Drehstuhl, die Hände hinter dem Nacken verschränkt. Er wandte sich wieder dem Schreibtisch zu und klappte noch einmal die Personalakte auf. Schließlich sah er zum Fenster hinaus und murmelte: »Sie wurden vom Hauptdirektorium des Sicherheitsdienstes, dem CRU, eingestellt.«
»Das stimmt.«

»Warum? Wie kommt ein Mädchen Ihrer Art als Agentin zur Roten Armee? Es wäre doch viel logischer gewesen, wenn Sie dem KGB unterständen.«
»Vielleicht, Sir. Nur war der Mann, der mich in Athen anwarb, die Nummer zwei des CRU.«
»Aha.« Arenski schaute immer noch aus dem Fenster. »War der Mann Ihr Liebhaber?«
»Bitte, General, ist das wichtig?«
»Er war also Ihr Liebhaber?«
»Ja.«
»Und er hat Sie auch zum Marxismus-Leninismus bekehrt? Ich glaube, das ist hier das richtige Wort.«
»Ja.«
»Hatten Sie schon viel mit Spionageabwehr zu tun?«
»Noch nicht viel. Meistens waren es Aufträge, für die man eben ein Mädchen wie mich brauchte.«
»Also die Rolle der Verführerin«, höhnte Arenski. »Ich muß schon sagen, manche von uns benehmen sich, als steckten wir noch mitten in der vorrevolutionären Ära. Ihr Vater ist Beamter bei den Pallas-Airlines, wie ich hier sehe. Ein gutsituierter Bürger also.«
Als der General keine Antwort bekam, drehte er sich in seinem Stuhl herum und sah sie direkt an. Nach einer Weile sagte er in einem Ton, den er für freundlich hielt: »Wissen Sie, Miss Alexandrou, Sie gehören nicht zu dem Typ, von dem man in einem primitiven Land wie diesem hier Arbeit für den Frieden erwartet. Welche Erfahrungen können Sie schon im Klassenkampf gesammelt haben? Welche Verbindung haben Sie zur Arbeiterbewegung? Wissen Sie, was Sie sind? Eine Romantikerin. Sentimentales Mitleid für die Unterdrückten hat Sie zum Kommunismus gebracht und falsche Vorstellungen vom Ruhm zum Geheimdienst. Das bedeutet . . .«
Das Mädchen unterbrach ihn scharf. »General Arenski, ich bin hier, um etwas viel Wichtigeres zu besprechen als die Frage, warum ich Kommunistin wurde. Ihr Land und das, woran wir beide glauben, sind einer schrecklichen Bedrohung ausgesetzt. Ich erwarte Ihre Anweisungen.«
Arenski rümpfte die Nase. »Romantische Mädchen wie Sie verlieren besonders leicht das Maß für die Dinge. Betrachten wir

einmal in aller Ruhe, was Sie mir erzählt haben. Dieser Überfall auf Major Gordienko und zwei seiner Leute – wurde von den Angreifern jemand erkannt?«

»Das vergaß ich Ihnen zu sagen. Mr. Bond erkannte in dem Mann, den er erschoß, ein Mitglied der Gruppe, die seinen Chef in England gekidnappt hat.«

»Trotzdem, diese Entführung gefällt mir. Die ganze Sache klingt ein wenig phantastisch, aber wir wissen natürlich, daß sich auch phantastische Dinge zuweilen ereignen. Schade nur, daß wir darüber keine Bestätigung bekommen können. Nehmen wir jetzt den Kampf zwischen den zwei Schiffen. Sie erkannten einen Mann namens Theodorou. Wahrscheinlich ein Verräter der Arbeiterklasse. Ein Krimineller, sagen Sie. Möglich. Dieser Zwischenfall klingt halbwegs überzeugend. Eine Unterhaltung mit dem Mann, der die Sache überlebt hat, müßte interessant sein.«

»Es gab einen Überlebenden?« fragte das Mädchen.

»Ja, er liegt hier im Krankenhaus. Ich werde ihn befragen lassen.«

Das klang nicht sehr begeistert. Arenski ärgerte sich ein wenig darüber, daß die beiden Eindringlinge ihn nun dazu zwangen, seine Meinung über das Feuer auf offener See zu revidieren.

»Auch manches andere an Ihrer Geschichte klingt phantastisch. Stellen Sie sich nur vor: Die chinesische Volksregierung soll eine Verschwörung gegen uns anzetteln! Natürlich stammt diese Idee von Bond. Ich weiß, daß die Ansicht gerade modern ist, China sei jetzt die Hauptbedrohung des Weltfriedens und nicht mehr der kapitalistische Westen. Es stimmt auch, daß die Führer unseres Volkes mit entsprechender Strenge gegen die ideologischen Fehler der Chinesen vorgehn. Doch der Schluß, daß ihr Stolz und ihr Neid auf die UdSSR sie zu Gewalttätigkeiten gegenüber unserer Konferenz von morgen treiben könnten, ist gefährlich unmarxistisch. Das wären ja reine Gangstermethoden. Und Gangstermethoden sind eigentlich die typische Domäne des Westens.

Meine liebe Dame«, Arenski versuchte wieder zu lächeln, »den Schlüssel zu diesem ganzen Problem müssen wir im Charakter dieses James Bond suchen. Ich kenne ihn vom Hörensagen. Er hat Terrorakte in der Türkei, in Frankreich und in der Karibischen See geleitet. Erst kürzlich beging er in Japan aus rein persönlicher Rache zwei Attentate. Er ist ein gefährlicher internationaler Verbrecher. Sie hat er mit seiner Erzählung von Entführung und bösen Chinesen auf raffinierte Weise in die Sache mit hineingezogen, weil genau das Ihrer romantischen Ader entspricht. Es erübrigt sich beinahe, darüber nachzudenken, wer seine Gegner wirklich sind. Wahrscheinlich handelt es sich um rivalisierende Gangster, vermutlich Amerikaner. Wir haben andere Sorgen.«

»Darf ich etwas fragen, Genosse General?« Zum erstenmal redete sie ihn mit dem nötigen Respekt an.

»Natürlich, Genossin.«

»Wie verträgt sich diese Theorie mit dem Mord an Gordienko und seinen zwei Helfern? Und mit Gordienkos Überzeugung, daß in unserer Athener Organisation ein Verräter ist?«

»Gordienko und seine Männer wurden ermordet, weil die rivalisierende Bande hinter Bond her war und Gordienko dieser Bande im Weg stand. Sehr bedauerlich, aber ganz und gar nicht mysteriös. Was Gordienkos Verdacht betrifft, daß Verrat begangen wurde – nun ...« Der General hob seine kleine gepflegte Hand. »Ich hege eine gewisse Achtung vor dem guten, alten Piotr, aber unser tüchtigster Mann war er nicht. Er war auch schon zu lange hier. Sicher hat Gordienko einen Fehler begangen und wußte selbst nicht genau, wann und wo. Was war daher natürlicher, als einen unbekannten Verräter zu erfinden, dem man die Schuld für alle eigenen Fehler zuschieben kann.«

»Das verstehe ich zwar, General, aber erklären Sie mir doch, warum meine Nachricht über die Botschaft in Athen Sie nicht erreicht hat, wenn es einen solchen Verräter nicht gibt.«

Arenski seufzte. »Sie sagen doch selbst, Sie wissen nicht, mit wem Sie dort gesprochen haben. Wahrscheinlich war es irgendein Untergebener, vielleicht ein Grieche, der zu dumm war, Ihre zweifellos vorsichtig gewählten Formulierungen zu verstehen; dann ging er zum Essen und vergaß alles. Ihr Eifer ist anerkennenswert, aber sobald die Zeitungen aus dem Hafen heraufkommen, werde ich wahrscheinlich alles darin lesen können. Bin schon gespannt, wie man die Sache da behandelt. Es gibt natürlich noch ein halbes Dutzend anderer Erklärungen, in denen kein geheimnisvoller Verräter vorkommt.«

»Wieso, General?«
»Entführungen, chinesische Terroristen, Verräter: Hört das denn gar nicht auf?« Arenski wurde amtlich, er hatte sich schon zu lange vernünftig gezeigt. »Ich will Ihnen verraten, was wir tun. Ich möchte Bond haben. Ganz eindeutig führt er etwas gegen unsere Konferenz im Schilde. Wenn ihm niemand zur Seite steht als dieser griechische Trottel und ein ungewaschener kleiner Junge, wird er nicht viel erreichen können. Wir haben Waffen hier, mit denen man ein kleines Kriegsschiff verjagen kann. Ich glaube nicht, daß ich irgend etwas übersehen habe.« Der General lächelte dünn. »Bond könnte aber trotzdem lästig werden. Das muß verhindert werden . . .«
»Wenn ich etwas tun kann, Genosse General . . .«
»Ja, Genossin Alexandrou, Sie können viel tun. Ich nehme an, Sie haben mit unserem Mr. Bond geschlafen.« Arenski brachte es beinahe fertig, sich seinen Ekel nicht anmerken zu lassen.
»Ja, Sir, er hat mich nicht in Ruhe gelassen.«
»Ist er in Sie verliebt?«
»Ja, ich habe großen Einfluß auf ihn.«
»Um so besser.« Arenski strahlte beinahe. »Überreden Sie ihn, zu einer Besprechung herzukommen. Sagen Sie ihm, ich machte mir große Sorgen und bäte um seine Hilfe. Geben Sie ihm mein Wort, daß er jederzeit ungehindert wieder gehen kann. Sie wissen sicher, wie Sie das machen müssen. Alles klar?«
»Vollkommen klar, Genosse General«, sagte Ariadne und stand auf. »Ich bringe ihn so rasch wie möglich her, aber Sie müssen mir etwas Zeit lassen.«
»Natürlich.« Auch der General erhob sich. »Wie konnten Sie ihn denn dazu überreden, daß er Sie zu mir fahren ließ?«
»Mit Hilfe derselben Methoden, mit denen ich ihn dazu überreden werde, herzukommen.«
»Aha«, sagte Arenski und fügte im Ton des höflichen Gastgebers hinzu: »Darf ich Ihnen etwas anbieten, bevor Sie gehen, meine Liebe?«
»Vielen Dank, Genosse General. Je eher ich wieder bei Bond bin, um so besser.«
»Wir machen doch noch eine Marxistin aus Ihnen. Ich möchte Ihnen sagen, daß ich Ihren Einsatz sehr hoch schätze.« Arenski verbeugte sich. Er hatte sie für eine typische Balkanhure gehal-

ten, dumm, sentimental, ein Luxusgeschöpf mit einem Hang zum Verbrecherischen, doch sie besaß einen starken Willen; und ihre Bereitschaft, ihre Fehler wiedergutzumachen, war vielversprechend. Er beschloß, sie in seinem Bericht lobend zu erwähnen. »*Au revoir*, Genossin Alexandrou, ich hoffe, Sie bald wiederzusehen.«
Als sie gegangen war, schritt er nachdenklich auf und ab. Der Gedanke an eine chinesische Sabotage dieser Konferenz war gar nicht so abwegig. Nach den Berichten zeigte die Regierung in letzter Zeit eine seltsame Einstellung; dazu das Verhalten der Roten Garden gegenüber Ausländern . . . Dann glättete sich die Stirn des Generals. Offene Gewaltanwendung in Friedenszeiten? Sehr unwahrscheinlich! Aber es gab da ein oder zwei Punkte, die sofort geklärt werden mußten. Er trat zum Tisch und läutete eine kleine Messingglocke. Mily trat ein.
»Sagen Sie dem Funker, er soll sich sofort mit Athen in Verbindung setzen. Ich komme in ein paar Minuten nach.«
»Die Funkstille unterbrechen, General?«
Arenski ballte seine kleinen Hände zu Fäusten. Dieser blöde Bauer machte ihn noch verrückt. »Ja, Mily. Genau das! Und jetzt gehen Sie! Einer von den Griechen, der Dicke, soll zum Krankenhaus . . . nein, sagen Sie ihm, er soll zu mir kommen.«
Der dicke Grieche trat ein, erhielt seine Anweisungen von Arenski und ging wieder. Die verächtliche Geste, die er vor der Tür machte, sah Arenski nicht.
Dann begab sich der General in den winzigen, heißen Raum unter dem Dach des Hauses, wo die Funkstation den Kontakt nach Athen und nach Plowdiw in Bulgarien hielt, von wo aus alle Meldungen nach Moskau weitergegeben wurden. Diese Funkverbindung durfte jedoch nur im äußersten Notfall benutzt werden. Es stank nach Schweiß und billigen russischen Zigaretten. Neben dem grauen Funkgerat hatte gerade noch ein Bett Platz. Arenski hielt sich sein parfümiertes Taschentuch vor die Nase.
Der Funker, ein bulliger Moskowiter mit einer tiefen Schnittwunde vom Rasieren, reichte Arenski das Mikrofon.
Die Funkverbindung war miserabel. Störungen überlagerten immer wieder die Verbindung, aber nach zwanzig qualvollen Minuten hatte Arenski die Lage geklärt. Er bedankte sich bei

dem Funker und verließ schweißüberströmt den Raum.
Mit zufriedenem Lächeln schritt er die Terrassenstufen hinab, um eine kühle Limonade zu trinken. Die Antworten waren genauso ausgefallen, wie er es sich vorgestellt hatte. Warum die Morde nicht gemeldet wurden – in der Kodesprache hieß das »fristlose Entlassung des Geschäftsführers und zweier Vertreter«? Nun, als man die Meldungen absetzen wollte, funktionierte der Sender nicht. Erst vor etwa zwei Stunden konnte der Schaden behoben werden. Warum die Meldung dann nicht sofort durchgegeben wurde? Weil man bis zum vereinbarten Funkkontakt um 12.00 Uhr warten wollte. Und warum war die Ankunft Bonds – eines »gefährlichen englischen Konkurrenten« – nicht gemeldet worden? Weil der Sender schon kaputt war, als sich herausstellte, daß man ihn nicht in Athen hatte festhalten können. Entschuldigungen folgten und die Versicherung, der stellvertretende Geschäftsführer habe alle Fäden in der Hand.
Arenski ließ sich in seinen Korbsessel sinken und nippte an seinem Glas. Je länger er nachdachte, um so zufriedener wurde sein Lächeln. Typisch für den armen, alten Gordienko, daß er glaubte, mit Bond allein fertig werden zu können. Und auch typisch, daß er sein Sendegerät nicht richtig in Ordnung hielt. Ganz klar, daß ein solcher Versager bei dem Zusammenstoß der beiden westlichen Gangsterbanden umkommen mußte. Es schmerzte, einen alten Genossen so gering einschätzen zu müssen, aber vielleicht war es ganz gut, daß er abgetreten war, bevor er wirklichen Schaden anrichten konnte.

13

»Da kommen sie.«
Litsas ließ das Fernglas sinken und legte es auf das Kabinendach. Im Sonnenglast erblickte Bond den kleinen Fleck in der Ferne, der sich kaum zu bewegen schien – das Ruderboot. Die *Altair* hatte in einer engen Bucht Anker geworfen, wo die Granitfelsen steil zum Wasser abfielen. Hier konnten sie nicht beobachtet werden, aber die Nordküste von Vrakonisi kann sehr ungemütlich werden, wenn nicht völlige Windstille

herrscht. Die *Altair* schwankte und schwoite bedenklich.
Bond lag in einem Liegestuhl auf dem Vordeck. »Weiter, Niko«, bat er. »Wo liegt überhaupt dieses Kapoudzona?«
»Das ist ein Begriff in Mazedonien. Die Bewohner sind ziemlich rauh, ich mag sie nicht besonders. Viele Bulgaren und Türken. Dort ist der Anschlag auf die deutschen Offiziere passiert. Von Richter war als Kommandeur eines SS-Bataillons damals schon in der Gegend. Er verschanzte sich hinter dem Befehl, bei jeder Partisanenaktion unerbittlich zurückzuschlagen. Innerhalb von zwei Stunden hatte er das Dorf umstellt, dann richtete er ein furchtbares Blutbad an. Nur zwei alte Männer kamen mit dem Leben davon.« Litsas wandte sich ab. »Versprechen Sie mir eines, James: Überlassen Sie diesen Mann mir. Sie werden das verstehen.«
»Ich verspreche es Ihnen.«
Bond trat an die Reling. Das Ruderboot war inzwischen herangekommen. Er sah Ariadnes blaues Hemd und ihr helles Haar in der Sonne schimmern und war erleichtert.
In diesem Augenblick bemerkte er eine Bewegung auf dem Hügel genau über dem Ruderboot. Ein Mann kletterte mühsam zwischen den Felsbrocken und Büschen den steilen Hang herab. Seine Bewegungen wirkten seltsam unbeholfen. Bond griff nach dem Fernglas, aber da war die Gestalt schon aus seinem Blickfeld verschwunden.

Oberst Sun saß auf der mit Steinplatten gepflasterten Terrasse. Sein Haus wirkte in jeder Hinsicht bescheidener als das Gebäude der Russen drüben auf der kleinen Insel. Es war auch schwerer zu erreichen. Es gehörte schon eine Menge Ausdauer dazu, entweder über die steilen Felsen zu klettern, die das Hauptquartier des Oberst von der nächsten Bucht trennten, oder direkt über den dornenbewachsenen, kahlen Hang herüberzusteigen, auf dem große Blöcke von Granit und Marmor verstreut lagen.
Der Mann, der trotzdem diesen unbequemen Weg gewählt hatte, saß dem Oberst auf der Terrasse gegenüber. Er war ein ungewöhnlich zäher Bursche, sonst hätte er auch die hinter ihm liegende Tortur nicht durchgestanden: erst ausgedehnte Verbrennungen zweiten Grades an Bord des Kabinenkreuzers,

dann eine Stunde im Wasser und schließlich acht Kilometer Fußmarsch in sengender Hitze bis zu dem Höhenrücken über dem Haus. Sein linker Arm hing bandagiert in einer Schlinge. Da er ihn nicht gebrauchen konnte, war er beim Abstieg zweimal schwer gestürzt. Der Schock saß ihm noch in den Gliedern. Die Hände auf die Knie gestützt, saß Sun kerzengerade auf seinem Stuhl aus Olivenholz und betrachtete beinahe wohlwollend den ganz und gar gewöhnlich aussehenden kleinen Gauner aus dem Hafen von Piräus, der das alles für zweihundert amerikanische Dollar ausgestanden hatte. Zwischen ihnen räkelte sich Doni Madan auf Schaumgummikissen. Sie trug einen winzigen schwarzgrünen Bikini, ein seltsames Kostüm für eine Dolmetscherin. Hin und wieder lutschte sie geräuschvoll mit einem Strohhalm an ihrem blaßgelben Drink.

»Sagen Sie Mr. Aris, daß ich jetzt alles verstanden habe«, bat Sun das Mädchen. »Ich bedanke mich, und bieten Sie ihm eine Erfrischung an. Dann muß ich noch einige Fragen stellen. Zuerst: Wie konnte er mich finden?«

Suns Augen waren fest auf Aris' Gesicht geheftet, während Doni übersetzte. Als Aris den Mund zu einer Erwiderung öffnete, blitzten seine Goldzähne. Der Mann gefiel Sun.

Doni beugte sich vor und goß frischen Branntwein in das Glas, das ihr mit zitternder Hand gereicht wurde. Mit ausdrucksloser Stimme übersetzte sie: »Er hielt es für notwendig, Sie zu warnen, außerdem hat er nur die Hälfte als Anzahlung bekommen.«

»Ich möchte trotzdem wissen, wie er den Weg gefunden hat.«

»Er sagt, man hat ihm eine Landkarte gezeigt für den Fall, daß jemand umkommen sollte.«

»Bemerkenswert vorsichtig und pessimistisch. Aber zu Recht, wie sich herausgestellt hat. Ich denke, das wäre für den Augenblick alles.«

Aris trank einen Schluck aus seinem Glas. Er wirkte nervös. Vielleicht beunruhigte ihn die kühle Höflichkeit, mit der Sun diese Hiobsbotschaft anhörte. Die Angst und nicht so sehr das Gewissen oder der Gedanke an sein Geld hatte ihn aus dem Krankenhaus getrieben, obwohl er sich nichts sehnlicher wünschte als Ruhe. Man erzählte sich so allerhand in Piräus. Doch diese Dinge wagte er nicht zu erwähnen.

Sun hörte sich Donis Übersetzung an, dann wurde er nachdenklich. »Wie sehr diese Leute doch das bloße Wort verehren! Sie haben keinen Begriff von der richtigen Beziehung zwischen Worten und Taten. Wenn ich das ernst nehmen wollte, was dieser Kerl getan hat, so könnten ihn keine Worte retten, in keiner Sprache. Wie kommt es nur, daß er eine so simple Tatsache nicht erkennt? Er ist völlig wirklichkeitsblind.«

Doni schwieg. Sonne, Seeluft und die heißen Düfte von Thymian und Fenchel, die vom Berg herüberwehten, die Aussicht auf ein baldiges Essen und ein paar Stunden im Bett machten sie schläfrig.

Der Oberst sagte forsch: »Sagen Sie Mr. Aris, daß ich die Schwierigkeiten, die er hatte, vollkommen einsehe. Versichern Sie ihm, daß Bonds Entkommen nicht gefährlich ist. Wir werden diese Tatsache so auslegen, daß sie dem Frieden dient. Und sagen Sie Mr. Aris außerdem, daß er den Rest seines Lohnes und einen Bonus von fünfzig amerikanischen Dollar für treue Pflichterfüllung bekommen soll. Jetzt muß er zuerst versorgt werden. Bringen Sie ihn zu Dr. Lohmann. Ewgenij soll ihm etwas kochen. Falls er es wünscht, werden Sie oder Ihre Kollegin sich nachher um ihn kümmern. Aber vergessen Sie nicht, daß er geschwächt ist – behandeln Sie ihn behutsam!«

Doni begann, ernsthaft auf Aris einzureden. Sun stand von seinem Stuhl auf und bewegte sich dabei wie eine Marionette. Er hielt sich immer im Schatten und ging bis zum äußersten Ende der Steinbalustrade, wo er völlig regungslos stehenblieb und aus halbgeschlossenen Augen die grell beleuchtete, aber tote Szenerie betrachtete. Er bemerkte nichts Auffälliges. Nur das Zirpen der Zikaden drang an sein Ohr. Auch wenn er keine anderen Sorgen gehabt hätte – diese fremdartige Landschaft wäre ihm gleichgültig geblieben, er hatte nichts für sie übrig. Wichtig war zu handeln, nicht die Szenerie. Geschichte setzt sich aus Taten zusammen. Wenn erst einmal die Frage auftaucht, *wo* etwas geschehen war, dann war schon erwiesen, daß die Tat selbst nicht einmalig war. Das, was er in knapp achtundvierzig Stunden tun würde, war aber etwas ganz und gar Einmaliges. Erst als die Unterhaltung der beiden hinter ihm beendet war und sie ins Haus gingen, änderte sich sein Gesichtsausdruck, und die dunklen Lippen öffneten sich ein wenig. Ein Zischen

wie von einer weitentfernten Luftpumpe war zu hören – Sun lachte.
Gleich darauf hatte er sich wieder in der Gewalt, trat ins Haus und ging die Treppe hinauf. In ausgezeichneter Stimmung zog er den Riegel von der Tür am Ende des Korridors zurück und trat ein. »Guten Morgen, mein lieber Admiral. Vielleicht sollte ich Ihnen lieber einen schönen Nachmittag wünschen, weil Ihr Seeleute es doch mit der Zeit sehr genau nehmt.« Er warf einen Blick auf die teure Uhr an seinem Handgelenk. »Wie geht's Ihnen? Ich hoffe, es fehlt Ihnen an nichts?«
M blickte aus dem winzigen Fenster. Von hier aus sah er ein kleines Stückchen Meer. Ein- oder zweimal am Tag glitt eine Jacht oder ein Fischerboot vorüber – jedesmal ein Erlebnis für ihn, das ihn aufrichtete, denn diese wenigen Sekunden, in denen er eine Bewegung wahrnahm, gaben ihm die Gewißheit, daß die Erde sich immer noch drehte und nicht aus den Angeln gehoben war. Er hielt es immer nur wenige Minuten am Fenster aus, da das Stehen ihn sehr ermüdete und der einzige Stuhl in dem kleinen, stickigen Zimmer so niedrig war, daß er im Sitzen nicht über das Fenstersims blicken konnte. Sonst enthielt das Zimmer nur noch ein Bett.
Zwei Dinge quälten ihn: die Angst, daß ungesehen ein Schiff vorbeifahren könnte, während er auf dem Stuhl saß, und die Tatsache, daß er Suns Besuche schon beinahe als eine Art Erleichterung in seiner totalen Abgeschiedenheit empfand. Er verstand immer besser die schreckliche und geheimnisvolle Vertraulichkeit, die mit der Zeit einen Gefangenen und seinen Kerkermeister verbindet. Er drehte sich zu Sun um. Sein Gesicht war blaß, die Augen lagen tief in den Höhlen, die Haut spannte sich über den Backenknochen, doch sein Blick und seine Stimme waren fest.
»Ist es Ihnen nicht völlig egal, ob ich alles bekomme oder nicht?« fragte M mit gepreßter Stimme. »Sagen Sie doch, was Sie wirklich denken, zum Teufel!«
»Bitte, keine Beleidigungen, Sir. Um Ihre Frage zu beantworten: natürlich bin ich daran interessiert, daß Sie alles bekommen, was wir Ihnen im Rahmen des Möglichen hier bieten können. Sie müssen bei Kräften bleiben, um Ihre Rolle gut zu spielen, – ich kann Ihnen versichern, daß wir alles übertreffen, was

wir bisher gemeinsam unternommen haben. Es liegt nicht in meiner Absicht, Sie schlecht zu bewirten oder Ihnen die einfachsten Bequemlichkeiten vorzuenthalten. Ich glaube, in den letzten Tagen habe ich Ihnen bewiesen, daß ich nicht kleinlich bin.«
M starrte ihn unverwandt an. »Sehr anständig von Ihnen.«
»Aber ich bin nicht hergekommen, um mich nach Ihrer Gesundheit zu erkundigen, so wichtig sie mir auch ist. Ich überbringe Ihnen eine Neuigkeit: eine Nachricht von James Bond.«
Es kostete M große Anstrengung, sich nicht mehr als ein beiläufiges Interesse anmerken zu lassen. Er mußte sich am Fenstersims festhalten, aber seine Stimme schwankte nicht.
»So?« sagte er höflich.
»Unter uns gesagt, ich muß zugeben, daß Bond sich bisher als sehr geschickt erwiesen hat. Er hat uns in Athen einige Schwierigkeiten bereitet, die mich aber nichts angehen und die auch überwunden sind. Bond befindet sich ganz in der Nähe.«
Keine Reaktion von M.
»Unsere Gewohnheit, in getrennten Einheiten zu operieren, von denen jede der Zentrale verantwortlich ist, hat zu einem seltsamen Ergebnis geführt: während Athen sich bemühte, Bond unter allen Umständen auszuschalten, habe ich alles getan, ihn unbeschädigt hierher zu bekommen. Das wird mir auch gelingen. Ich bin ganz sicher, daß der schlaue 007 dieses Haus finden wird. Wenn das heute oder morgen geschieht, werden wir ihn festnehmen. Er ist ein gefährlicher Gegner, aber allein wird er nicht viel ausrichten. Er hat nur eine kleine griechische Hure bei sich, die Handlangerdienste für die Russen leistet, und einen griechischen Faschisten aus irgendeiner Hafenkneipe, während mir hier fünf erfahrene Männer zur Verfügung stehen. Der Ausgang dieses Zusammentreffens dürfte kaum zweifelhaft sein.«
M brachte ein Lächeln zustande. »Es wäre unklug von Ihnen, sich zu sehr auf die zahlenmäßige Überlegenheit zu verlassen. Bond hat sich schon mehrfach gegenüber einer viel größeren Übermacht erfolgreich durchgesetzt, hinter der mehr steckte als die kindliche Phantasie eines chinesischen Sadisten. Sprechen Sie Ihr letztes Gebet, Sun, oder verbrennen Sie meinetwegen ein paar Räucherstäbchen oder was immer Sie bei solcher Gelegenheit zu tun pflegen.«

Der Oberst zeigte die Zähne. »Von Verbrennen sollten Sie taktvollerweise nicht sprechen, Admiral. Was macht die Haut an Ihrer Brust?«

M starrte ihn nur an.

»Vielleicht befassen wir uns später auch mit Ihrem Rücken. Das ist insofern wirkungsvoller, als der Betroffene nicht sehen kann, wann das Stimulans angewandt wird. Gerade die Ungewißheit bringt manchmal interessante Ergebnissse. Aber es ist ziemlich gewöhnlich, Drohungen auszutauschen. Ich möchte Sie jetzt nicht beim Essen stören. Ewgenij hat ein besonders delikates Omelett versprochen. Ich denke, dazu dürfen wir Ihnen heute auch ein Glas Wein gestatten. Vielleicht möchten Sie auf das Wohl Ihres Freundes und Kollegen trinken?«

M wandte sich ab und starrte wieder auf das leere Stückchen Meer hinaus.

14

»Der General war sehr betroffen, als ich ihm alles erzählte«, berichtete Ariadne. »Er will mit dir reden. Ich glaube, er wird eine Zusammenarbeit vorschlagen. Jedenfalls sagte er, er brauche deine Hilfe. Nach dem Gespräch kannst du natürlich wieder gehen, wenn du willst.«

»Welche Garantie habe ich dafür?«

»Das Wort eines Generalobersten im KGB.«

Im kleinen Salon der *Altair* blieb es einen Augenblick still. Dann brachen Bond und Litsas in schallendes Gelächter aus.

»Habe ich dich nicht mal auf den Arm nehmen können?« fragte Ariadne enttäuscht.

Bond legte einen Arm um sie und gab ihr einen Kuß auf die Wange. »Ich fürchte, aus dir wird nie eine richtige Agentin. Du bist zu ehrlich. Es war dir deutlich anzumerken, daß dir die ganze Geschichte viel zu unglaublich vorkam.«

»Der Kerl muß total verrückt sein.« Litsas goß Ouzo in die drei Gläser. »Was denkt der sich überhaupt? Ich nehme an, du hast ihm alles erzählt?«

»Alles, aber er hat mir nichts geglaubt. Nun, die Sache mit Gordienko hat er natürlich geglaubt, weil selbst ich nie eine Lüge erzählen würde, die er leicht nachprüfen kann. Im übrigen war er der Ansicht, daß James mich dazu überreden wollte, mit ihm gegen ein paar Gangster vorzugehen, damit er dann leichter die Konferenz stören könnte. Das würde ihm natürlich nie gelingen, weil der General so gründliche und phantastische Vorbereitungen getroffen hat, aber trotzdem ist dieser Bond ein gefährlicher Verbrecher.« Sie imitierte verächtlich Arenskis Akzent: »›Er könnte leicht lästig werden.‹ – Ich mußte mitspielen, sonst hätte er mich auch nicht mehr weggelassen.«

»Mit anderen Worten: Er tat auch weiter so, als wollte er dir von Anfang an nicht glauben.«

Ariadne nickte heftig. »Genauso war es. Jemand wie mir kann man nicht glauben. Erstens bin ich Griechin, zweitens rückständig und dumm und drittens eine Frau.«

»Ach, so einer ist das«, sagte Litsas.

»Ja. Ihr hättet mal sehen sollen, wie er Yanni angestarrt hat. Und zu alledem gehöre ich zum CRU und Arenski zum KGB.«

»Dann müßt ihr eigentlich Feinde sein«, sagte Litsas trocken.

Bond grinste. »CRU ist der Geheimdienst der Roten Armee, Niko. Sie betreiben auch gewöhnliche Spionage. Damit machen sie sich natürlich den KGB zum Feind. Das ist die Geheimpolizei und die viel größere, mächtigere Organisation. Zwischen beiden Gruppen gab es viel Rivalität.«

»Rivalität!« rief Ariadne verächtlich. »Mißgunst und Neid! Ein privater kalter Krieg!«

Sie hielt inne. Bond warf ihr einen ironischen Blick zu und zündete sich am Ende seiner Zigarette eine neue an. »Von dem General können wir also keine Hilfe erwarten. Wir müssen ihm sogar aus dem Weg gehen, das wissen wir jetzt.«

»Weiter. Ein Überlebender vom Kabinenkreuzer liegt hier im Krankenhaus. Arenski will sich mit ihm in Verbindung setzen.«

Bond und Litsas wechselten einen Blick. »Er wurde also doch aufgefischt, James. Sehr interessant.«

»Schon möglich. Aber wir können ihn nicht beobachten und feststellen, wer ihn besucht. Ich glaube auch kaum, daß er für uns gefährlich wird. Wir sollten uns an von Richter halten. Wo finden wir den?«

»Wir müssen im Hafen nach ihm fragen. Dort sind wir für kurze Zeit sicher, und wir müssen etwas Anständiges in den

Magen bekommen – ein warmes Essen mit Fleisch, nicht immer diese armseligen Butterbrote. Ich möchte auch auftanken. Also los!«

Litsas trank sein Glas aus und verschwand im Maschinenraum. Bond sah Ariadne an. Ihre hellbraunen Augen verschleierten sich. Er strich ihr sanft mit der Hand übers Haar. »Was ist denn los, Ariadne?«

»Ach, ich bin deprimiert. Bei einer so wichtigen Sache betraut man einen solchen Kerl mit den Sicherheitsmaßnahmen, einen dicken selbstzufriedenen Bürokraten. Früher war man da gründlicher und vorsichtiger.«

»Ich könnte dir jetzt einen Vortrag über die Bürokratie halten und über die Beförderung von Leuten aus politischen Gründen, aber das will ich dir ersparen. Denk nicht mehr dran. Verlaß dich auf Niko und mich und auf dich selbst. Wir werden das tun, was Arenski versäumt.«

Ariadne lehnte den Kopf an seine Brust. Bond mußte unwillkürlich grinsen. Es war schon ein seltsames Abenteuer, auf das er sich eingelassen hatte: Jetzt versprach er einer sowjetischen Agentin, die sowjetischen Interessen wahrzunehmen. Wenn M das erfuhr . . .

Der Haupthafen von Vrakonisi ist verhältnismäßig klein, aber einer der besten in der südlichen Ägäis, sicher und ruhig, ausgenommen bei Südsturm, der aber nur selten weht. Die meisten vulkanischen Inseln erheben sich so steil aus dem Meer, daß sie nicht genügenden Ankergrund bieten. So ist zum Beispiel die Bucht von Santorin über dreihundert Meter tief, und man kann nur an einer Boje anlegen, während Vrakonisi über ein flaches, schmales Schelf verfügt. Von den beiden Molen, die den Hafen schützen, reicht die westliche noch in venezianische Zeiten zurück. Hier legte die *Altair* nach dem Tanken an.

Bond wartete im strahlenden Sonnenschein auf der Mole, bis die anderen kamen, und sah sich um. Es gab eine Menge zu sehen. Das Hafenbecken zu seiner Rechten wimmelte von Jachten, Fischerbooten und Transportfahrzeugen – Vrakonisi muß zum größten Teil auf dem Wasserweg versorgt werden –, außerdem gab es hier eine Menge kleinerer Boote, da die Straßen auf der Insel schlecht und viele Buchten nur auf dem Wasserweg erreichbar sind. Weiter vorn zogen sich ein paar Häuser das Ufer entlang. In der Nähe lagen ein paar weißgetünchte Hütten mit blauen oder braunen Fensterläden und Türen, dann ein Lebensmittelgeschäft, der Schiffsausrüster, das Hafenbüro und eine *taverna* mit verblichener grüner Markise. Keine Neonröhren, keine Autos, keine Souvenirläden. Noch nicht.

Litsas und Ariadne sprangen an Land, und zu dritt stürzten sie sich in das Getümmel des kleinen Hafens. Dahinter führte eine schmale, kurvenreiche, ungepflasterte Straße zu den weißen, verstreut liegenden Häusern des Ortes, der sich an ein halbes Dutzend kleiner Hügel schmiegte. Nur ein Sandsteinblock, älter als der Vulkan selbst, erhob sich in den Himmel, sonst waren überall die herrlichen, horizontal verlaufenden Bänder von eisenhaltigem Felsen, schwarzer Lava und porösem, weißem und gelbem Tuffstein zu sehen; es leuchtete in Rot, Purpur und Seegrün. Vrakonisi bietet einen unvergeßlichen, aber seltsamen, sogar etwas verwirrenden Anblick – die Landschaft scheint nicht für menschliche Bewohner geschaffen worden zu sein.

Sie aßen zitronengewürzte Fischsuppe und danach ein halbes Dutzend herrlich schmeckender kleiner Vögel, die man um diese Jahreszeit überall in Griechenland fängt, und tranken dazu Retsina. Litsas verzichtete auf den Kaffee. Er wollte zur Hafenmeisterei, um nicht nur vorschriftsgemäß die Papiere der *Altair* vorzulegen, sondern auch Augen und Ohren offenzuhalten, weil beim Hafenmeister alle Gerüchte der Insel zusammenlaufen.

Nach knapp einer Stunde war er wieder zurück. Seine leuchtenden braunen Augen und das Lächeln um seine Lippen verrieten, daß er Neuigkeiten erfahren hatte.

Er setzte sich, bestellte seinen Kaffee, verschränkte die Finger und beugte sich vor. »Ich glaube, ich habe von Richters Spur«, sagte er leise. »Angeblich hat ein Holländer namens Vanderveld, der sich als Geologe bezeichnet, eine Hütte am Ostende der Insel gemietet. Er hat einen jungen Mann bei sich, der sich ebenfalls für Gestein interessieren soll. Das war leicht vorauszusehen. Von Richter hat sich nicht viel Mühe gegeben, unbekannt zu bleiben. Gestern abend hat er hier in der *taverna* gegessen. Natürlich dachte er nicht, daß man ihn erkennen würde. Im Krieg war er wohl kaum in dieser Gegend. Wir haben einfach Glück gehabt.«

Bond furchte die Stirn. »Sind Sie sicher, Niko, daß er ...«
»Mein lieber Freund, so dumm bin ich nicht. Von Richter hat links am Kopf eine Verbrennung, weil da zu dicht an seinem Ohr ein Gewehr losgegangen ist. Seitdem wächst rund um das Ohr kein Haar mehr. Unser holländischer Geologe trägt genau dieses Kennzeichen. Genügt das?«
»Ich denke, das genügt«, sagte Bond kühl und bemühte sich, seine Erregung zu meistern. Schon den ganzen Tag war er wegen ihrer Untätigkeit nervös gewesen. Das Gefühl war noch gesteigert worden durch die Furcht, es könnte ihnen nichts weiter übrigbleiben, als die entscheidende Nacht an Bord der *Altair* zu verbringen, um das Schiff gegen die Chinesen zu verteidigen. Jetzt konnte man wieder an den nächsten Schritt denken.
»Da ist noch etwas«, sagte Litsas und trank seinen Kaffee aus. »Den Weg zum Krankenhaus können wir uns sparen. Der Mann vom Kabinenkreuzer ist verschwunden. Ein Bauer mit einem Maulesel hat ihn gesehen, er ging in Richtung Westen. Dort liegt die kleine Insel, auf der die Russen das internationale Treffen abhalten wollen. Von Richters Versteck liegt genau entgegengesetzt, was halten Sie davon?«
»Zwei Verstecke also«, murmelte Bond und starrte den blankgescheuerten Holztisch an. Irgendeine Erinnerung beunruhigte ihn, aber er wußte nicht, was es war. Es mußte sich um eine Kleinigkeit handeln, die nicht weit zurücklag. »Viel länger dürfen sie nicht warten. Ich glaube eher, daß die Kommandozentrale sich auf der Westseite als auf der Ostseite der Insel befindet; also wird von Richter den ersten Schachzug machen. Die Frage ist nur, wie er aussieht. Führt ein Pfad oder ein Weg zu dem Haus, das er gemietet hat?«
»Oberhalb des Hauses liegen ein paar Weingärten, aber die sind nur über eine Klippe erreichbar. Die Kletterei ist ziemlich schwierig. Er wird den Wasserweg wählen.«
»Dann werden wir ihm mit der *Altair* auflauern und ihn verfolgen, sobald er sich blicken läßt«, sagte Ariadne forsch.
Litsas verzog das Gesicht. »Das ist gar nicht so einfach, meine Liebe. Wenn wir zu nahe heranfahren, können wir ihn zwar sehen, er uns aber auch. Oder sollen wir so tun, als ob wir nur vorbeiführen? Dann wird er warten, bis wir weg sind.«
»Wir löschen einfach unsere Lichter.«

»Der Mond scheint hell genug.«
»Ich habe ihn gesehen«, sagte Bond plötzlich. Alle sahen ihn an. »Den Mann aus dem Krankenhaus. Heute morgen, als wir auf dich warteten, Ariadne. Er kletterte ungeschickt den Hügel hinab, als ob er verletzt wäre. Sein Ziel kann eines von mehreren Häusern am Ende der Insel gewesen sein. Aber wir wissen wenigstens, wohin er gegangen ist.«
»Woher wollen Sie wissen, daß er es war?« fragte Litsas.
»Da gehe ich jede Wette ein. Ich habe mich noch gefragt, was so wichtig sein kann, daß ein offensichtlich behinderter Mann sich solche Mühe macht. Jetzt bin ich sicher, daß er es war – auf dem Wege zur Berichterstattung zu seinem Herrn und Meister.«
»Aber das wäre doch an der Nordküste.« Litsas schien nicht überzeugt. »Von dort aus sieht man die kleine Insel nicht einmal.«
»Man kann aber auch nicht gesehen werden. Doch zerbrechen wir uns darüber nicht den Kopf. Wir legen ab und fahren einfach mal an dem Teil der Küste vorbei, um aus sicherer Entfernung . . .«
Litsas' veränderter Gesichtsausdruck ließ ihn innehalten. Der Grieche legte Bond eine Hand schwer auf den Unterarm. »Da ist er – Ludwig von Richter. Da rechts von Ihnen, James. Er kommt gerade aus dem Lebensmittelgeschäft. Sie dürfen sich ruhig umdrehen. Fremde werden hier immer noch angestarrt.«
Bond drehte sich lässig um. Richter trug Sporthemd und Shorts, in der Hand hielt er eine Einkaufstasche. Er schaute gerade über die Schulter zurück und machte lachend eine Bemerkung zu dem Ladenbesitzer. Neben ihm stand grinsend ein blonder junger Mann und hielt eine große Weinflasche. Dann sah Bond die haarlose Stelle an seinen Ohr. Die beiden drehten sich um und gingen den Quai entlang.
»Sie gehen nach Hause«, sagte Litsas. »Ich sehe mal nach, was für ein Boot sie haben.«
Er ging.
Ariadne sagte: »James, es gibt so viele Dinge, die ich nicht ganz begreife. Vor allem: wozu haben sie den Kerl nötig? Er läuft doch immer Gefahr, wiedererkannt zu werden. Was ist so Besonderes an ihm?«
»Gute Frage. Möglich, daß er schon zuvor für sie gearbeitet hat.

Und bekanntlich versteht er mit Waffen umzugehen. Solche Typen können sie immer brauchen.«
Ariadne nickte nachdenklich: »Hier gibt es viele Leute, die mit Waffen umgehen können. Vielleicht brauchen sie von Richter, weil er besonders skrupellos ist. Warum aber ausgerechnet so jemand? Außerdem: Wenn sie ein Geschütz aufgebaut haben sollten – wie haben sie es den Hügel hinaufgebracht?«
Sie schwiegen, bis Litsas zurückkehrte. »Er hat ein ziemlich großes Boot mit einem Außenbordmotor«, berichtete er. »Sie legen gerade ab, lassen wir ihnen fünf Minuten Vorsprung.«
»In dieser Zeit können wir etwas anderes erledigen«, sagte Bond. »Yanni.«
»Was ist mit ihm?«
»Wir müssen ihn doch entlohnen und wegschicken, nicht wahr? Später haben wir kaum Gelegenheit dazu.«
Litsas überlegte. »Sollen wir das wirklich tun? Er ist sehr geschickt mit dem Messer. Außerdem können wir ihn an Bord gut brauchen. Wenn es hart auf hart geht, kann er sich ja raushalten.«
Bond sah Litsas an. »Nein, Niko. Yanni geht, und zwar gleich. Der Junge hat doch Familie, nicht wahr? Die Verantwortung können wir nicht übernehmen. Es reicht schon, was er bisher erlebt hat.«
»Natürlich haben Sie recht«, sagte Litsas betreten. »Ich kenne hier jemand, der heute abend nach Piräus zurückfährt. Ich rede gleich mit ihm.«
Zehn Minuten später hatten sie sich mit einem Händedruck von Yanni verabschiedet, dann glitt die *Altair* aus dem Hafen. Es gibt Augenblicke, wo sich Eindrücke mit fotografischer Genauigkeit dem Gedächtnis einprägen. Hinter ihnen lagen der farbenfrohe Hafen, die Segel, die Markisen, die Flaggen von einem Dutzend Nationen, frischgestrichene Schiffskörper in einem Wald von Masten und über allem die herrlichen Farben der Insel selbst.
Die untergehende Sonne vor ihnen sah aus wie eine riesige Orange, und die stahlblaue See färbte sich allmählich bleigrau.

15

Bond saß auf dem mondbeschienenen Hügel, sechzig Meter über dem Meer, und sehnte sich nach einer Zigarette. Ein großer Felsblock spendete Schatten und diente als Rückenstütze. Es war kein perfekter Beobachtungsposten, aber er hatte auch keine Zeit, sich einen solchen zu suchen, da es nach der raschen Erkundungsfahrt mit der *Altair* schnell dunkel wurde. Hier befand er sich ungefähr in der Mitte über den fünf weitverstreuten Häusern, die als Befehlszentrale des Gegners in Frage kamen. Zwei konnte er direkt sehen, das dritte hatte er im Blickfeld, wenn er fünfzig Schritte nach links ging, und die Zufahrt zu den beiden anderen hatte er deutlich genug im Auge, um von Richters Boot auch dann nicht zu übersehen, wenn es unbeleuchtet landete.

Im Augenblick schien alles ruhig zu sein. Beim Vorbeisegeln hatten sie ein winziges Stück Strand entdeckt, von dem aus sich der darüberliegende Steilhang erklimmen ließ. Litsas war nach einigem Knurren bereit gewesen, dort zu warten und die Entwicklung der Dinge aus geringerer Höhe zu beobachten. Das Beiboot hatte er hinter einen Felsen gezogen, so daß man es zumindest am Abend vom Meer her nicht bemerken würde. Trotz Ariadnes lautem Protest lag die *Altair* zweieinhalb Kilometer entfernt an der Südküste zwischen einem Dutzend ähnlicher Boote eines Fischerdörfchens vertäut. Eine bessere Tarnung gab es kaum.

In der Stille ringsum waren nur wenige Geräusche zu vernehmen. Bis vor einer Stunde hatte ein Plattenspieler oder Radio im nächstgelegenen Haus *bazouki*-Musik gespielt, diese seltsame Mischung von slawischen, türkischen und arabischen Rhythmen, die sinnlich, erregend und gleichzeitig wie eine verzweifelte Klage klingen. Das Haus lag im Dunkel. Bei den Nachbarn brannte noch Licht. Der warme Wind trug gelegentlich Stimmen und Lachen zu Bond hinauf. Ein- oder zweimal hörte er den Schrei einer Eule von den Klippen über sich, und von der Stadt her ertönte ein unendlich ferner Glockenschlag. Sonst war es still.

Bond warf einen Blick auf das Leuchtzifferblatt seiner Uhr: drei Uhr zehn. Er zweifelte nicht daran, daß seine Überlegung

grundsätzlich stimmte und daß von Richter auftauchen würde. Nur wann er kam, war ungewiß. Vielleicht machten sich von Richter und sein junger Begleiter in der ersten Morgendämmerung auf den Weg, vielleicht warteten sie aber auch auf das geschäftige Treiben des Tages, um ganz unauffällig als Gäste des Hauses begrüßt zu werden. Bond war klar, daß er sich auf etwas Gefährliches eingelassen hatte und jeder noch so kleine Fehler verhängnisvoll sein würde.
Dann hörte er das Boot.
Es kam von Westen, zwei Minuten später tauchte es auf. Es führte Navigationslichter und ein sehr schwaches Licht im Bug. Nachdem es um die Felskante herumgetuckert war, folgte es noch ein Stück der Küste, drehte dann bei und näherte sich dem zweiten Haus, in dem noch Licht brannte. Bond stand auf. Es war Zeit, sich genauer umzusehen.
Er machte sich auf den Rückweg und kletterte die fast senkrechte Rinne hinab, die im Zickzack zwischen zwei Granitblökken verlief. Ein Überhang schützte ihn gegen Sicht von unten. Damit hatte er etwa die Hälfte der Strecke zurückgelegt, war aber um gut hundert Meter zu weit nach Osten geraten. Von dem Punkt aus, den er erreicht hatte, verlief eine natürliche Terrasse parallel zur Küste nach Westen, die leicht zu begehen war. Darunter wuchs üppiges Gras, gepflegt wie auf einem englischen Golfplatz. Wann war er zuletzt in Sunningdale gewesen? Am Dienstag nachmittag; jetzt war es Freitag nacht oder schon Samstag früh.
Dort, wo es rechts steil in die Tiefe ging, riskierte er einen Blick. Das Boot glitt mit verminderter Fahrt heran. Einen Teil der Anlegestelle konnte er sehen, aber nicht das Haus. Geduckt eilte er bis ans Ende der natürlichen Terrasse und kam zu einem mondbeschienenen, mit losen Steinen übersäten Hang. Vorsichtig bewegte er sich über die ungeschützte Strecke. Wenn ein Stein wegrollte, war er verraten. Die Maschine des Bootes tuckerte nur noch leise, und er konnte Stimmen hören.
Er erreichte eine unregelmäßige Rinne im Granit, noch ein kurzer Hang, von niedrigem Gestrüpp bewachsen, eine weitere Biegung – und er war da, gefährlich nahe sogar.
Er glitt in den schützenden Schatten eines Felsbrockens. Die nächste Ecke des Hauses war kaum dreißig Meter weit weg, und

er befand sich auf gleicher Höhe mit dem flachen Dach. Ein Stück entfernt sprang von Richter gerade auf einen kleinen steinernen Quai. Bond erkannte die kahle Stelle über dem linken Ohr. Ein kleiner kräftiger Mann mit rundem Schädel, der das Boot festgemacht hatte, ging nun nach mittschiffs und kletterte mit Hilfe des blonden Begleiters, den von Richter wieder bei sich hatte, mit einer großen Tasche von Bord. Bond beugte sich vor. Die Tasche war auf eigentümliche Art ausgebeult und sehr schwer. Es folgten etwa ein Dutzend Kisten von ungefähr einem Viertelmeter Durchmesser – soweit Bond im schwachen Schein der Bootslampe und einer anderen, nicht viel stärkeren Lampe an der Hausecke erkennen konnte, bestanden sie aus dunkel gestrichenem Metall. Auch die Kisten schienen für ihre Größe ein ziemliches Gewicht zu haben. Dann wurden noch zwei elegante Reisekoffer ausgeladen. Bis jetzt hatte Schweigen geherrscht, nun meldete sich von der nicht einzusehenden Vorderseite des Hauses eine Stimme.

Überraschenderweise sprach der unsichtbare Mann englisch, aber noch verblüffender war seine seltsame Aussprache. Der freundliche Ton ließ nicht verkennen, daß er das Befehlen gewöhnt war. Bond wußte, daß es der Anführer der Gegenpartei war.

Von Richter rief einen Gruß zurück und verschwand dann hinter der Vorderseite des Hauses. Die nächsten Worte konnte Bond nicht verstehen, dann lachten die Männer kurz auf und gingen ins Haus. Die Lampe auf dem Boot wurde gelöscht. Der untersetzte Mann und der blonde Junge hoben die schwere Tasche auf, schleppten sie an Bonds Versteck vorbei und verschwanden damit in einer Seitentür. Anschließend holten sie die Kisten und die beiden Koffer. Die Tür klappte zu, das Licht an der Hausecke ging aus. Bis auf kaum vernehmliches Gemurmel und das gelegentliche Klatschen des Wassers unter dem Rumpf des Bootes wurde es völlig still.

Bond vermutete, die Waffe und die Munition gesehen zu haben, mit deren Hilfe der Überfall verübt werden sollte; oder zumindest einen Teil der Waffe, denn die Lafette fehlte noch. Trotzdem war das verdammte Ding viel zu klein. Mit einem Geschütz von dieser Größe erreichten die abgefeuerten Granaten nicht die nötige Anfangsgeschwindigkeit und mußten wir-

kungslos von den Mauern des Hauses drüben auf der kleinen Insel abprallen. Aber vielleicht plante man von dieser Seite her nur ein Ablenkungsmanöver und der eigentliche Angriff sollte vom Meer her erfolgen – doch von wo aus? Bond schob den Gedanken beiseite. Im Augenblick kam es nur darauf an, daß die Anführer sich hier befanden.
Er wartete noch zwanzig Minuten, aber nichts rührte sich. Dann ging er langsam und vorsichtig rund um das Haus. Nach einer Stunde wußte er, daß es weder Stolperdrähte noch ähnliche Alarmeinrichtungen gab und daß man vom Meer her das Haus auf keinen Fall ungesehen erreichen konnte; abgesehen von der Felsrinne, die er benutzt hatte, führte noch ein zweiter begehbarer Weg direkt den Hügel hinab zu einer Stelle, von der aus man die Terrasse an der Rückseite des Hauses in einem Spurt von kaum zehn Sekunden erreichen konnte.
Bond zog sich in sein Versteck unter den überhängenden Felsen zurück und überlegte. Der Mond war untergegangen, und bis auf das schwache Sternenlicht herrschte völlige Dunkelheit. Aber in fünfzehn Minuten würde ganz langsam die Dämmerung einsetzen; er mußte bald verschwinden. Trotzdem – ein Blick ins Innere des Hauses konnte von unschätzbarem Wert sein. Rasch ging er den letzten Hang hinunter und über das grobe Steinpflaster zum Seiteneingang. Ohne zu zögern hob er die Tür an und drehte ganz vorsichtig den Türknopf. Ein fast unhörbares, metallisches Quietschen war das einzige Geräusch. Millimeterweise gab die Tür nach.
Es dauerte fünf Minuten, bis der Spalt groß genug war, um einen Blick ins Haus zu erlauben. Vor sich erblickte er eine Treppe; links eine weitere, die zur rückwärtigen Terrasse führen mußte; dann einen schwachbeleuchteten Flur mit mehreren Türen. Plötzlich öffnete sich eine von ihnen und jemand trat heraus. Nur ein Umstand rettete Bond: Die Gestalt blieb auf der Schwelle stehen und wechselte einige Worte mit jemandem, der sich noch im Zimmer befand. Bond schloß die Seitentür so leise und rasch es ging, drehte sich um und rannte weg. Noch bevor er den Hang hinaufgeklettert war, flammte die Außenbeleuchtung auf. Mit einem Satz sprang Bond in sein Versteck, drehte sich um und riß mit der gleichen Bewegung die Walther heraus.

Von Richter trat aus dem Haus, schaute sich für einen Augenblick um und ging dann zielstrebig genau auf Bond zu. Bond zielte auf von Richters Brust, doch fünf Schritte vor ihm drehte dieser plötzlich ab und verschwand. Zwei Minuten, drei Minuten verstrichen. Bond hörte keinen Laut und nahm an, daß Richter noch irgendwo in der Nähe war. Inzwischen trat noch ein zweiter Mann aus dem Haus, und Bond erblickte zum erstenmal Oberst Sun Liang-tan.
Der Mann bewegte sich sehr geschmeidig, ein schwaches Lächeln lag auf dem gelben Gesicht, wahrscheinlich für von Richter bestimmt, aber es blieb unpersönlich. Jede Bewegung drückte die Macht aus, die dieser Mann in Händen hielt. Sie waren also wirklich von China hierhergekommen. Der Mann folgte von Richter. In einer Entfernung von zehn oder fünfzehn Metern, etwas oberhalb von Bonds Versteck, begannen die beiden sich zu unterhalten.
»Ist dieser Ort für Ihre Absichten geeignet?« Das war wieder das eigentümliche Englisch, das Bond schon vorhin vor dem Haus gehört hatte.
»Ja, Oberst, er eignet sich großartig.« Von Richter sprach fast ohne einen Akzent. »Natürlich nicht auf dem Felsen. Vielleicht muß ich den Boden ein wenig anfeuchten, aber das kann ich später ausprobieren. Sonst bin ich zufrieden. Können wir das Licht einmal ausschalten?«
»Gewiß.« Der Chinese erhob seine Stimme. »Ewgenij, das Licht bitte!«
Ewgenij – ein Russe. Das mußte der untersetzte, kräftige Typ sein.
»Jetzt haben wir die genauen Kampfbedingungen«, sagte die Stimme. »Sie werden feststellen, daß die Zeit genau stimmt.«
Das Licht ging aus.
»Wir werden einen Augenblick warten müssen, bis wir genug erkennen«, sagte von Richter. »Aber ich sehe jetzt schon, daß alles in Ordnung ist.«
In Ordnung! Bond biß sich auf die Lippen. Die Dämmerung setzte tatsächlich schon ein. Die Felsen ringsumher überzogen sich mit einer ersten Andeutung von Farbe, die Seite des Hauses war zu erkennen. Wie lange würde das Palaver der beiden noch dauern?

Er verlor fast die Geduld, als sie minutenlang schwiegen. Dann sagte von Richter: »Da, sehen Sie ihn?«
»Ja, ausgezeichnet.«
»Wir haben im letzten Monat einen einfachen, aber unfehlbaren Farbenkode ausgearbeitet. Wie schon gesagt, es standen uns alle Hilfsmittel zur Verfügung. Die Arbeit macht Spaß.«
»Ich hoffe, Sie sind zu den richtigen Ergebnissen gelangt.«
»Jaja, es wird alles ganz genau stimmen, ballistisch und auch medizinisch. Darauf können Sie sich verlassen.«
Der Chinese murmelte eine höfliche Bemerkung, dann wurde es wieder still.
Bond schwitzte. Er hatte gerade den Entschluß gefaßt, die beiden Männer auf dem Rückweg ins Haus zu erschießen und sich auf das Überraschungsmoment zu verlassen, um mit Ewgenij, dem blonden Jungen und eventuellen anderen Hausgenossen fertig zu werden.
»Ich glaube, jetzt haben wir genug gesehen«, sagte von Richter. »Willi und ich beziehen nach dem Frühstück Stellung.«
»Sehr gut. Was Willi betrifft – wie kommt ein solcher Junge zu diesen Versuchen?«
»Er macht sich recht gut. Sein Vater wurde nach dem Krieg hingerichtet; Willi war damals noch ein kleines Kind . . .«
Die Stimmen verklangen zum Landesteg hin. Als die beiden Männer schließlich auftauchten, betrug die Entfernung schon dreißig Meter. Bond ließ seine Absicht sofort fallen: Das Licht war immer noch schlecht, und die Chance, zwei Treffer anzubringen, gleich Null. Sie gingen am Schiff vorbei und verschwanden an der Vorderseite des Hauses.
Für einen gezielten Schuß war das Licht zwar noch zu schlecht, aber es war mehr als ausreichend, um jede Bewegung auf dem Felshang erkennen zu lassen. Bond hatte das Gefühl, als säße er auf dem Präsentierteller. Er wartete drei Minuten lang, ob die beiden noch einmal zurückkommen würden, dann verließ er seine Deckung und kletterte die Felsrinne hinauf. Das dauerte erheblich länger als der Abstieg. Als er das obere Ende erreichte, schickte die Sonne schon ihre ersten Strahlen über den Horizont. Der steinige Hang machte einen verdammt ungeschützten Eindruck, aber ein Umweg wäre noch gefährlicher gewesen. Er stand also auf und ging mit gleichmäßigen Schrit-

ten zur anderen Seite hinüber.
Viele hundert Meter weit erstreckte sich ein Gewirr von großen quadratischen oder beinahe rechteckigen Steinblöcken, die teilweise übereinanderlagen. Um zehn Meter zu gewinnen, mußte er mindestens die doppelte Strecke klettern. Oberhalb und unterhalb lagen steile Klippen. Auf dem Herweg hatte Bond fünfzig Minuten gebraucht, um diese Strecke zu bewältigen, auch im Hellen würde es mindestens dreißig Minuten dauern. Danach würde der Aufstieg zu einer kleinen Plattform und hinterher der Abstieg zum Boot leicht sein.
Er brauchte mehr als eine halbe Stunde, die schwierige Kletterei zu bewältigen. Als er die ersten Schritte auf der leicht geneigten Plattform tat, erhob sich am gegenüberliegenden Ende eine Gestalt und richtete einen Revolver auf ihn.
Es war ein hochgewachsener Mann in einem billigen dunklen Anzug, der zerrissen und zerknittert an ihm herabhing. An seiner Schulter hing ein Feldstecher in einem billigen grünen Plastikfutteral. Mit russischem Akzent sagte er auf englisch: »Guten Morgen, Mr. James Bond!«
Bond blieb wie versteinert stehen.
»Hab' Sie gesehen, von oben«, fuhr der Mann beinahe gutmütig fort. »Jetzt – wir gehen nach oben.« Mit der Linken zeigte er in die Höhe.
Bond rührte sich nicht.
»Nein? Dann – erschießen. Auch nicht schlimm. Freund von mir – da oben.« Seine Gesten zeigten, wie er Bond hinaufschleppen wollte, der Revolver blieb dabei jedoch fest auf Bond gerichtet. »Schwierig. Sie vielleicht fallen. Aber mir egal.« Er kicherte.
Das war deutlich genug. Bond hatte nur eine Chance: Er mußte während des Aufstiegs in Deckung gehen, bevor der »Freund« auftauchte.
»Braver Junge.« Goldzähne blitzten. »Hierherkommen.« Die linke Hand deutete auf einen Punkt, der für einen Überraschungsangriff zu weit entfernt war. Bond gehorchte.
»Jetzt – Waffe. Langsam, bitte. Langsam. Langsam.«
Der Revolver zielte genau auf Bonds Brust. Ihm blieb nichts anderes übrig, als die Walther aus der Hüfttasche zu ziehen und dem Russen hinzuhalten.
»Sehr klug. Wegwerfen.«

Wieder eine Chance vertan. Bond warf seine Automatic weg und hörte sie auf einen Stein aufschlagen.
Der Russe deutete zum Strand hinunter. »Ihre Freund – nicht gut, wie? Jetzt – los, Mr. Bond. Langsam, langsam.«
Bond wollte schon gehorchen, da machte der andere plötzlich einen Satz nach vorn, als hätte er einen Tritt in die Kehrseite bekommen. Gleich darauf krachte ein Schuß. Ein paar Sekunden später kam von irgendwoher das leise Echo. Der Mann ließ die rechte Hand sinken. Sein fassungsloser Blick war auf Bond gerichtet, als erwartete er von ihm eine Erklärung.
Bond sagte heiser: »Das war ein Gewehrschuß vom Ufer her.« Sein Herz klopfte. Er wußte nicht, ob der Russe ihn verstanden hatte. Der drehte sich halb um, da warf ihn ein zweiter Schuß aus dem Gleichgewicht. Er stürzte den Hang hinab und blieb mit dem Gesicht nach unten auf einem Haufen kleiner Steine liegen. Blutige Flecken erschienen an seiner Schulter und über der Hüfte.
Bond holte seine Walther und schaffte in zwei Minuten den Weg zum Ufer. Litsas hatte das Beiboot schon im Wasser, stieß sofort ab und griff nach dem Ruder.
»Guter Schuß, Niko«, sagte Bond.
»Nicht übel, wie? Noch dazu nach oben. Aber in Griechenland gewöhnt man sich an so etwas. War auch nicht weiter als zweihundert Meter. Mit dieser hübschen Flinte habe ich schon mal einen auf sechshundert Meter erwischt.« Er nickte der Lee-Enfield, die Bond nun auf den Knien liegen hatte, liebevoll zu. »An Gewehre denken die Kerle heutzutage gar nicht mehr. Wenn sie in unmittelbarer Umgebung niemand sehen, fühlen sie sich sicher. Ich wette, der Kerl ist mächtig erschrocken, als es ihn erwischte.«
»Stimmt«, sagte Bond hart und erinnerte sich an den Gesichtsausdruck des Mannes.
»Ich habe ihn wirklich nicht gesehen, bis er aufstand und Sie bedrohte, dann war nicht mehr viel Zeit.«
»Er hat aber das Boot gesehen.«
»So? Wirklich? Dann ist sein Leichtsinn, sich so offen hinzustellen, gar nicht mehr zu entschuldigen. Wer war das?«
»Anscheinend einer von Arenskis Leuten, muß mich bei einer Patrouille zufällig entdeckt haben.«

»Ich fürchte, das wird den tapferen General sehr wurmen. Hoffentlich versucht er nicht heute abend, uns in die Quere zu kommen.«

16

Am gleichen Mittag lief die *Altair*, zwanzig Kilometer südlich des Hafens von Vrakonisi, auf Nordwestkurs. Die ausgezeichnete Sicht versprach schönes Wetter, der Wind hatte seit dem Morgen wieder ein wenig aufgefrischt, und das Boot, das diagonal zu den Wellen lief, stampfte von Zeit zu Zeit schwerfällig. Zum Teil lag das auch daran, daß ein ziemlich unerfahrener Mann das Steuer führte.

George Ionides kannte sich mit Booten dieser Art nicht besonders gut aus, obgleich er mit seinem eigenen kleinen Küstendampfer, der acht Meter langen *Cynthia*, ausgezeichnet umgehen konnte. Er hoffte nur, daß das Wetter sich nicht verschlechterte, weniger aus eigenem Interesse – in den nächsten Stunden würde er immer im Schutz von Inseln segeln –, als im Interesse der *Cynthia* und in gewisser Weise ihrer augenblicklichen Besatzung. Allerdings machte er sich auch Gedanken darüber, was diese Leute mit seinem Schiff wohl vorhatten.

Sicher war es etwas Illegales. Die beiden Griechen, der Mann und das Mädchen, machten einen ganz netten Eindruck, aber der Engländer mit dem harten Gesicht war zweifellos ein Draufgänger. Das hatte George Ionides sofort erkannt. So hatte es ihn auch nicht überrascht, als die Männer vor einer Stunde bei der Übergabe der *Cynthia*, zwei sorgsam eingewickelte Gegenstände mit an Bord nahmen, zweifellos Waffen. Natürlich hatte George so getan, als schaue er nach dem Wetter. Nicht umsonst stammte er von Kephallenia, einer der Ionischen Inseln. Dort galt der Grundsatz: Sei klug, mach die Augen auf und den Mund zu.

Deswegen hatte George auch zu allem ja gesagt und ansonsten den Mund gehalten, als dieser Athener ihm im Hafen den Vorschlag unterbreitet hatte, für dreitausend Drachmen (Hälfte jetzt, Hälfte später) für etwa sechsunddreißig Stunden die Boote zu tauschen. Er hatte genickt, als ob es sich um etwas ganz All-

tägliches handelte, als der Athener die Übergabe nicht im Hafen, sondern auf hoher See wünschte und vorschlug, George sollte erst eine halbe Stunde später als sie selbst auslaufen. Er hatte auch keinerlei Erstaunen gezeigt, als der Athener ihm sehr eindringlich klarmachte, er hätte gleich nach der Übergabe schnurstracks nach Ios zu segeln und dort zu warten, bis morgen nachmittag oder abend der Rücktausch erfolgte. George war bereitwillig mit gut acht Knoten nach Süden gesegelt, bis die *Cynthia* am Horizont verschwunden war. Dann war er einfach nach Nordwesten zurückgekehrt.
George hatte nämlich gar nicht die Absicht, nach Ios zu segeln, jedenfalls nicht heute. Spätestens um sechs Uhr abends wollte er in Paroikia, dem Haupthafen von Paros sein. Wenn er früh am nächsten Morgen ablegte, hatte er Zeit genug, pünktlich zum vereinbarten Zeitpunkt in Ios zu sein und in einer Hafentaverne Kaffee zu trinken, um das Erscheinen der *Cynthia* abzuwarten. Er grinste vor sich hin. Dann schrie er nach seinem Vetter, einem vierzehnjährigen Jungen, der mit ihm zusammen die Besatzung der *Cynthia* bildete und sich jetzt auf dem Kabinendach der *Altair* sonnte. Als der Junge erschien, gab er ihm ein paar Anweisungen und überließ ihm das Steuer. Er ging nach vorn in den Salon. Im Schutz von Vrakonisi war der Seegang geringer geworden, und an dieser Seite der Insel gab es auch keine Untiefen.
Gemäß der Erlaubnis, sich nach Herzenslust zu bedienen, goß er sich ein Glas *citron* ein und setzte sich auf die Bank. Dieses herrliche Getränk bekam man nur auf Naxos, Ios und Vrakonisi.
Eine Zigarette in der Hand, schaute er aus dem Fenster. Sie glitten in einer Entfernung von etwa hundert Metern an der kleinen Insel vorbei, die vor der Südwestspitze lag und von der man wußte, daß ein sehr reicher Ausländer sich in dem großen Haus mit den Knaben aus der Umgebung vergnügte. Diese Ausländer glauben auch, sie können hier machen, was sie wollen! George verzog das Gesicht. Dann sah er auf der Terrasse einen Mann in dunklem Anzug stehen und genau zum Schiff herüberstarren. Es war so hell, daß George blinzeln mußte. Der Mann rannte ins Haus und kam gleich darauf mit einem zweiten wieder. Der zweite starrte die *Altair* gründlich durch einen

Feldstecher an und gab ihn danach seinem Begleiter. Dann tauchte ein dritter auf. Alle drei schienen sich sehr für das vorbeigleitende Boot zu interessieren. George hatte keine Ahnung, warum. Er stand auf, trat an die Reling und winkte ihnen freundlich zu.

Die Wirkung dieser kleinen Geste war erstaunlich. Die drei Gestalten zuckten zusammen und sahen sich an, als hätte er sie bei irgendeiner unanständigen Sache ertappt. Dann beobachteten sie wieder die *Altair.* George winkte noch einmal. Diesmal winkten sie zurück, zaghaft zuerst, dann voller Begeisterung. George kehrte laut lachend in den Salon zurück. Es stimmte schon, das alte griechische Sprichwort, wonach alle Ausländer verrückt sind. Diese hier sind außerdem noch reich, dachte er, als er wenig später das große, graugestrichene Motorboot an der Anlegestelle unterhalb des Hauses sah. Reich und verrückt. Der ungemütliche Gedanke schoß ihm durch den Kopf, daß der Grund für die Aufregung vorhin vielleicht in der Tatsache bestand, daß die *Altair* von den drei Männern als gestohlenes Schiff oder als das Fahrzeug von Kriminellen erkannt worden war. An beide Möglichkeiten hatte er zuvor schon gedacht, aber was geht das Fremde an, noch dazu Touristen. Er schlug sich den Gedanken aus dem Kopf.

Eine halbe Stunde später aßen er und der Junge ihren Imbiß, bestehend aus Brot, Käse, Oliven und Bier. Georges Gedanken kehrten nach Paros zurück. Ihn interessierte die Insel, weil Maria dort wohnte. Er war seit drei Jahren mit ihr verlobt, aber sonst war nicht alles, wie es sein sollte. Ihre Eltern mochten ihn und schätzten ihn als ehrlichen Mann, ließen ihn aber andererseits deutlich fühlen, daß er es nach ihrer Meinung in der Welt noch nicht so weit gebracht hatte, wie man das von einem Siebenundzwanzigjährigen erwarten konnte. Heute wollte er ihnen das Gegenteil beweisen. Zuerst würde er sie alle an Bord einladen – Maria, ihren Vater, ihre Mutter und die jüngere Schwester –, ihnen das Schiff zeigen, ihnen im Salon etwas zu trinken anbieten und so ganz nebenbei die Bemerkung fallenlassen, daß seine Athener Freunde ihm den Kahn für ein paar Tage überlassen hätten, damit er ihn gründlich ausprobieren und sein Urteil darüber abgeben könne. Dann wollte er sie zu einem feudalen Essen ausführen, und schließlich jedem in den teuren

Touristengeschäften in der Stadt ein schönes Geschenk kaufen. Mit all diesen Anstrengungen erkaufte er sich zumindest das Recht, mit Maria zu reden, ihre Hand zu halten und sie anzusehen.

Manchmal, wenn er an sie dachte, versuchte er sich vorzustellen, wie sie wohl unter ihrem fleckenlosen weißen Kleid aussah ... George riß sich zusammen. Solche Gedanken waren nicht nur nutzlos, sondern auch verwirrend.

Ein Blick nach achtern brachte ihn auf völlig andere Gedanken. Das Motorboot, das er bei der kleinen Insel gesehen hatte, holte rasch auf. Dieser Umstand war ebenso erstaunlich wie beängstigend. Er erforschte rasch sein Gewissen und seine Rechtsposition. Die Papiere waren vielleicht nicht ganz in Ordnung, aber es war schließlich nicht verboten, Boote zu tauschen. George behielt seinen Kurs bei.

Das Motorboot holte auf und glitt dann im gleichen Tempo neben der *Altair* her. Wieder beobachteten ihn die drei Männer aus dem Haus. Er behielt die Geschwindigkeit bei und wartete ab. Einen halben Kilometer entfernt tuckerte ein Fischerboot in die entgegengesetzte Richtung, und am Horizont bezeichnete eine Rauchwolke den Kurs eines großen Passagierdampfers.

Plötzlich rief eine Stimme auf griechisch: »Welches Schiff sind Sie?«

»*Altair*, Piräus. Und Sie?« fügte George mit einer Kühnheit hinzu, die ihn selbst erschreckte.

Die Frage wurde überhört. »Name?«

»George Ionides, Kapitän auf Zeit.«

»Wer ist bei Ihnen?«

»Nur mein Vetter, der Junge hier.«

Drüben auf dem Motorboot wurde diskutiert.

Dann: »Wir kommen an Bord.«

»Mit welchem Recht?«

»Königlich Hellenische Küstenwacht.«

Ein solches Amt kannte George nicht, doch diesmal erinnerte er sich an das Sprichwort von Kephallenia und schwieg. Es war klar, daß er in eine ziemlich üble Sache hineingeschlittert war, und er hatte nicht die Absicht, die Dinge weiterhin unnötig zu komplizieren. Mächtige Leute sind immer empfindlich – und diese da hatten Macht, auf welcher Seite des Gesetzes sie auch

stehen mochten. Ein unbedachtes Wort, und er kam vielleicht gar nicht mehr nach Paros.
Als die drei Männer ihre ergebnislose Durchsuchung der *Altair* beendet hatten, standen sie mit George auf dem Achterdeck. Zwei von ihnen waren Ausländer, unangenehme Burschen mit schmalen Lippen. Der dritte war dick und wabbelig – die übelste Sorte von Griechen, wahrscheinlich aus Saloniki. Einer der Ausländer redete eine Sprache, die in Georges Ohren wie eine Art Bulgarisch klang. Der Dicke übersetzte.
»Wo ist Bond?«
»Den Namen kenne ich nicht.«
»Sie lügen. Er war noch vor wenigen Stunden auf diesem Schiff.«
George zuckte die Achseln. Der Dicke übersetzte weiter: »Heute morgen war doch ein Engländer an Bord, wie?«
»Ja. Er hat mir aber seinen Namen nicht gesagt. Wir hatten nichts miteinander zu schaffen.«
»Wo ist er jetzt?«
»Keine Ahnung, er hat's mir nicht anvertraut.«
»Du lügst schon wieder! Wo hast du den Kerl zuletzt gesehen? Sag die Wahrheit!«
»Etwa zwanzig Kilometer von hier, auf hoher See, südlich von Vrakonisi. Er und seine Freunde haben mein Boot übernommen, ich ihres.«
»Wohin wollten sie?«
»Diese Frage habe ich schon beantwortet: ich weiß es nicht.«
Bevor der Dicke die Antwort übersetzt hatte, trat einer der Ausländer auf George zu, packte ihn beim Kragen und schüttelte ihn. Gleichzeitig brüllte er ihn in seiner schrecklichen Sprache an.
Aber das war ein Fehler. Sie hatten ihn beleidigt und einen Lügner genannt, noch dazu auf seinem eigenen Territorium, und der Kerl vor ihm stank nach verfaulten Kartoffeln; George vergaß für einen Augenblick, daß er aus Kephallenia stammte, und erinnerte sich an seine griechische Abstammung. Er fühlte eine Kraft in sich, die ausgereicht hätte, die Eindringlinge nacheinander über Bord zu werfen. Ein harter Schlag traf die Handgelenke des Ausländers, dann versetzte er ihm einen Stoß, daß er gegen den Mast taumelte. Darauf sagte er mit aller Würde,

deren er fähig war: »Zeigen Sie mir Ihre Ausweise, oder ich muß Sie ersuchen, augenblicklich mein Schiff zu verlassen.«
Das war ein noch größerer Fehler. George hatte diese Worte kaum ausgesprochen, da bekam er einen Schlag in den Magen und einen zweiten mit einem Revolver hinter das Ohr; halb ohnmächtig krümmte er sich auf dem Deck. Er hörte, wie sein Vetter protestierte und kurz darauf einen Schmerzensschrei ausstieß. Dann fragte der Dicke: »Wo ist Bond?«
»Ich weiß es nicht. Ich würde es Ihnen sagen, aber ich weiß es nicht.«
Pause. Jemand erteilte einen Befehl, dann entfernten sich Schritte nach vorn. Kurz darauf kamen sie wieder. George versuchte gerade, sich auf Händen und Knien aufzurichten, aber da bekam er wieder einen Tritt und flog auf den Rücken. Jemand packte seine Fußgelenke und riß sie auseinander. In seinem rechten Knie zuckte ein unglaublicher Schmerz auf und breitete sich augenblicklich über seine rechte Hüfte bis in den Magen aus. Verglichen mit diesem Schmerz war alles andere, was er bisher erlitten hatte, ein bloßes Kitzeln.
Ein Schlag mit einer Eisenstange hatte George auf den mittleren Gelenkhöcker des Oberschenkelknochens getroffen, ein zweiter die untere Kante des Hüftknochens. Schlimmere Schmerzen, ausgenommen jene, die bei Verletzungen lebenswichtiger Organe beigebracht werden, kann man einem menschlichen Wesen nicht zufügen. Auch der kräftigste und tapferste Mann wird von einem unwiderstehlichen Brechreiz gepackt. George übergab sich.
»So, wo ist Bond?«
»Ich – ich weiß es nicht. Er hat's mir nicht gesagt. Ich glaube, sie haben nach Osten abgedreht. Ich hab' nicht aufgepaßt.«
Wieder eine kurze Besprechung.
»Na schön. Wie heißt Ihr Schiff? Beschreiben Sie es genau!«
George gehorchte. In einer solchen Situation hält man nicht mehr den Mund. Er gab ihnen eine genaue Beschreibung der *Cynthia.* Während er immer mehr in Einzelheiten ging, gab es eine dritte Explosion, diesmal in seinem Kopf. Dann erlosch für ihn die Sonne.

17

George Ionides hatte recht gehabt mit seiner Annahme, daß Bond und seine Begleiter in östlicher Richtung davongefahren waren. Aber das hätte den Männern, die ihn befragten, auch nicht viel geholfen. Kaum war nämlich die *Altair* im Süden verschwunden, da machte Litsas kehrt und fuhr nach Vrakonisi zurück. Um drei Uhr lag die *Cynthia* schon wieder in einer kleinen Bucht an der Südküste der Insel, in der Nähe der östlichen Spitze, zwölf Kilometer von der kleinen Insel entfernt. Ringsherum war ein Dutzend kleinerer Boote festgemacht, und eine Menge Leute bevölkerten den Quai.
Eigentlich war es keine Bucht, sondern nur ein kleines Loch, das das Meer in den Fels genagt hatte. Auf der einen Seite erleichterte ein Granitblock dicht über der Wasserlinie das Anlandgehen; die Küste war hier genauso steil und unzugänglich wie überall auf der Insel. Auf der anderen Seite der Bucht erhoben sich eigentümliche Felsgebilde – gleichmäßig geformte Höhlen und Türme, die aussahen wie die Ruinen eines Palastes. Alle Farbtöne von Braun bis Olivgrün waren vertreten. Das Land darüber war nicht so steil wie an anderen Stellen, es war von Wein, Myrte, Lebensbaum und Oleander bewachsen.
Litsas ließ die zerkratzte Sonnenblende herab, nun waren sie sowohl gegen Sicht als auch gegen die Hitze geschützt. »Hier sind wir sicher«, sagte er. »Alle möglichen Leute kommen zum Baden her, und oben auf dem Berg stehen noch Reste eines alten Tempels. Eigentlich ist nur noch das Fundament übrig, aber da die Insel sonst nicht viel zu bieten hat, kommen die Leute trotzdem. Ein so kleines Boot wird niemandem auffallen. Nur um den Treibstoff mache ich mir Sorgen, er reicht bloß noch für etwa fünfundvierzig Kilometer. Sollen wir nicht nach Einbruch der Dunkelheit noch einmal rasch hinüber zum Hafen fahren?«
»Nein«, erwiderte Bond entschieden. »Sie werden nachts den Hafen noch genauer überwachen als am Tag. Wir riskieren, daß unsere Tarnung auffliegt. Morgen bekommen wir so viel Treibstoff, wie wir wollen.«
Alle drei spürten das unausgesprochene »wenn« hinter dieser Bemerkung. Sie verstummten. Dann sprang Litsas auf und hob den Deckel von der Kühltruhe.

»Ich brauche ein Bier«, brummte er. »Wer noch?«
Ariadne schüttelte den Kopf. Auch Bond lehnte ab. Er hatte von dem seifig schmeckenden Inselbier die Nase voll.
Litsas hielt die Flasche an die Kante der Kühltruhe und schlug mit einem knappen Hieb den Verschluß weg. Das Bier lief ihm durch die Kehle, ohne daß er schluckte. »So«, sagte er und wischte sich den Mund ab. »Noch einmal den Schlachtplan, James, den kann man nicht oft genug durchsprechen.«
Bond breitete die Skizze, die er auf der Rückseite einer Karte angefertigt hatte, auf dem Deck aus. »Wir legen hier um zwanzig Uhr ab und umrunden die Insel bis zur Nordseite. Wenn wir uns Zeit lassen, müßten wir die kleine Bucht gegen zehn Uhr erreichen.«
Ariadne schüttelte den Kopf. »Ich meine immer noch, das ist zu früh. Die Leute sind alle noch hellwach und passen auf.«
»Die werden heute die ganze Nacht wach bleiben, aber um diese Zeit erwarten sie uns noch nicht. Da wir ihren Zeitplan nicht kennen, dürfen wir nicht zu lange zögern. Um zehn Uhr sind noch genug andere Boote da, also werden wir nicht auffallen.«
»Das ist einleuchtend«, sagte Ariadne in ihrem forschen Diskussionston.
»Wir lassen die *Cynthia* auf Land laufen und machen sie fest. Sind Sie ganz sicher, Niko, daß das geht?«
»Bleibt uns ja wohl nichts anderes übrig, wie? Mit Ankerketten können wir uns nicht abgeben. Aber überlassen Sie das mir, wird schon klappen.«
»Dann klettern wir den Hang hinauf, das ist nur halb so schwer, wie es klingt. Für die Maschinenpistole brauchen wir Riemen, da wir beide Hände frei haben müssen.«
Litsas nickte. »Meine Sache, ganz einfach.«
Bond deutete auf die Skizze. »Hier ist das Felsband, auf dem Niko den Russen abgeschossen hat. Dann kommt die schwierige Stelle, von der ich euch erzählt habe. Besonders gefährlich ist sie aber nicht. Danach . . .«
Bond brauchte gut zehn Minuten, um die Route zum Haus genau zu erläutern. »Hier bleiben wir stehen«, sagte er schließlich und deutete auf die letzte Biegung der Felsenrinne. »Niko und ich steigen ein Stück den Berg hinauf, bis etwa hier, da können wir rasch die hintere Terrasse erreichen. Nach späte-

stens fünfzehn Minuten müßten wir die Ausgangsposition eingenommen haben. Dann dringen wir zusammen ins Haus ein. Inzwischen hast du, Ariadne, hinter dem steilen Brocken hier Deckung bezogen. Du wirst schon hören, wenn wir drin sind: Sobald die Schießerei losgeht, fängst du langsam zu zählen an. Solltest du jemanden sehen, schießt du auf ihn und gehst direkt hier zur Seitentür. Bleib am unteren Ende der Treppe stehen und paß auf die Türen auf, die vom Flur abgehen. Wir kommen dorthin. Du schießt auf jeden Fremden, der dir vor den Lauf kommt. Wir dürfen sicher sein, daß mein Chef nicht frei im Haus herumläuft. Wenn du niemand siehst, zählst du bis dreißig, dann erst betrittst du das Haus durch die Seitentür – aber nur, wenn noch geschossen wird; hört das Schießen auf, bedeutet das, unser Angriff ist fehlgeschlagen. In diesem Fall gehst du den gleichen Weg wieder zurück und verschwindest mit der *Cynthia.* Niko richtet es so ein, daß du allein ablegen kannst, und er wird dir auch erklären, wie man den Motor anläßt. Du steuerst einfach gerade von der kleinen Insel weg. Alles andere muß ich dir überlassen. Ich gebe dir noch einen Brief für die britische Botschaft in Athen mit. – Noch irgendwelche Fragen? Nein? Dann sollten wir uns ausruhen, wir werden unsere Kräfte noch brauchen.«

Bond schlief auf einigen Sitzpolstern ein und träumte zusammenhanglose Dinge. Von fern kam ein Brummen auf ihn zu und war auch dann noch zu hören, als er mühsam wach wurde. Er stand auf und hob eine Ecke der Sonnenblende hoch. Ein großes, graugestrichenes Motorboot lief leise tuckernd in die Bucht ein. Anscheinend reiche Touristen auf der Suche nach einem Badeplatz. An Deck des Schiffes war nichts Besonderes zu sehen, keine Bewegung, keine einzige Gestalt; es war, als würde das Schiff ferngelenkt.

Er schlief wieder ein und hörte nicht mehr, wie die Maschine aufheulte, als das Schiff nach Erledigung seines mysteriösen Auftrages die Bucht wieder verließ. Daß es ein paar hundert Meter weiter östlich einen noch kleineren Einschnitt anlief und einen Beobachter an Land setzte, konnte er nicht wissen.

Als Bond schließlich erwachte, nahm das Tageslicht gerade jenen melancholischen, etwas gedämpften Ton an, der nicht nur in Griechenland, sondern überall auf der Welt, typisch für den

späten Nachmittag und den frühen Morgen ist. Auch Ariadne wachte auf.
»Was machen wir jetzt?« fragte sie.
»Das weiß ich nicht«, antwortete er und gab ihr einen Kuß. »Ich weiß nur, was *ich* jetzt tun werde: schwimmen.«
»Ich auch.«
Während Litsas weiterschlief, zogen sie sich aus und ließen sich in das unglaublich klare Wasser gleiten. Bond drehte sich um und lachte Ariadne an.
»Ist das nicht ziemlich kühn von dir? Ich dachte, griechische Mädchen würden lieber sterben als sich nackt in der Öffentlichkeit zu zeigen.«
Sie lachte. »Da sieht man mal wieder, wie wenig du uns verstehst. Es geht nicht um Anstand oder Scham, sondern um gesellschaftliches Ansehen. Niemand hier kennt mich, außerdem sind sie alle zu weit weg, um etwas sehen zu können. Und bei dir mit Prüderie anzufangen, wäre ohnehin zu spät.«
Sie warf sich im Wasser herum und schwamm mit kräftigen Stößen ins Meer hinaus. Er schwamm ihr nach und mußte feststellen, daß es ihn Mühe kostete, ihr Tempo mitzuhalten. Das Wasser fühlte sich wie Seide an. Eine kleine, kühle Brise verriet, daß der Sommer sich auch in diesen Breiten seinem Ende zuneigte.
Wie auf geheime Verabredung machten sie kehrt und schwammen zum Schiff zurück. Als unter ihnen der Meeresboden wieder sichtbar wurde, packte Bond das Verlangen zu tauchen, aber dazu war keine Zeit mehr.
Litsas half ihnen an Bord. Dabei betrachtete er Ariadne mit einem ebenso bewundernden wie sachkundigen Blick.
»Ich weiß, ich müßte jetzt eigentlich wegsehen«, sagte er, »weil ich mir beinahe wie ein Onkel vorkomme. Aber auch nur beinahe. Sie sind ein Glückspilz, James. Doch jetzt mußt du dich rasch fertigmachen, Ariadne. Ich will dir noch einmal die Browning erklären, bevor es dunkel wird. Die winzigen Funzeln, die Ionides hier hat, sind absolut nutzlos.«
Kurz vor zwanzig Uhr hatte Ariadne ihre Lektion in Waffenkunde absolviert und konnte auch im Dunkeln ein Magazin auswechseln. Bond hatte mit ihnen noch einmal den Schlachtplan durchgesprochen, dann nahmen sie einen raschen Imbiß zu

sich. Litsas zog den Anker hoch. Mit der Hand auf dem Tankhebel sah er Ariadne an.

»*Thee mou, vó í thissée mas!*« murmelte er, und sie senkte den Kopf. »Tut mir leid«, fuhr er leichthin fort, schob den Hebel vor und zog den Gashebel ein Stück heraus. »Ein kleines Gebet, dann geht es uns besser. Entschuldigung für diesen Aberglauben.«

»Ich halte das nicht für Aberglauben«, murmelte Bond und wünschte sich unwillkürlich auch etwas, an das er sich in einem solchen Augenblick klammern konnte.

Anfangs verlief alles nach Plan. Sie glitten aus der dunklen schweigenden Bucht, fuhren zuerst nach Norden und dann nach Westen. Eine ganze Weile später hob Litsas den Kopf und sagte: »Ich glaube, wir werden verfolgt. Ganz sicher bin ich nicht. Dahinten – sechs- oder siebenhundert Meter zurück.«

Bond drehte sich um.

»Ich weiß nicht, wie lange der uns schon nachfährt«, fuhr Litsas fort. »Verdammt ärgerlich.«

Der dunkle Schiffsrumpf führte nur die Positionslichter und war klar zu erkennen. Ein anderes Fahrzeug war weit und breit nicht zu sehen. Wenn es ein Feind war, dann hatte er sich den richtigen Augenblick ausgesucht. Bond sah auf die Uhr und betrachtete dann die Küste.

»Drehen Sie landeinwärts und holen Sie alles aus dem Kahn heraus, was drin ist«, sagte er zu Litsas. »Wir müßten etwa drei Kilometer von unserem Landepunkt entfernt sein. Zu Land haben wir eine bessere Chance als auf dem Meer.«

»Wenn wir das Land erreichen. Für einen Schwimmer ist das eine ziemliche Strecke.«

»Er dreht auch bei!« rief Ariadne. »Da haben wir's, er holt jetzt schnell auf.«

»Nimm das Ruder, Ariadne«, sagte Litsas. »James, kein Licht einschalten! Gut. Ich werde den Regulator abschrauben.« Er hob den Schutzdeckel von der Maschine und kramte im Werkzeugkasten.

Bond hielt nach dem Verfolger Ausschau, der immer näher kam. Die Lage war ziemlich hoffnungslos. Das Deck bot ihnen kaum Schutz, und er hatte auch keine Trumpfkarte mehr im Ärmel. Zornig überlegte er, wie die Gegner wohl auf ihre Spur gekom-

men sein konnten. Vielleicht hatte Ionides ...
Plötzlich heulte die Maschine auf. Die *Cynthia* machte einen Satz vorwärts. Litsas schaltete die Lampe aus und kam wieder nach achtern.
»In ein oder zwei Stunden ist die Maschine nur noch Schrott, aber ich denke, so lange werden wir sie nicht mehr brauchen. Was geschieht nun, Kapitän? Sollen wir unser Leben so teuer wie möglich verkaufen?«
Er wickelte die Lee-Enfield aus; dann hörte Bond, wie er ein Magazin einschob. Er hatte noch keinen fest umrissenen Plan, doch der Augenblick der Verzweiflung war vorüber.
»Es kommt nur darauf an, was sie vorhaben«, sagte Bond. »Wenn sie uns vernichten wollen, können wir nicht viel dagegen tun. Wenn sie uns aber lebend brauchen, werden wir sie uns eine Weile vom Leib halten können.«
Litsas brummte. »Nun, wir werden es ja bald wissen. Sie können –«
Er brach mitten im Satz ab. Wie in einer lautlosen Explosion wurde es plötzlich ringsum hell. Die Wirkung eines Suchscheinwerfers von einer Million Kerzen auf eine Entfernung von hundert Meter ist ziemlich einschüchternd. Offensichtlich wußte der Gegner das auch, denn eine Viertelminute lang geschah nichts. Bond kniff die Augen zusammen und griff nach der Browning. Dann ertönte in englischer Sprache eine Lautsprecherstimme:
»Halt! Sofort anhalten, oder wir schießen!«
»Soll ich den Scheinwerfer erledigen, James?« fragte Litsas.
»Noch nicht, gehen Sie in Deckung. Du auch, Ariadne. Wir überlassen ihnen den nächsten Zug.«
Wieder verstrich eine Viertelminute, während die *Cynthia* mit voller Kraft auf das Land zustrebte. Dann krachte eine kleine Kanone. Vor dem Bug gab es eine dumpfe Explosion.
»Jetzt wissen wir wenigstens, mit wem wir es zu tun haben – das sind General Arenskis Leute. Von Richter und seine Freunde würden sich so etwas nicht erlauben. Wir haben noch ein wenig Zeit. Sie werden nicht gleich gezielt schießen, weil sie vermutlich Befehl haben, uns lebend zu fangen. Wir bleiben an Bord, solange es geht. Dann binden wir das Steuerrad fest und lassen uns leise ins Wasser gleiten. Bis zum Ufer müssen es noch anderthalb Kilometer sein. Schaffen Sie das, Niko?«

»Ja, aber langsam.«
»Wir warten auf Sie. Machen Sie Ihr Gewehr fertig.«
»Das ist fertig.«
Wieder ertönte der Lautsprecher. »Sofort anhalten, oder der nächste Schuß sitzt!«
»Ich versuche, sie hinzuhalten«, sagte Bond. Er legte eine Pause ein, dann rief er zurück: »In Ordnung. Ich ergebe mich. Aber unter einer Bedingung: Ihr laßt das Mädchen laufen, das ich bei mir habe, sie hat nichts damit zu tun.«
Eine Pause trat ein.
Bond zählte die kostbaren Sekunden. Dann kam die Antwort: »Keine Bedingungen. Wir verlangen sofortige Kapitulation.«
»Und ich verlange, daß ihr das Mädchen freilaßt.«
Diesmal war die Pause kürzer. »Sie haben genau zehn Sekunden Zeit, Ihre Maschine zu stoppen. Dann schießen wir gezielt.«
»Bis fünf zählen, Niko. Ariadne, reiß das Ruder herum, sobald er getroffen hat.«
Bond hielt den Atem an. Die Helligkeit bohrte sich schmerzhaft in seinen Kopf. Als das Gewehr neben ihm zum erstenmal krachte, jagte er aus seiner Browning ein paar Schüsse hinüber – ohne Hoffnung, etwas zu treffen, nur, um die Leute an der Kanone in Deckung zu zwingen. Litsas feuerte noch einmal, dann ging der Scheinwerfer aus. Die *Cynthia* bäumte sich wild auf und legte sich auf die Seite. Einen Herzschlag später krachte die Kanone. Das Geschoß explodierte so dicht neben dem Schiff, daß Bond vom spritzenden Wasser völlig durchnäßt wurde.
Litsas lachte triumphierend, riß die Navigationslichter ab und warf sie ins Wasser. »Für die nächsten Minuten sind sie so blind wie Fledermäuse. Leider können sie uns hören, falls jemand auf die Idee kommt, den Motor abzuschalten. Nutzen wir diese kurze Zeit. Los, zurück auf den früheren Kurs! So ist's recht.«
Die Kanone krachte noch zweimal, aber die Einschläge lagen mindestens fünfzig oder sechzig Meter entfernt.
Bond trank einen Schluck Schnaps und reichte die Flasche dann an Ariadne weiter. Eine angenehme Wärme breitete sich in seinem Magen aus, aber seine Stimme klang bitter:
»Wir sind also waffenlos, jedenfalls, wenn wir an Land gehen. Wir können die Revolver gleich ins Meer werfen, außer einem

Messer bleibt uns nichts.«
»Hör auf, James«, sagte Ariadne und legte ihm die Hand auf die Schulter. »Vor allen Dingen müssen wir an Land kommen, das wird schwierig genug sein, oder?«
»Sicher«, sagte Litsas grimmig. »Hoffentlich gelingt es ihnen nicht so rasch, den Suchscheinwerfer wieder in Ordnung zu bringen, sonst sind wir erledigt.« Er starrte in die Dunkelheit. »Da! Sie sind auf dem falschen Kurs. Allerdings . . . Ich glaube, sie verlieren Fahrt. Ja, jetzt haben sie die Maschinen abgeschaltet. Wir müssen abhauen! Der beste Schwimmer zuerst.«
»Nicht vergessen«, rief Bond, »Schuhe mitnehmen! Ohne die sind wir hilflos.« Er zog die Schuhe aus und schob sie sich in den Gürtel. »So, ich verschwinde.«
»Dann Ariadne, zuletzt ich. Bis nachher, James.«
»Viel Glück, Niko.« Bond warf die Walther weg und ließ sich ins Wasser gleiten.
Die Entfernung bis zur Küste betrug knapp einen Kilometer. Das Meer war ruhig und ohne Gegenströmung. Bond schwamm mit kräftigen Zügen und sah die *Cynthia* bald nicht mehr. Er hatte etwa zweihundert Meter zurückgelegt, als er das Motorboot bemerkte, das in hoher Fahrt angebraust kam. Mindestens einmal sah er den Mündungsblitz der Kanone. Dann erreichte ihn die Bugwelle. Er tauchte, und als er wieder an die Oberfläche kam, sah er vor sich nichts weiter als nur das Ufer. Er schwamm auf eine Kerbe in der Silhouette der Berge zu, die er sich als Ziel ausgesucht hatte.
Nach zwanzig Minuten erreichte er den Schatten, den Vrakonisi im Licht des Mondes warf. Hier war er für ein Boot praktisch unsichtbar. Er hielt inne und spähte nach Westen, sah aber nichts. Links von ihm kam die Küste in Sicht, dann waren es nur noch hundert Meter.
An Land drehte er sich um und suchte das Wasser nach Ariadne ab. Da blitzte in seinem Kopf eine Stichflamme auf, die heller war als der Suchscheinwerfer, und er spürte nur noch, wie er stürzte.

18

»Ausgezeichnet, ganz ausgezeichnet. Nun ist Mr. Bond doch bei uns.«
Bond kam so rasch wieder zu sich, als wäre er aus einem erquikkenden Schlummer erwacht. In einem mittelgroßen, hellerleuchteten Zimmer lag er in einem bequemen, niedrigen Sessel. Mehrere Leute betrachteten ihn interessiert. Zwei attraktive Mädchen saßen nebeneinander auf dem Sofa. Bond kannte sie nicht, doch die fünf Männer hatte er schon einmal gesehen. Mit dem Rücken zur Terrasse stand der schwarzhaarige Revolvermann, der ihm vom *Zwischendeck* her bekannt war. Der Arzt, den er ebenfalls aus England kannte, verstaute gerade eine Injektionsspritze in einer schwarzen Ledertasche. Neben der Tür stand der untersetzte Russe Ewgenij. Einen rauhen Burschen, anscheinend ein Grieche, mit einem bandagierten rechten Arm, konnte er nicht gleich unterbringen. Der große Chinese, der sich nun freundlich über ihn beugte, war unverkennbar.
»Wo ist das Mädchen, das bei mir war?« fragte Bond scharf.
»Eine sehr verständliche Frage«, sagte der Chinese lächelnd. »Machen Sie sich keine Sorgen um sie. Sie ist unverletzt und hat im Augenblick auch nichts zu befürchten. Aber zuerst möchte ich vorstellen: Miss Madan und Miss Tartini, zwei meiner Assistentinnen; Mr. De Graaf dürften Sie kennen und Dr. Lohmann wahrscheinlich auch; Mr. Aris haben Sie nur aus einiger Entfernung kennengelernt, und zwar während einer recht erfolgreichen Aktion auf hoher See – es hat ihn viel Mühe gekostet, mir eine Nachricht von Ihnen zu überbringen. Schließlich mein Diener Ewgenij und ich selbst.« Der Russe machte wie ein wohlerzogener Butler eine Verbeugung. »Ich bin Oberst Sun Liang-tan von der chinesischen Volksbefreiungsarmee.«
Bond wagte es nicht, nach Litsas zu fragen; sein Fehlen war der einzige Hoffnungsschimmer – falls er nicht erschossen worden oder ertrunken war. Der Chinese hielt inne und setzte sich auf einen gepolsterten Stuhl aus Olivenholz. Sein Lächeln wurde nachdenklich, beinahe mitleidig.
»In dieser ganzen Angelegenheit spielt Pech eine große Rolle«, sagte er in seinem seltsamen Englisch. »Besonders *Sie* waren heute abend vom Pech verfolgt, Mr. Bond. Denn keiner konnte

vorhersehen, daß die Russen, unsere gemeinsamen Freunde, Ihre Ankunft hier auf so spektakuläre Art und Weise ankündigen würden. In Frankreich nennt man das *son et lumière.*« Sun kicherte leise über seinen eigenen Witz. »Pech war es auch, daß Sie an Land schwimmen mußten und ich genügend Zeit hatte, mit dem Boot ein paar Männer an den einzigen Punkt zu schaffen, der für eine Landung in Frage kam. Aber so geht es nun einmal im Leben. Trotzdem heiße ich Sie herzlich willkommen. Ich weiß, daß einige meiner Kollegen Ihre Ankunft als große Erleichterung empfinden. Im Gegensatz zu mir zweifelten sie schon daran. Ich hielt deshalb Mr. De Graafs Besorgnis für unnötig, daß wir zu wenig täten, um uns Ihre Mitarbeit zu sichern. Ich hatte viel mehr Angst, daß irgendein übereifriger Bursche Sie vorzeitig umbringen könnte. Ich wußte, daß Sie unweigerlich auftauchen würden, wenn Sie am Leben blieben. Wir sind nun einmal füreinander bestimmt.« Oberst Sun machte wieder ein Pause. Der Blick seiner zinngrauen Augen war unverwandt auf Bond gerichtet. »Aber entschuldigen Sie – ich bin rücksichtslos und nachlässig. Was macht Ihr Kopf? Ich hoffe, er schmerzt nicht zu sehr.«
»Danke, es geht. Nicht der Rede wert.« Bond zwang sich, auf Suns höflichen Ton einzugehen.
»Ausgezeichnet. Dr. Lohmanns kleine Lokalanästhesie wirkt also schon. Außerdem ist Ewgenij sehr geschickt mit dem Schlagstock. Ich hoffe ferner, daß die lange Zeit im Wasser keine schlimmen Nachwirkungen haben wird. Vielleicht ist Ihnen aufgefallen, daß wir uns erlaubt haben, Ihre Kleidungsstücke zu trocknen, während Sie bewußtlos waren. Bei dieser Gelegenheit haben wir Sie auch von dem Messer befreit, das an Ihrem Bein befestigt war.«
»Sehr rücksichtsvoll«, sagte Bond. »Ich kann mich nicht beklagen, aber ich wäre Ihnen für einen Schluck Whisky dankbar.«
»Selbstverständlich, mein Lieber. Für diese Gelegenheit habe ich eine gute Flasche Scotch reserviert. Mit Eis und Wasser?«
»Lieber pur!«
Sun gab Ewgenij einen Wink. Dann sagte er: »Abgesehen von einer leichten Müdigkeit ist Ihr augenblicklicher Zustand also zufriedenstellend.«
»Vollkommen zufriedenstellend«, murmelte Bond und unter-

drückte seinen Ärger über diese absurde Unterhaltung.
»Da bin ich sehr erleichtert. Einem Mann von Ihrer Kondition wird eine leichte Müdigkeit nichts ausmachen. Ich bin wirklich erleichtert.«
Bond nahm dankbar den Whisky entgegen und trank einen großen Schluck. Sun schaute ihm zu. Eine leise Schärfe trat in seine Stimme.
»Sehen Sie, es ist für meine Zwecke wichtig, daß Sie mit mir zusammenarbeiten, zumindest für die nächsten fünf oder sechs Stunden; später werden Sie dazu nicht mehr in der Lage sein.«
»Von einer Zusammenarbeit kann keine Rede sein«, sagte Bond verächtlich. »Worin Ihre Absicht auch bestehen mag – ich verspreche Ihnen, daß ich mich widersetzen werde, solange ich dazu in der Lage bin.«
»Sehr tapfer, Mr. Bond, aber Sie haben mich natürlich mißverstanden. Ihre Mitarbeit besteht ja gerade in Ihrem Widerstand. Daher auch meine Sorge um Ihre Kondition und Widerstandskraft. Doch darüber reden wir später. Zuerst möchte ich Ihnen erklären, was ich vorhabe.« Für eine Sekunde huschte ein leises Lächeln über sein Gesicht. »Es ist auch für Sie unbedingt nötig, daß Sie wissen, was auf Sie zukommt. Wir werden Sie gleich in den Keller bringen, der sich unter der Küche dieses Hauses befindet. Dort werde ich die raffiniertesten Methoden der Verhörtechnik anwenden, die ich die Ehre hatte, mitzuentwickeln, das heißt, ich werde Sie bis zum äußersten foltern. Sie müssen sich jedoch im klaren darüber sein, daß es sich hierbei nicht um ein Verhör im üblichen Sinn handelt, das heißt, man wird keine Fragen an Sie stellen, und keine Ihrer Auskünfte oder Versprechungen wird auch nur den geringsten Einfluß auf den Fortgang der Folter haben. Ist das völlig klar, Mr. Bond?«
»Völlig.«
»Gut, ich gebe gern zu, daß ich damit meine Befehle ein wenig überschreite. Ich habe Anweisung, so viel wie möglich von Ihnen in Erfahrung zu bringen, bevor ich Sie töte. Dieser phantasielose Befehl ist wieder einmal typisch für das sterile Denken von Bürokraten, die sich stets in eingefahrenen Gleisen bewegen. In diesem Fall folge ich also meinen eigenen Vorstellungen. Ich bin sicher, Mr. Bond, daß Sie mir darin als Engländer zustimmen werden. Als erfahrener Mann wissen Sie auch, daß

es mir nicht schwerfallen wird, angesichts Ihres vielgerühmten Mutes und der kurzen Zeit, die mir dank der Unfähigkeit anderer Leute zur Verfügung bleibt, zu erklären, daß mich keine Schuld trifft, wenn ich Ihren Widerstand nicht brechen kann. Wenn ich natürlich etwas von Ihnen wissen wollte, so würde ich Ihnen diese Informationen innerhalb weniger Minuten entlokken können. Aber auch Sie wissen, wie vorteilhaft es sein kann, wenn die Chefs einen manchmal unterschätzen.«

Bond wurde auf schreckliche Weise klar, daß der Chinese es ernst meinte, daß seine Worte keine Ironie enthielten und daß er seine Macht über seinen Gefangenen nicht einmal genoß. Für einen Europäer wäre das absurd gewesen, aber Bond wußte genug über die Denkweise östlicher Kommunisten, über ihre Gleichgültigkeit gegenüber menschlichen Leiden und ihre Gewohnheit, Menschen als Objekte, Material für Statistiken und wissenschaftliche Denkmodelle zu betrachten; genug jedenfalls, um zu erkennen, daß Sun im medizinischen Sinn völlig gesund war. Als Gegner war er daher um so gefährlicher.

Bestand vielleicht die Hoffnung, daß die anderen sich bei dem Gedanken an eine Folter abgestoßen fühlten und ihm zumindest ein Minimum an Mitleid entgegenbrachten? Er sah die beiden Frauen an. Die schlanke Dunkelhaarige hatte sich abgewandt, vermutlich aus Langeweile und nicht aus Abscheu. Ihre Freundin betrachtete ihn mit ausdruckslosen dunkelbraunen Augen. Im Bett ist sie vermutlich geschickt, dachte er, aber sonst eine dumme Kuh. Der Grieche langweilte sich, der Russe machte ein unbeteiligtes Gesicht. De Graaf betrachtete Sun mit einem halb verächtlichen, halb bewundernden Grinsen. Nur der Doktor schwitzte und zeigte eine gewisse Unruhe. Doch seine Unterstützung war nicht viel wert.

Sun fuhr fort: »Ich werde auf jeden Fall dafür sorgen, daß Sie bis zum Sonnenuntergang am Leben bleiben, aber es werden qualvolle Stunden werden. Diese Stunden sind nicht nur eine Prüfung meiner Geschicklichkeit, sondern auch Ihrer Standhaftigkeit. Im geeigneten Augenblick werde ich Sie dann auf eine bisher noch nicht ausprobierte Art und Weise vom Leben zum Tod befördern. Was dann kommt, interessiert mich nicht mehr. Ihre Leiche wird zusammen mit der Ihres Chefs für einen genialen politischen Plan gebraucht, der darauf abzielt, Ihrem Land

schweren Schaden zuzufügen und einen Schlag gegen eine andere Macht zu führen, die uns ebenfalls feindlich gesonnen ist. Bitte, kommen Sie jetzt mit. Oder haben Sie noch irgendwelche Fragen?«
Bond trank seinen Whisky aus und tat, als überlegte er. »Nein, ich glaube nicht«, sagte er dann lässig. »Scheint alles ganz klar zu sein.«
»Ausgezeichnet. Fangen wir an. Ich gehe voraus.«
Bond erhob sich und überlegte krampfhaft, ob es nicht irgendeine Möglichkeit gab, wenigstens für Minuten die Initiative zu ergreifen. Kaum hatte er den Abstand bis zu dem gelben Hals vor sich abgeschätzt, da drehte ihm De Graaf von hinten die rechte Hand auf den Rücken, Ewgenij packte den linken Arm.
»Immer mit der Ruhe, Bond«, sagte De Graaf ausdruckslos. »Eine dumme Bewegung, und ich breche Ihnen die Knochen. Drüben in England, bei Ihrem Boss, da durften wir das nicht, doch diesmal ist es anders. Los!« Der Druck ließ ein wenig nach. »Los, gehen Sie! Immer schön mit der Ruhe.«
Sie gingen aus dem Zimmer, über einen Flur und eine Treppe hinauf. Bond dachte überhaupt nichts und bewegte sich automatisch. Sun schob zwei Riegel an einer Tür zurück, denen man ansah, daß sie erst kürzlich dort angebracht worden waren. Dann öffnete er die Tür und trat ein. Bond wurde ins Zimmer gestoßen.
M stand steif aufgerichtet da, die Hände auf dem Rücken verschränkt. Er war bleich und wirkte, als ob er seit Tagen weder geschlafen noch gegessen hätte. Er hielt sich jedoch aufrecht wie immer, und seine verquollenen, blutunterlaufenen Augen hatten noch nie einen so harten Ausdruck wie jetzt. »Guten Abend, James.«
»Guten Abend, Sir«, sagte Bond gezwungen.
Sun lächelte freundlich. »Sicher haben sich die Herren eine Menge zu erzählen. Es wäre unfair, Sie mit unserer Gegenwart zu belästigen, deswegen ziehen wir uns zurück. Ich gebe Ihnen mein Wort, daß man Sie nicht belauscht. Übrigens – verschwenden Sie keine Zeit mit dem Fenster, das ist gesichert. Wünschen Sie noch etwas?«
»Hauen Sie ab!« sagte M rauh.
»Aber gewiß, Admiral«, antwortete Sun in spöttischer Unter-

würfigkeit. Bond trat aufs Geratewohl nach hinten aus und traf De Graafs Schienbein, doch eine Ferse in dünnen Leinenschuhen ist da keine sehr wirkungsvolle Waffe. Das einzige Ergebnis war, daß ihm sein Arm schmerzhaft hochgezogen wurde. Die beiden hielten ihn fest, bis Sun die Tür erreicht hatte. Bond bemerkte noch, wie der Chinese einen sorgenvollen Blick auf die Uhr warf. Geriet sein Zeitplan durcheinander?
Die Tür fiel ins Schloß, die Riegel wurden vorgeschoben. Bond drehte sich zu M um. »Ich fürchte, Sir, ich habe Ihnen nicht viel genützt.«
M schüttelte erschöpft den Kopf. »Ich weiß, niemand hätte mehr tun können! Er sparen Sie mir die Einzelheiten. Gibt es für uns überhaupt eine Chance, hier herauszukommen?«
»Im Augenblick kaum. Ich habe fünf Männer gezählt, dazu einen Verwundeten, der aber auch schießen kann. Oder gibt es noch mehr?«
»Ich weiß es nicht, ich war die ganze Zeit hier eingesperrt. Abgesehen von dem Chinesen habe ich nur den Diener gesehen, der mir das Essen bringt und mich ins Bad führt. Von dem dürfen wir nicht viel Unterstützung erwarten.«
M sagte das in einem Ton, der Bond aufhorchen ließ. Vorsichtig und leise stöhnend setzte sich M auf das ungemachte Bett.
»Hat man Sie gefoltert?«
»Ja, ein wenig. Nur oberflächliche Brandwunden. Der Arzt hat sie behandelt. Ihn hatte ich vergessen, es sind also drei Männer, die ich kenne. Sun hat mir mit allem möglichen gedroht, aber es war halb so schlimm. Ich glaube, er hat es mehr auf Sie abgesehen.«
»Den Eindruck habe ich auch«, sagte Bond trocken.
M nickte. »Aber was soll der ganze Blödsinn? Die haben doch nicht so viel riskiert, nur um ein paar neue Foltermethoden auszuprobieren. Was wird hier gespielt?«
»Drüben auf der anderen Seite des Hügels halten die Russen eine Geheimkonferenz ab. Die Kerle hier planen einen bewaffneten Überfall. Wenn sich der Rauch verzieht, bleiben Sie und ich übrig. Tot, aber noch zu identifizieren.«
Es dauerte eine Weile, bis M diese Neuigkeit verdaut hatte. Dann sagte er: »Wenn es für Sie die kleinste Fluchtchance gibt, verschwinden Sie und lassen mich hier. Das ist ein Befehl, 007.«

»Tut mir leid, Sir«, antwortete Bond. »In diesem Fall werde ich Ihnen nicht gehorchen. Entweder wir verschwinden gemeinsam, oder wir bleiben beide. Um ganz ehrlich zu sein: Es gibt noch jemand, um den ich mich kümmern muß – eine Frau.«
»So«, sagte M nur.
»Sie hat mit mir zusammengearbeitet, Sir, und wurde ein paar Minuten nach mir geschnappt. Sie hat mir sehr viel geholfen. Sie ist tapfer und ...«
»Schon gut«, murmelte M. Sein Blick wanderte ins Leere. »Etwas hat mich sehr beschäftigt – was ist mit den Hammonds, James?«
»Beide tot, Sir. Erschossen. Sie werden es kaum gespürt haben.«
M machte eine Bewegung, als wollte er einen Schlag abwehren. »Ein Grund mehr, diesen Leuten das Handwerk zu legen.«
Sie schwiegen. Schritte kamen näher, dann wurden die Riegel zurückgeschoben, und Sun trat ein. Jetzt gab er sich forsch und zuversichtlich.
»Entschuldigen Sie, meine Herren, doch wir müssen weitermachen. Leider hat sich eine kleine Verzögerung daraus ergeben, daß wir noch einen Verbündeten von Mr. Bond ausschalten mußten. Aber das ist jetzt erledigt.«
»Was haben Sie mit ihm gemacht?« Erst jetzt wurde Bond klar, daß er immer noch eine kleine Hoffnung genährt hatte. Nun war auch die letzte Chance dahin.
»Er hat sich gewehrt und wurde leicht verletzt. Er hat ein Beruhigungsmittel bekommen. Wir finden schon noch eine Verwendung für ihn. Kommen Sie, alle beide!«
Vielleicht lag es an der Müdigkeit, daß Bond manche Ereignisse des Abends wie ein verschwommener Traum erschienen. De Graaf und Ewgenij tauchten links und rechts von ihm auf. Litsas, der aus einer Kopfwunde blutete, wurde ins Nachbarzimmer gestoßen. Dann waren sie wieder im Erdgeschoß, und von Richter gab dem blonden Jungen ein Glas. Die Mädchen waren verschwunden. Bond hörte Suns Stimme.
»... für meine Zwecke. Die Einzelheiten soll Ihnen lieber mein Kollege von Richter erklären. Aber nur fünf Minuten, bitte.«
Von Richter lehnte sich in seinen Stuhl zurück, und seine angespannte Miene verriet, daß er nachdachte. Die Narbe über seinem linken Ohr glänzte im hellen Lampenlicht. Als er sprach,

klang seine Stimme sachlich und konzentriert.

»Das technische Problem bestand darin, dicke Mauern mit Hilfe einer unauffälligen Waffe zu knacken, die ganz eindeutig britischer Herkunft war. Eine Untersuchung des Gebäudes auf der kleinen Insel gab die Antwort. Diese Häuser haben sehr dicke Steinmauern, die nicht einmal eine mittlere Geschützgranate mit dem ersten Schuß durchdringt. Aber das Dach ist schwach. Und da es außerdem flach ist, gleitet ein Geschoß, das genau von oben herabfällt, nicht ab. Es gibt nur eine einzige Waffe von handlicher Größe, die nicht nur unauffällig ist, sondern auch praktisch unsichtbar.«

»Ein Granatwerfer.« Bond merkte kaum, daß er es war, der das sagte.

»Richtig«, antwortete von Richter. »Genauer gesagt: Es handelt sich um einen schweren Stockes-Granatwerfer mit einem Kaliber von drei Zoll. Eine großartige und typisch britische Waffe. Die Flugbahn reicht aus, um von hier aus über den Hügel hinweg die kleine Insel zu beschießen. Da man die Granaten nur in den Lauf zu stecken braucht, kann man damit ein sehr rasches Dauerfeuer unterhalten. Ein guter Kanonier schießt so schnell, daß zwanzig Granaten gleichzeitig in der Luft sind. Jeder zehnte Schuß ist eine Rauchgranate. Sie können sich das Durcheinander vorstellen, das wir damit anstellen. Was die Genauigkeit betrifft, so kommt es nur auf Übung an. Ich habe mich mit dem Mörser erst kürzlich zehn Tage lang in Albanien eingeschossen. Da man das Ziel nicht sehen kann, braucht man einen Beobachter – diese Rolle spielt unser Willi hier. Er wird mir von der Hügelgruppe aus Lichtzeichen geben, nach denen ich mich richten kann. Mit störendem Wind ist nicht zu rechnen. Nach knapp einer Minute müssen wir soweit sein, daß mindestens drei von vier Granaten das Haus treffen. Das müßte reichen. Das Feuer beginnt mit der Dämmerung. Wenn es beendet ist, kommen Sie und Ihr Chef an die Reihe – vielmehr Ihre Leichen. Bei Nachforschungen wird man Ihre Überreste an der Geschützstellung finden. Sie waren etwas unvorsichtig und sind einem Rohrkrepierer zum Opfer gefallen. Es würde schon genügen, eine der Granaten mit dem empfindlichen Aufschlagzünder auf den Felsen fallen zu lassen. In Wirklichkeit machen wir es natürlich so, daß Sie und Ihr Chef bewegungsunfähig in der

Geschützstellung liegen, während ich aus sicherer Deckung eine Handgranate dorthin werfe. Einerseits darf man nichts von den vorangegangenen Foltern sehen, andererseits dürfen Ihre Leichen auch nicht so weitgehend zerstört werden, daß man sie nicht mehr identifizieren kann. Doch auch dieses Problem haben wir mit Hilfe von Experimenten zufriedenstellend lösen können. Damit ist meine technische Erläuterung beendet.« Ohne auf die Uhr zu sehen, fügte er hinzu: »Knapp fünf Minuten, Oberst.«
»Vielen Dank, Major. Haben Sie noch Fragen?«
M meldete sich. »Ich nehme an, Sie haben schon falsche Dokumente vorbereitet?«
»Gute Frage, Admiral. Stimmt. In unserem albanischen Büro wurde ein kompletter Einsatzbefehl vorbereitet. Man wird seine Teile bei Ihren Leichen finden. Ihre Regierung wird natürlich behaupten, daß es sich um eine Fälschung handelt, aber das täte sie auch, wenn die Dokumente echt wären. Überlassen Sie das nur uns. Das russische Prestige wird auch ohne solche Kunstgriffe hinreichend geschädigt.«
Bond fragte: »Woher haben Sie die Einzelheiten über die Konferenz erfahren?«
»Ach, irgendein untergeordneter Beamter in Moskau hatte einen indiskreten Augenblick und erwähnte unabsichtlich einiges davon in Gegenwart unseres Agenten. Wir bereiteten ein Interview mit dem Mann vor, worauf er uns ziemlich ausführlich alle Einzelheiten erzählte. Wir konnten ihn davon überzeugen, wie unvorteilhaft es für ihn wäre, wenn er seine Indiskretion seinem Vorgesetzten meldete. Aber wenden wir uns jetzt interessanteren Dingen zu. Noch weitere Fragen?«
Sie schwiegen.
»Dann schlage ich vor, daß Sie sich von Ihrem Chef verabschieden, Mr. Bond. Wenn Sie ihn wiedersehen, dürften Sie dazu nicht mehr in der Lage sein.«

19

Der Keller war kaum drei mal vier Meter groß und etwa zwei Meter hoch, mit ungleichmäßigem Boden. In einer Ecke bestand die Wand aus Felsen. Der Boden war völlig leer und sauber gefegt. Eine kräftige Holzleiter führte zu einer Falltür in der Decke. An der einen Wand stand eine Schulbank, an der anderen waren ein kleiner, zusammenklappbarer Tisch und ein Küchenstuhl aufgebaut. In einer Nische brannte eine nackte Glühbirne.

Trotz allen Widerstandes hatte Bond nicht verhindern können, daß man ihn auf einen altmodischen Eßzimmerstuhl in der Ecke gegenüber der Felswand band, mit Streifen von Handtüchern; der Stuhl war mit Ketten an einzementierten Ringen befestigt, so daß man ihn kaum bewegen konnte. Bond wurde für einen Augenblick allein gelassen. Mehr als alles andere sehnte er sich nach einer Zigarette. Oben erklangen Schritte. Er zwang sich, tief durchzuatmen. Die Falltür wurde hochgehoben. Ewgenij kam herunter und stellte einen Holzbehälter auf den Tisch. Ohne einen Blick auf Bond kletterte er die Leiter wieder hinauf. Bond betrachtete die Gegenstände in dem Behälter: zwei eiserne und ein hölzerner Fleischspieß, eine Flasche mit farbloser Flüssigkeit, ein Trichter von der Größe einer Kaffeetasse, etwas, das wie ein Bündel Borsten aussah, ein Messer mit einer langen Klinge, ein paar Schachteln Streichhölzer. Das Atmen wurde ihm schwer.

Nach einer schrecklichen Minute der Spannung erschien Sun. Er nickte Bond lächelnd zu und setzte sich an den Tisch.

Bond sagte ruhig: »Bevor Sie anfangen, Sun, möchte ich Sie um einen Gefallen bitten.«

»Mein lieber Bond. Sie wissen doch, daß ich für Sie alles tue, was in meiner Macht steht.«

»Was ist mit dem Mädchen?«

»Ich glaube, De Graaf ist bei ihr, vielleicht auch Ewgenij, oder beide. Möglich, daß auch die anderen Mädchen an dem Spielchen teilnehmen. An einem solchen Abend muß man ihnen den Spaß schon lassen.«

»Lassen Sie sie später laufen«, sagte Bond heiser. »Setzen Sie sie irgendwo ab. Auch wenn sie nachher redet, kann sie den Erfolg Ihres Projektes nicht mehr gefährden. Sie und Ihre Leute sind dann schon in Sicherheit.«

Sun schüttelte den Kopf. »Tut mir leid, das geht wirklich nicht. Was denken Sie wohl, was meine Chefs sagen würden, wenn ich eine so wichtige Zeugin am Leben ließe? Ich fürchte, sie wird

auch sterben müssen. Sie wird es gar nicht merken. Verlassen Sie sich auf mich.«
»Dafür danke ich Ihnen.« Bond glaubte diesem Chinesen sogar. Dann packten ihn wieder Wut und Haß. »Lassen Sie sich nicht stören. Erfreuen Sie sich an Ihrem Sadismus, solange Sie noch können.«
Sun stand auf und ging hin und her. »Ich nehme an, ich darf jetzt James zu Ihnen sagen. Wir kennen uns nun ja gut.«
»Kann ich etwas dagegen tun?«
»Eigentlich nicht, James. Trotzdem halte ich es für richtig, Sie beim Vornamen zu nennen, weil es ein gewisses Gefühl der Vertrautheit zwischen uns herstellt.«
»Darauf habe ich schon gewartet«, sagte Bond angewidert.
Sun lief weiter auf und ab und schwieg. Nach einer Weile zuckte er die Achseln und sagte: »Sie müssen wissen, daß ich nicht im geringsten daran interessiert bin, Ihre Widerstandskraft zu testen oder ähnlichen pseudo-wissenschaftlichen Unsinn zu treiben. Ich quäle Leute einfach gern. Allerdings nicht aus egoistischen Gründen – und das ist wichtig –, es sei denn, Sie nennen einen Heiligen oder Märtyrer egoistisch. De Sade erklärt schon, daß man durch Grausamkeit zu den Höhen übermenschlichen Bewußtseins aufsteigt und zu einer neuen Erkenntnis gelangt, die sich auf anderem Wege nicht erreichen läßt. Auch das Opfer, James, wird dabei geistig erleuchtet, wie viele christliche Autoritäten jene Erhebung der Seele beschreiben – durch Leid. Seite an Seite werden Sie und ich jene Höhen erforschen.« Seine Wangen schienen ein wenig dunkler geworden zu sein. Sein breiter Brustkasten hob und senkte sich unter dem weißen Sporthemd.
Bond sagte: »Sie langweilen mich, Sun. Es gibt nichts Uninteressanteres als einen Verrückten.«
»Diese Reaktion war vorherzusehen, mein lieber Freund. Fangen wir an. Da sitzen wir nun in irgendeinem Keller in Griechenland. Ich fürchte, die Szenerie ist längst nicht so eindrucksvoll, wie mancher frühere Gegner sie Ihnen geboten hat. Aber wir sind schließlich keine Gegner, sondern eher Partner. Einiges sollte ich Ihnen vielleicht erklären: Sehr gute Ergebnisse erzielt man mit Elektrizität, wenn man sie richtig anwendet; aber das ist zu wenig raffiniert. Ich finde, ein Fachmann muß auch mit

simplen Werkzeugen auskommen, wie man sie in jeder Küche findet. Nur die Flüssigkeit hier ... stammt von einem Pilz, der nur in China wächst. Aber ...«
Die Worte rauschten an Bonds Ohr vorbei. Er horchte erst wieder auf, als Sun ihm eine Zigarettendose hinhielt.
»Nein, danke.«
»Wirklich nicht? Das ist Ihre letzte Zigarette.«
»Nein, danke.« Bond hatte kein Verlangen mehr nach Nikotin.
»Wie Sie wollen.« Sun zündete sich eine Zigarette an und stieß eine Rauchwolke aus. »So, überlegen wir weiter. Wo befindet sich eigentlich die Seele des Menschen? Es gibt viele empfindliche Stellen am menschlichen Körper, aber wo ist seine Seele, sein eigentliches Sein?« Seine Stimme sank zu einem Flüstern herab. »Das Sein eines Menschen sitzt in seinem Gehirn. Ich habe auf diesem Gebiet schon die seltsamsten Dinge erlebt. Deshalb werde ich mich auf Ihren Kopf konzentrieren, James.« Sun trat an den Tisch. Die dünne Metallnadel glitzerte im trüben Licht. »Zuerst werden Sie nichts spüren. In gewissem Sinne spürt man dabei überhaupt nichts. Das Trommelfell ist nicht empfindlich gegen Berührungen, sondern nur gegen Schmerzen. Aber lassen wir das jetzt.« Er betrachtete Bond mit einer Art Mitgefühl. »Noch etwas, James: Dieser Keller ist ziemlich schalldicht. Sie können also schreien, soviel Sie wollen.«
»Fahren Sie zur Hölle!«
»Kaum. Ich glaube eher, daß ich *Sie* in die Hölle schicke.« Mit raschen Schritten trat Sun neben den Stuhl. Er preßte mit seinem kräftigen linken Arm Bonds Kopf gegen seinen Brustkasten. Bond wehrte sich vergeblich. Sekunden später fühlte er einen leichten Schmerz im linken Ohr. Er wartete mit zusammengepreßten Zähnen. Es kam so plötzlich wie ein Schuß. Er hörte sich leise wimmern. Für einen Augenblick wünschte er sich nichts sehnlicher als ein Nachlassen der Schmerzen – welche Wonne mußte das sein! Dann überrollte ihn die Qual wie eine Brandung. Wieder eine kleine Pause, der Gedanke: schlimmer kann es nicht werden. Aber es wurde schlimmer, immer schlimmer ...
Sun fühlte, wie Bonds Körper schlaff wurde, und ließ ihn los. Er strich ihm mit einer fast liebevollen Bewegung übers Haar. Dann drehte er sich um, kletterte die Leiter hoch und klopfte

laut an die Falltür. Sie hob sich ein paar Zentimeter.
»Ja, Sir?« fragte eine gedämpfte Stimme.
»Sie können jetzt kommen, Lohmann.«
»Sofort, Sir.«
Der Doktor tauchte mit seiner blauen Ledertasche auf und stieg herab. »Dieser . . .«, er mußte sich räuspern, ». . . dieser Mann ist bewußtlos.«
»Wie schön, daß wir da einer Meinung sind. Setzen Sie sich! Wenn Sie unserer Bewegung weiter dienen wollen, müssen Sie noch gewisse Hemmungen fallenlassen. Klar?«
Dr. Lohmann nickte zögernd und setzte sich auf die Bank an der Wand.
Sun hob Bonds Kinn hoch. Die Lider öffneten sich, die blaugrauen Augen blickten wieder klar. »Zum Teufel mit Ihnen, Sun!« sagte Bond schwach.
»Ausgezeichnet. Wir können weitermachen. Dies war nur der Anfang. Bis jetzt haben wir uns mit den Ohren befaßt, nun gehen wir zur Nase über. Können Sie es sehen, Dr. Lohmann? Gut.«
Die neuen Schmerzen waren zuerst anders, dann unterschieden sie sich nicht mehr von den früheren. Später ließen sie für einen Augenblick nach. Hatte er geschrien? Er wußte es nicht.
Erst nach einer ganzen Weile vermochte er wieder zu denken. Genauer gesagt ein einziger Gedanke erfüllte ihn. Es war die Verzweiflung. Das letzte Festhalten am Leben, der Vorgeschmack des Todes. Im Vergleich dazu waren das Blut in Mund und Nase, das qualvolle Pochen und Bohren in seinem Kopf ein Nichts.
Jemand kam die Leiter herab. Bond hob automatisch den Kopf, ohne Interesse. Es war eines der Mädchen, das dunkelhaarige. Nach einem raschen Blick schaute sie wieder weg. Ihr feines Gesicht drückte Widerwillen und Angst aus. Sun richtete sich langsam auf und wandte sich ihr zu. Sie hielt den Atem an. »Sind Sie krank, Sir?«
»Nein. Nur die normalen Nebenwirkungen.« Suns Stimme hatte sich verändert. Sie klang rauh und heiser. Erst nach einer ganzen Weile fügte er hinzu: »Der Mensch verändert sich bei so etwas.«
»Wünschen Sie etwas, Sir?«

Sun deutete auf Bond. »Der Mann da hat immer das Leben geliebt und die Frauen. Sie sollen ihm klarmachen, wie es ist, auf alles verzichten zu müssen.« Er sprach weiter, aber es klang nicht überzeugend: »James Bond muß auf die Art des Todes, die ich ihm zugedacht habe, geistig vorbereitet werden. Er muß das höchste Maß an Hoffnungslosigkeit erreichen, dessen ein Mensch fähig ist.«

Das Mädchen starrte ihn an. »Was wollen Sie, Sir?«

»Sie sollen ihn reizen.«

Sie zitterte. »Nein, das tue ich nicht. Das kann ich nicht!«

»Sie werden gehorchen!«

»Ich werde es nicht tun.«

Suns Stimme wurde etwas lebhafter. »Wenn Sie sich nicht fügen, werden Sie ebenfalls sterben.«

Das Schweigen, das nun folgte, klang in Bonds Ohren wie ein lautes Tosen. Er wußte selbst nicht, was ihn dazu veranlaßte, plötzlich alle Kraft zusammenzunehmen und die Szene mit voller Konzentration zu verfolgen.

»Na schön«, murmelte sie schließlich.

»Sie brauchen sich nicht zu genieren. Unser Freund Lohmann hier ist Arzt.«

Lohmann verhüllte sein Gesicht mit den Händen. Das Mädchen blieb vor dem Tisch stehen. Sun beobachtete Bond scharf. Dieser bemerkte durch seine halbgeschlossenen Lider, wie das Mädchen einen raschen Blick über die Schulter warf und dann nach einem Gegenstand auf dem Tisch griff. Sie drehte sich um und sagte: »Ich habe gute Idee. Erst ein Kuß, dann . . .«

»In Ordnung. Wie Sie es machen, ist mir gleichgültig. Mich interessieren nur Resultate.«

Bond sah das Mädchen auf sich zukommen. Sie bewegte den rechten Arm ein wenig unnatürlich. Ihr Gesicht näherte sich ihm, im gleichen Augenblick verzog Oberst Sun angeekelt die Lippen und wandte sich ab. Wieder warf sie einen Blick über die Schulter. Dann spürte Bond eine Berührung am rechten Handgelenk.

Es dauerte einige Sekunden, bis ihm klarwurde, daß ein scharfes Messer die Streifen durchschnitt, mit denen sein Gelenk an der Stuhllehne festgebunden war.

20

»Es stimmt was nicht, Sir. Ich glaube, der Mann ist . . . tot.« Das Mädchen war intelligent. Rasch hatte sie die Handtuchstreifen wieder so um Bonds Handgelenk gelegt, daß auf den ersten Blick keine Veränderung auffiel. Darunter hielt er das Messer in der Hand. Er nahm das Stichwort auf und ließ den Kopf sinken, seine offenen Augen blickten starr zu Boden.
»Aber das ist ausgeschlossen. Er kann nicht tot sein!« Sun wurde sofort munter. Rasch trat er zum Stuhl und beugte sich über Bond. Er wollte etwas sagen. Da nahm Bond alle Kraft zusammen und stieß ihm das Messer über der linken Hüfte in den Rücken. Sun ächzte, machte eine abwehrende Handbewegung, und fiel aufs Knie. Dabei lehnte er sich halb gegen Bonds linken Arm. Diesmal drang die Messerklinge dicht unter der Schulter in Suns Körper ein. Sun stöhnte leise und starrte Bond für einen Augenblick anklagend an. Dann war nur noch das Weiße in seinen Augen zu sehen, er stürzte auf die Seite und blieb regungslos liegen.
Das Mädchen schluchzte und preßte die geballten Hände vor den Mund. Lohmann war aufgesprungen. Er zitterte am ganzen Körper. Bond sah die beiden an.
»Das Messer«, sagte er. Seine Stimme klang gequält und undeutlich, aber es war wieder seine Stimme.
Das Mädchen schüttelte heftig den Kopf und ließ sich auf den Stuhl neben dem Tisch sinken. Lohmann zögerte, dann beugte er sich vor und zog das Messer aus Suns Körper. Er wischte es ab und begann ungeschickt, die Handtuchstreifen an Bonds linkem Gelenk zu durchtrennen. Dabei stotterte er: »Ich wollte Ihnen schon früher helfen . . . aber mir ist nichts eingefallen . . . Er ist ein Teufel. Ich mußte gehorchen. Ich hatte keine Ahnung . . .«
Bond erhob sich unsicher, schwankte hin und her und mußte sich am Stuhl festhalten. Sein Kopf brummte, vor seinen Augen verschwamm alles. »Wie spät?« fragte er mühsam.
»Noch eine halbe Stunde, dann geht die Knallerei los.« Der Arzt zitterte nicht mehr, sondern wurde sachlich. »Willi ist unterwegs auf den Hügel. Von Richter bereitet beim Granatwerfer alles vor.«

»Und die anderen?«
Lohmann antwortete nicht gleich, sondern griff nach Bonds Puls. »In Ihrem augenblicklichen Zustand dürfen Sie nichts Anstrengendes unternehmen. Ich gebe Ihnen etwas zum Durchhalten.« Er trat an seine Tasche.
»Und wie kann ich Ihnen vertrauen?«
»Wenn ich mich nicht entschlossen hätte, die Seiten zu wechseln, dann hätte ich Hilfe holen können, als Sie noch festgebunden waren. Glauben Sie nicht, daß ich es nur wegen Ihrer schönen blauen Augen tue. Ich bin sicher, er hätte mich auch umgebracht, sobald alles vorbei war. Hier.« Er hob eine Spritze hoch. »Das wird Ihnen etwa eine Stunde lang helfen. Dann brechen Sie zusammen. In einer Stunde sind Sie ohnehin in Sicherheit oder tot ... Ihr Freund, der mit der Wunde am Kopf, liegt mit einem Betäubungsmittel im Zimmer neben Ihrem Chef, aber er ist nicht schwer verletzt. Schlüssel brauchen Sie nicht, die Tür ist nur verriegelt.«
»Und das Beruhigungsmittel?«
»Es war eine leichte Spritze. Das, was ich Ihnen gegeben habe, wird ihn auch wieder auf die Beine bringen. Sie müssen es ihm selbst spritzen, ich bleibe im Keller. Ich bin kein guter Kämpfer. Da.« Lohmann legte die gefüllte Spritze in einen Pappkarton und gab ihn Bond. »Es ist gleichgültig, wohin Sie sie ihm geben. In Ordnung?«
»Ja«, antwortete Bond. Vielleicht war es nur Einbildung oder die Freude darüber, daß er wieder frei war – jedenfalls spürte er die alte Kraft zurückkehren. Sein Kopf wurde klar. »Wo ist das Mädchen?«
»In einem Zimmer schräg gegenüber von Ihrem Chef. Erste Tür links.«
»Was ist mit De Graaf?«
»Als ich Luisa holte, war er auch dort«, antwortete der Arzt mit unbewegter Miene. »Auch die andere Albanerin. Ich weiß nicht, wo Ewgenij ist; aber beeilen Sie sich lieber, Bond. Er und De Graaf sollten in zehn Minuten hier sein, um Sie zu der Geschützstellung zu schleppen.«
»Gut. Der andere Mann – der Grieche mit dem bandagierten Arm –, wo ist der?«
»Gegenüber von Ihrem Chef, aber bis obenhin voll Morphium.

Kein Problem.«
»Wer ist bewaffnet?«
»De Graaf hat immer einen Revolver in der rechten Hüfttasche. Ewgenij dürfte nichts bei sich haben, bei von Richter weiß ich es nicht.«
»Und Willi?«
Ein seltsames Zögern. »Das weiß ich auch nicht, aber um den machen Sie sich keine Sorgen. Der kommt Ihnen nicht in die Quere.«
»Möglich. Wollen Sie sich nicht um Sun kümmern?«
»Ihr zweiter Stich dürfte ihn erledigt haben. Aber Sie haben recht, man kann nie vorsichtig genug sein.« Lohmann kniete neben dem regungslosen Chinesen nieder. Nach einem Augenblick sagte er: »Er lebt noch – etwas. Bewegen wird er sich nicht mehr. Was tun wir?«
Bond hielt das Messer noch in der Hand. Er betrachtete es, und ein Schauder lief ihm über den Rücken. »Wir lassen ihn liegen. Kümmern Sie sich um Luisa. Ich komme wieder zurück.«
»Gut, ich riegle uns ein. Viel Glück.«
Die Zeit war knapp, aber Bond konnte nicht einfach an dem Mädchen vorübergehen, das ihm das Leben gerettet hatte. Er legte ihr eine Hand auf die Schulter, und sie blickte auf. Aus ihren Augen sprach noch der Schock, doch sie weinte nicht mehr.
»Vielen Dank, Luisa«, sagte Bond sanft. »Warum haben Sie das getan?«
»Er wollen mich töten. Sie . . . Sie helfen.« Mit einer seltsam rührenden Geste entschuldigte sie sich für ihr schlechtes Englisch.
Bond stieg die Leiter hinauf. Die Falltür gab nicht sofort nach. Die Anstrengung verursachte ihm Schmerzen, aber das spielte keine Rolle mehr.
Die Küche war leer. Wenn Lohmann recht hatte, dann waren es noch etwa zwanzig Minuten bis zum Bombardement. Das reichte, falls nichts dazwischenkam. Natürlich mußte er verschwinden, ehe De Graaf und Ewgenij ihn schnappen konnten.
Auch der Flur vor der Küche war leer und unbeleuchtet. Nur in der Halle am anderen Ende brannte ein Licht. Mit dem Messer in der Hand schlich Bond näher. Ewgenij stand in der offenen

Tür an der Seite des Hauses, die Hände in die Hüften gestützt. Er wandte Bond den Rücken zu. Wahrscheinlich bereitete er sich darauf vor, von Richter zu unterstützen. Die Chancen, ihn lautlos zu beseitigen, waren gering. Bis zum Fuß der Treppe, die in den oberen Stock führte, waren es achtzehn bis zwanzig Schritte.
Bond hatte noch keine drei Schritte getan, um die erleuchtete Halle zur Treppe zu durchqueren, da warf Ewgenij einen Blick auf seine Uhr. Im Nu stand Bond wieder im Flur. Ewgenij stützte die Hand auf die Hüfte. Erst dann ging Bond rasch bis zur Treppe.
An ihrem oberen Ende brannte eine Lampe. Er wandte sich ohne zu zögern nach rechts und blieb vor der vorletzten Tür stehen. Die Riegel glitten leicht zurück, die Tür verursachte kein Geräusch. Er konnte sich nach den schweren Atemzügen des Schlafenden richten. Vorsichtshalber hielt Bond dem Mann mit der linken Hand den Mund zu, während seine rechte das Messer bereithielt. Dann flüsterte er ihm ins Ohr: »Niko, ich bin's, James Bond.«
Die Gestalt unter ihm bäumte sich für einen Moment auf, dann entspannte sie sich wieder. Vorsichtig nahm Bond die linke Hand ein wenig zurück. »James«, flüsterte die vertraute Stimme, »ich fürchte, sie haben mich erwischt.«
»Wie geht's Ihnen?«
»Schreckliche Kopfschmerzen und schläfrig.«
»Ich hab' was gegen die Müdigkeit, eine Injektion. Geben Sie mir Ihren Arm. Der Chinese ist außer Gefecht gesetzt. Die beiden anderen im Haus müssen wir getrennt erledigen. Der eine befindet sich in einem Schlafzimmer drüben auf der anderen Seite des Flurs.«
Litsas verzog das Gesicht, als er die Nadel spürte. »Sie geben einen schlechten Arzt ab, James, aber weiter.«
»Ich klopfe an die Tür. Wenn er rauskommt – was er hoffentlich tun wird –, dann sorgen Sie dafür, daß er keinen Laut von sich gibt, sonst sind wir erledigt. Ich kümmere mich dann um ihn.«
»Waffen?«
»Nur ein Messer. Sonst nichts. Bei dem Mann im Zimmer sind Ariadne und ein albanisches Mädchen. Die Albanerin müssen

wir ruhig halten, das kann schwierig werden.«
»Gut«, sagte Litsas.
»Merken Sie schon was?«
»Ein bißchen. Es wird bestimmt besser, wenn ich mich bewege. Ich bin bereit.«
Sie schlichen den Flur entlang bis zur Treppe. Bond warf einen Blick hinab, sah aber niemand und hörte auch nichts. An der Schlafzimmertür bezogen sie links und rechts Position. Dann klopfte Bond leise an.
»Ja, wer ist da?« rief eine schläfrige Männerstimme.
»Lohmann«, brummte Bond.
Es herrschte ein langes Schweigen, dann hörte er die Stimme rufen: »Augenblick, ich komme.« Eine Bettfeder knackte, eine weibliche Stimme murmelte etwas Unverständliches, dann gähnte der Mann laut. Eine halbe Minute lang blieb es völlig still. Schritte näherten sich der Tür, ein Schlüssel wurde herumgedreht, ein Lichtstrahl fiel auf den Flur, und De Graaf trat ahnungslos heraus, sein Hemd zuknöpfend. Bond bemerkte gerade noch die tiefen Kratzer auf der linken Backe des Revolvermannes, dann griff Litsas ein und preßte ihm die Hand auf den Mund. Bond trat auf ihn zu, sah ihm in die Augen und flüsterte: »Das ist für die Hammonds.« Dann schlug er zu. De Graafs Körper bäumte sich nur einmal auf, ehe er völlig schlaff wurde. Bond wandte sich ab und betrat das Zimmer.
Ariadne lag unter einer dünnen Decke auf dem Boden. Sie fuhr hoch und starrte ihn an, aber Bonds Aufmerksamkeit galt der Blondine im Bett. Daß sie nackt war, fiel ihm kaum auf.
»Ein Laut, und Sie sind tot«, flüsterte er.
»Nein! Nein!« Sie streckte ihm abwehrend eine Hand entgegen. Mit der anderen zog sie sich die Bettdecke bis ans Kinn.
Bond blieb neben dem Bett stehen. Ariadne trat neben ihn. Sie trug nur Slip und Büstenhalter. »Alles in Ordnung?« fragte sie. »Deine Stimme klingt so komisch.«
»Es geht schon. Und du?«
»Jetzt, wo du da bist, ist alles gut. Ich fürchte, die Person da werden wir knebeln müssen. Wie geht es dir, Niko? Ich dachte schon, du seist tot.«
»Mir geht's immer noch besser als ihm.« Litsas deutete auf den toten De Graaf und nahm ihm den Revolver ab, einen abgesäg-

ten Smith & Wesson Centennial Airweight. »Wir sollten ...« Er brach plötzlich ab.
Sie alle hörten die Schritte auf der Treppe.
»Da kommt unser zweiter Mann«, sagte Bond.
Einen Augenblick lang standen sie unentschlossen da, doch dann kam Leben in Ariadne. Ihr Faustschlag traf Doni Madan unters Kinn. Donis Kopf krachte gegen den Bettpfosten. Fünf Sekunden später lag Ariadne wieder unter ihrer Decke, Litsas hatte sich neben einem alten Schrank versteckt, und Bond wartete hinter der Tür.
Ewgenij hatte nicht die leiseste Chance. Er trat über die Schwelle, sah De Graafs Leiche, stieß einen Ruf aus und im gleichen Augenblick hatte er Bonds Messer in der Brust.
»Er hat kaum etwas gespürt«, sagte Ariadne und betrachtete die beiden Toten.
Bond griff nach ihrer Hand. »Vergiß sie! Hör zu: im Haus ist keiner mehr. Ich hole meinen Chef. Gibt es einen Schlüssel zu diesem Zimmer?«
»Der Große da muß ihn in der Tasche haben.«
»Ihr schließt euch ein und verhaltet euch ruhig, bis ich euch hole. Niko wird alles erklären. Knebelt das Mädchen und bindet sie fest.«
»Wird mir ein Vergnügen sein.«
Doni Madan war von Ariadnes Schlag immer noch benommen. Als Bond mit M zurückkehrte, lag sie geknebelt und gefesselt im Bett. Jemand hatte eine Decke über die beiden Leichen geworfen. M war nach der Anstrengung und einer schlaflos verbrachten Nacht ziemlich benommen. Er war Bond gefolgt, ohne ein Wort zu sagen. Jetzt sank er auf die Bettkante, und Bond betrachtete ihn voll Sorge.
Ariadne bemerkte seinen Blick. »Ich versichere dir, er kommt schon wieder in Ordnung.« Sie gab ihm einen Kuß.
»Und jetzt?« fragte Litsas, als sie sich auf den Weg machten.
»Zuerst der Granatwerfer drüben bei von Richter, dann sein Freund oben auf dem Hügel.«
Vom Treppenabsatz aus konnten sie durch ein Fenster die Stellung sehen. Es war hell genug, den Umriß des Granatwerfers zu erkennen. Im Schatten daneben bewegte sich etwas. Bond beschloß, rasch zu handeln. »Nehmen Sie den Revolver, Niko,

gehen Sie über die hintere Terrasse hinaus und sehen Sie zu, daß Sie ihn von oben erwischen. Ich komme vom Meer her. Wenn es mir nicht gelingt, ihn zu überwältigen, so werde ich doch sicher seine Aufmerksamkeit auf mich lenken können.«
»Geben Sie mir fünf Minuten Zeit.«
»Aber mehr nicht.«
Bond ging rasch durch das Wohnzimmer und über die Terrasse zur westlichen Ecke des Hauses. Hier sah er sich vorsichtig um. Der Granatwerfer befand sich auf einer natürlichen Plattform, nur etwa zwanzig Schritte entfernt. Für einen direkten Angriff reichte die Deckung nicht. Bond blieb nur eine Möglichkeit: Er mußte parallel zum Ufer laufen, um drüben auf der anderen Seite hinter dem Felsvorsprung Deckung zu finden. Das bedeutete jedoch, daß von Richter ihn unter Umständen bemerkte.
Bond hatte kaum ein Drittel der Strecke zurückgelegt, da löste sich unter seinem Fuß ein Stein. Richter fuhr herum. Was dann geschah, hatte Bond jedoch nicht erwartet: Dreimal krachte der Granatwerfer los. Dann wandte sich von Richter ihm zu. Er hatte zwei Vorteile: die höher gelegene Position und einen festeren Stand. Bond durchkreuzte seinen Plan, indem er nicht ihn, sondern den Granatwerfer angriff. Er warf ihn um, so daß kein gezielter Schuß mehr möglich war. Ein rasender Schmerz durchfuhr ihn. Er richtete sich halb auf, doch da schien sein Kopf sich in Nichts aufzulösen. Dann war Litsas neben ihm. Seine Stimme drang wie durch eine unsichtbare Mauer an Bonds Ohr. »James, los, wir sind noch nicht fertig!«
»Wie lang . . .?«
»Nur einen Augenblick. Er hat nach Ihnen getreten, und ich habe geschossen. Es war zu weit, und er ist ins Haus gelaufen. Geht's wieder?«
Schwankend kam Bond auf die Beine. »Ja. Holen wir ihn uns!«
»Aber vergessen Sie nicht, James: Er gehört mir!«
Sie rannten durch die Seitentür ins Haus. Die Zimmer waren leer. Sie waren schon auf der Treppe, da hörten sie, wie am Anlegesteg plötzlich ein Motor losknatterte.
Litsas erreichte die Terrasse zuerst. Sie rannten zu dem kleinen Quai hinunter. Das Boot legte ab, aber wegen von Richters Unbeholfenheit geriet das Heck mit dem Außenbordmotor genau unter den Steg. Litsas sprang ins Boot. Er richtete die

Smith & Wesson auf die Brust seines Gegners und sagte: »James, dieser Herr und ich machen jetzt eine kleine Reise. Wir haben es ja nicht mehr eilig. Bevor Willi zurück ist, bin ich auch wieder da.«
Von Richter drosselte den Motor und wandte dann den Kopf. In dem fahlen Licht sah seine Narbe aus wie das Mal einer schrecklichen Krankheit. Er sagte gedehnt: »Dieser Mann will mich umbringen. Wie Sie sehen, bin ich wehrlos. Sind Sie als Engländer damit einverstanden, Mr. Bond?«
Bond antwortete bedächtig: »Das, was Sie in Kapoudzona getan haben, stellt Sie außerhalb jedes Gesetzes.«
Das Boot setzte sich in Bewegung. Bond schaute ihnen geistesabwesend eine Weile nach, dann ging er langsam ins Haus zurück. Erst auf dem Flur bemerkte er die Blutflecken.
In einer Ecke waren sie stärker zu sehen, als ob ein Verletzter sich dort für einen Augenblick ausgeruht hätte. Weitere Blutflecken führten zum Seitenausgang. Bond rannte in die Küche.
Die Falltür stand weit offen. Unten lag Luisa auf dem Rücken – tot. Dr. Lohmann saß mit angezogenen Knien an der Wand. Die Tasche und eine zerbrochene Injektionsspritze lagen neben ihm. Sein Gesicht war aschfahl. Er öffnete die Augen und murmelte: »Eins hat er vergessen, Morphium hilft, wenn man ein paar Löcher im Bauch hat. Er hat nicht dran gedacht.«
Erstaunen und Entsetzen lähmten Bond. »Aber wie ... wieso ... Haben Sie nicht gesagt, daß er so gut wie tot war?«
»Kein normaler Mensch hätte mit solchen Verletzungen aufstehen können, geschweige denn, mich angreifen ...« Lohmann seufzte. »Abnorme Vitalität. Es gibt Fälle in der Gerichtsmedizin ... Trotzdem – nach einem solchen Blutverlust ... Das ist nicht mehr menschlich.«
»Kann ich etwas für Sie tun?« fragte Bond voll Mitleid.
»Nein. Dank der Morphiumspritze ist es nicht unerträglich. Sagen Sie – haben Sie alle getötet?«
»Bis auf Willi sind alle so gut wie tot.«
»Willi auch. Sun hat den Befehl gegeben, von Richter war einverstanden. Sie haben ausgerechnet, daß Willi über zwanzig Minuten vom Hügel bis zum Boot brauchen wird. Das war zu lang. Ich mußte ihm eine Tablette geben, eine Kapsel mit einer organischen Phosphorverbindung. Die ersten Symptome dürften

sich schon eingestellt haben. Ich habe Ihnen ja gesagt, Sie brauchten sich um Willi keine Sorgen zu machen.«

Bond legte Lohmann kurz die Hand auf die Schulter, dann kletterte er rasch die Leiter hinauf.

Es war ganz einfach, der Blutspur zu folgen. Sie führte an der Granatwerferstellung vorbei zu der schmalen Felsrinne, durch die Bond vor gut vierundzwanzig Stunden hinuntergeklettert war. So leise wie möglich kletterte er weiter und bemühte sich, durch das Rauschen, das in seinem Kopf anschwoll und wieder abebbte, etwas zu hören. Das Messer hielt er kampfbereit in der Hand. Er kam an die enge Stelle, bog um eine Ecke und entdeckte Sun – keine drei Meter entfernt.

Der Chinese lehnte zitternd an einem Felsen. Neben ihm hatte sich eine Blutlache angesammelt, und halbverkrustetes Blut zog eine Spur vom Mund übers Kinn bis an den Gürtel. Die rechte Hand hielt er gegen die Wunde auf dem Rücken gepreßt. Ein seltsames Lächeln verzerrte seine Lippen.

»Ich habe also recht behalten«, sagte er mit unglaublich kräftig klingender Stimme. »Ja, ich habe gewußt, daß Sie kommen würden, James. Sie sind sehr zufrieden, wie? Ich nehme an, Sie haben alle getötet?«

»Sie sind alle erledigt.«

»Dann ist es wieder eine Sache zwischen Ihnen und mir. Sie denken wahrscheinlich, daß die Umstände für Sie jetzt günstiger sind als unten im Keller. Aber da irren Sie sich.« Oberst Sun brachte die rechte Hand hinter dem Rücken hervor. Sie hielt eine Handgranate. »Sehen Sie? Ich bin immer noch Herr der Lage. Ich brauche Ihnen wohl kaum zu sagen, James, daß ich uns beide töten werde, wenn Sie eine unvorsichtige Bewegung machen. Ich sterbe ohnehin, und Sie auch. Es dauert nämlich gar nicht mehr lange, dann werde ich den Zünder dieser Handgranate hier auf den Felsen neben mir schlagen. Unsere Schicksalslinien laufen eben zusammen. Spüren Sie das jetzt auch?«

»Was wollen Sie eigentlich, Sun?« In Bruchteilen von Sekunden berechnete Bond die Entfernungen und schätzte die Möglichkeit ab, über die niedrige Felswand links zu springen.

»Sie sollen zugeben, daß Sie in mir Ihren Meister gefunden haben, der in einem fairen Kampf ohne Einmischung und Verrat Ihren Geist ebenso unwiderstehlich erledigt hätte wie Ihren

Körper. Geben Sie das zu?«
»Es stimmt leider nicht. Sie hatten alle Vorteile auf Ihrer Seite! Sie konnten von Anfang an planen. Und was haben Sie erreicht? Sie haben sich Ihr eigenes Grab geschaufelt.«
Sun zeigte die gelblichen Zähne. »Ich bestehe darauf, ich befehle Ihnen ...« Er blinzelte, und ein Blutstrom schoß ihm über die Lippen. Bond schwang sich auf der seewärts gelegenen Seite über den Felsen und landete auf allen vieren in einer grasbewachsenen Senke, nur etwa zwei Meter tiefer. Rasch kroch er auf einen Felsbrocken zu, der wie ein verwitterter Grabstein aussah, und ging dahinter in Deckung. Suns Stimme kam von oben, halbrechts, und durchdrang das Rauschen in seinen Ohren.
»Wo stecken Sie, James? Ich hätte das Ding hier vor ein paar Sekunden fallen lassen sollen, nicht wahr? Doch weil ich aus Ihrem Mund das Eingeständnis der Niederlage hören wollte, habe ich gezögert. Ich möchte Ihnen sagen, daß alles nicht stimmte, was Sie über mich gehört haben. Vielleicht habe ich den Marquis de Sade nicht richtig verstanden. Ich kam mir gar nicht wie ein Gott vor, als ich Sie quälte. Ich war krank vor Schuld und Schamgefühl. Ich habe mich böse und kindisch benommen. Das ist lächerlich und bedeutungslos, aber ich möchte mich entschuldigen!«
Bond hörte eine gedämpfte Explosion, dann wurde die Stille um so lauter. Sun war am Felsen auf die Knie geglitten. Er war nur noch eine leblose Puppe.

21

»Das war ein schrecklicher Vormittag! Ich hatte alle Hände voll zu tun, mit den Lokalbehörden klarzukommen«, sagte Sir Ranald Rideout stöhnend. »Wie immer sehen die auf Form und Würde. Das Gerede von der Ehre Griechenlands und der Athener Polizei! Nun, in gewisser Hinsicht kann ich sie ja verstehen. Eine Schießerei auf offener Straße, vier Tote, zwei davon Ausländer und einer davon noch eine Art Diplomat. Es gab keine Spuren, doch der Polizeipräfekt tippte schon richtig.«
Sir Ranald nahm von dem weißbefrackten Ober ein Glas Toma-

tensaft entgegen, stellte es unberührt auf den Marmortisch und redete pausenlos weiter. »Dann die Geschichte am Sonntag. Ein halbes Dutzend Leichen, zwei deutsche Touristen vermißt, geheimnisvolle Explosionen, weiß Gott was sonst noch. Was gibt es an Zeugen oder Verdächtigen? Ein einfältiges albanisches Mädchen, das nicht reden will oder kann, ein griechischer Herumtreiber mit einer Menge Verbrennungen, der von nichts weiß, als daß ein Mann namens James Bond einen seiner Freunde getötet hat und auch ihn töten wollte und sein Boot in die Luft jagte. Ich muß schon sagen, Bond – ganz unter uns, versteht sich –, ich begreife nicht, warum Sie den Kerl nicht auch erledigt haben, wenn Sie schon dabei waren. Er war doch nur ein Mitläufer, wie? Nach Ihrem Bericht haben Sie doch bereits an diesem Morgen drei Mann von der Gegenseite ausgeschaltet. Einer mehr hätte doch nicht . . .«

Die Klimaanlage im oberen Speisesaal des *Grande Bretagne* funktionierte nicht richtig, und es herrschte ein ziemlicher Lärm, besonders am Tisch der Russen. M saß neben Bond und ermunterte ihn mit einem Nicken zu einer Antwort.

»Das wäre kaltblütiger Mord gewesen, Sir. Tut mir leid, wenn ich Ihnen damit Ungelegenheiten bereitet habe.«

»Aha, aha«, murmelte Sir Ranald. »Ich kann mir schon vorstellen, daß es ziemlich anstrengend ist, so einen nach dem anderen zu erledigen, selbst für einen Mann wie Sie.« Die Gefühle des Ministers schienen sich plötzlich ins Gegenteil verkehrt zu haben, was die Beseitigung von Menschen betraf. Er betrachtete Bond mit mildem Abscheu.

»Und was geschah dann, Sir?« fragte M.

»Ach ja! Ich konnte sie davon überzeugen, daß es klüger sei, nichts zu unternehmen. Das Innenministerium schloß sich meiner Ansicht an, vor allen Dingen, nachdem ich von Richter erwähnte. Der Kerl scheint hier berüchtigt zu sein. Auch dieser Mann mit den Verbrennungen, ich glaube, er hieß Aris oder so ähnlich, ist ein gesuchter Verbrecher. Der wird uns kaum in Verlegenheit bringen. Es ging dann noch darum, weshalb wir unsere Streitigkeiten auf griechischem Boden austrugen, aber ich erklärte ihnen, daß wir uns den Ort ja nicht ausgesucht hatten. Schließlich konnte ich sie doch beruhigen. Ich glaube, der Premierminister wird zufrieden sein.«

»Nun, das ist sicher eine große Erleichterung.« M's Blick war mit der gewohnten Kühle auf Bond gerichtet.
»Ja, natürlich. Und es ist uns auch eine große Erleichterung, Sie wieder bei uns zu haben – alle beide. Nun, Ihr griechischer Freund, Bond, hieß er nicht Litsas? Vielleicht sollte ich ein Wort mit ihm reden, bevor ich wieder abfliege.«
»Ich bin sicher, er wird es zu schätzen wissen«, sagte Bond. »Außerdem glaube ich, daß er sich ein Wort des Dankes verdient hat.«
»Ja, das glaube ich auch. Entschuldigen Sie mich einen Augenblick.«
Bond blickte dem Minister mit ironischem Lächeln nach. M schnaubte leise.
»Ist schon schwierig, von einem solchen Mann Gutes zu denken, James. Aber Politiker sind wohl eine besondere Sorte. Außerdem haben wir allen Grund, heute abend nachsichtig zu sein. Unsere Gastgeber haben sich förmlich überschlagen. Sonderbotschafter aus Moskau und so weiter. Scheinen mit uns sehr zufrieden zu sein. Wir können uns also freuen – bloß über eines nicht: Ihren Freund Stuart Thomas werden Sie wohl nicht wiedersehen.«
»Steht das fest, Sir?«
»Ich fürchte, ja. Ich glaube, daß er eher Selbstmord begangen hat, als sich von den Chinesen mißbrauchen zu lassen. Denken wir lieber nicht daran. Eines hätte ich von Ihnen gern gewußt, James: Warum haben Sie nicht einfach zugelassen, daß von Richter die Leute auf der Insel in die Luft jagte? Es waren schließlich keine Freunde von Ihnen.«
Bond nickte. »Das frage ich mich selbst. Vielleicht habe ich einfach nicht nachgedacht. Wir drei hatten uns zusammengetan, um die Bande auszuheben, und diese Arbeit mußte einfach beendet werden. Ich hoffe aber trotzdem, daß Sie mit mir der Meinung sind, es war richtig so.«
»Und ob ich der Meinung bin! Sie haben damit etwas geleistet, was auf das Gleichgewicht der Kräfte in der Welt einen günstigen Einfluß haben wird. Das sehen auch die Russen ein, vor allem dieser Sonderbotschafter. Ich glaube, er möchte noch ein Wort mit Ihnen reden.«
Ein eleganter junger Russe mit vorstehenden Wangenknochen

kam auf sie zu. »Entschuldigen Sie, Admiral, unser Mr. Yermolow aus Moskau möchte sich gern mit Ihnen unterhalten, Mr. Bond. Würden Sie einen Augenblick mitkommen, bitte?«

Der Mann aus Moskau war groß, kräftig, hatte ein rotes Gesicht und herrische Augen. Er machte einen klugen und entschlossenen Eindruck.

Yermolow führte Bond ohne große Vorrede an den offenen Kamin, wo zwei Stühle in nachgemachtem Empire auf sie warteten.

»Sie haben schon etwas zu trinken, Mr. Bond? Gut, ich werde Sie nicht lange aufhalten. Zuerst möchte ich sagen, daß Sie meinem Land einen großen Dienst erwiesen haben und daß wir Ihnen dafür danken. Außerdem fühlen wir uns aber auch zu einer Entschuldigung verpflichtet, und zwar wegen gewisser Fehleinschätzungen unsererseits. Ich muß zugeben, daß unser eigener Sicherheitsdienst in diesem Gebiet ein wenig in Unordnung geraten ist. Das lag nicht an Major Gordienko, einem recht fähigen Offizier, der ...«

»Verzeihen Sie, wenn ich Sie unterbreche, Mr. Yermolow«, warf Bond ein. In den letzten drei Tagen hatte er so viel Beamtenjargon zu hören bekommen, daß er die Nase voll davon hatte – zuerst das formelle Verhör durch Sir Ranald, dann eine sechsstündige Sitzung mit Ariadne in der russischen Botschaft und jetzt noch hier. »Können wir uns nicht ganz natürlich unterhalten? So hätte ich ganz gern gewußt, was aus dem Verräter geworden ist, von dem Gordienko mir und Miss Alexandrou erzählte.«

Yermolow blies langsam die Luft durch die Nase. Die kleinen Augen betrachteten Bond durchdringend. Dann sagte er plötzlich: »Ja, warum eigentlich nicht? Unterhalten wir uns von Mann zu Mann. Doch dazu möchte ich Sie zu einem richtigen Wodka einladen. Wir können Ihnen einen Stolichnaja anbieten, das ist zwar nicht der beste, aber er schmeckt trotzdem.« Yermolow winkte den jungen Mann mit den vorstehenden Backenknochen heran, wobei er weitersprach. »Um Ihre Frage zu beantworten, der Verräter, oder besser gesagt der Doppelagent versuchte zu flüchten, als sich herausstellte, daß die Pläne seiner Auftraggeber schiefgingen. Er wurde außer Gefecht gesetzt.«

»Ein Schnitt durch den Hals und in den Hafen, nehme ich an.«

»Wenn Sie sich so direkt ausdrücken, Mr. Bond, dürfte die Unterhaltung für mich ziemlich anstrengend werden, aber ich gebe mir Mühe. Nein, diese Methoden versuchen wir zu vermeiden. Er wird auf Grund einer Anzahl tatsächlicher Verstöße gegen das Gesetz in ein Gefängnis wandern. Was dann aus ihm wird, muß noch entschieden werden. Ah – gut!« Der Wodka kam. »Auf Ihr Wohl! Lang lebe England.«

»Danke.«

»Nun zu General Arenski und seinem ungerechtfertigten Zweifel an Miss Alexandrous Bericht. Arenski hat es erwischt. Ist das der richtige Ausdruck? Er hatte unverdientes Glück, da die Granaten, die von Richter abfeuerte, alle im Meer landeten und den Leuten nur einen gewaltigen Schrecken einjagten. Das war auch für uns ein Glück. Es war schwierig genug, die Konferenz vor den Behörden zu bagatellisieren. Das ging nur, weil niemand wußte, wer daran beteiligt war. Hätte es ein paar Tote gegeben, wäre alles geplatzt.«

»Gut. Aber die Tatsache ließ sich doch nicht verschleiern, daß Ihre Leute ganze Schiffsladungen von Besuchern ins Land brachten.«

»Ein guter Einwand. Ich fürchte, jetzt muß ich doch wieder offiziell werden, aber nur für einen Augenblick: eine reiche Großmacht findet immer Mittel und Wege, ein ärmeres Land hinsichtlich rein technischer Angelegenheiten zu beruhigen. Die Konferenz war ohnehin schon vorbei. Würden Sie das akzeptieren?«

Bond grinste. »Ich muß ja wohl.«

»Natürlich hat Arenski versucht, die abgefeuerten Granaten Ihnen in die Schuhe zu schieben, aber das klappte nicht. An alle beteiligten Regierungen wurde ein Bericht verteilt, in dem die Schuld der Chinesen an diesem mißglückten Terrorakt genau festgelegt ist. Sie und Ihre Chefs brauchen sich also keine Sorgen zu machen. Entschuldigen Sie, wenn ich das so kraß ausdrücke: für uns ist es viel wichtiger, daß in diesem Teil der Welt das Ansehen Pekings als das Londons geschädigt wird. Dafür setzen wir ein paar gute Leute ein.«

»Und was wird aus Arenski?«

»Ich fürchte, er muß eine Umerziehung über sich ergehen lassen. Einen Kursus über sozialistische Prinzipien in Sibirien.

Diese Tradition pflegen wir immer noch, wenn auch auf humanere Art als früher, viel humaner. Nun, ich glaube, das wäre alles. Nur . . .«

Yermolow kaute auf seiner Unterlippe. Der Lärm im Speisesaal wurde immer lauter. Bond erblickte Ariadne, die in einem lilafarbenen Leinenkleid sehr schön, sehr attraktiv und sehr gepflegt wirkte. Sie war von einer ganzen Reihe russischer Bewunderer umgeben. Erst jetzt fühlte er das ganze Ausmaß seiner Erleichterung: Es war alles vorbei, und sie hatten gewonnen – mehr noch als das.

Der Mann aus Moskau fuhr fort: »Sie sollen wissen, daß das, was Sie getan haben, ungeheuer wichtig war. Unsere führenden Leute haben einmal erkannt, wo der eigentliche Feind sitzt – wir wissen mehr über die chinesischen Pläne als Ihre Beobachter –, sie haben aber auch gesehen, wo unsere künftigen Freunde sind: in England, in Amerika, überhaupt im Westen. Die Vrakonisi-Affäre wird noch große Kreise ziehen. Tut mir leid, aber jetzt muß ich wieder einen Augenblick offiziell werden. Meine Regierung bittet Sie, den Orden des Roten Banners für Friedensdienste anzunehmen. Ich möchte Sie auch darum bitten, Mr. Bond. Nehmen Sie an?«

Bond antwortete lächelnd: »Das ist sehr freundlich von Ihnen, aber in meiner Organisation dürfen wir keine Auszeichnung irgendwelcher Art entgegennehmen. Nicht einmal von der eigenen Regierung.«

»Ach so.« Yermolow nickte. »Diese Antwort habe ich erwartet. Es war ein ehrlich gemeintes Angebot, auch wenn Sie den Orden nicht als eine wirklich große Auszeichnung betrachten. Er wäre auch kein Vorteil für Sie, falls Sie irgendwann einmal in der Zukunft unserer Spionageabwehr in die Finger geraten sollten, wie es schon oft der Fall war.« Yermolow beugte sich vor und sagte vertraulich: »Selbst russischen Staatsangehörigen hat er nicht viel geholfen, aber nehmen Sie einem alten Mann seinen Zynismus nicht übel. Es steigt einem zu Kopf, wenn man sich einmal so direkt ausdrücken muß.« Er stand auf und drückte Bond die Hand. »Wenn ich jemals etwas für Sie tun kann, lassen Sie es mich wissen, Mr. Bond. Besteht vielleicht die Möglichkeit, daß Sie einmal nach Rußland kommen – ich meine als Tourist, privat?«

»Im Augenblick nicht, aber ich werde einen solchen Besuch ins Auge fassen.«
»Leben Sie wohl!«
Ariadne hatte ihre russischen Verehrer abgeschüttelt und unterhielt sich jetzt mit Litsas. Bond trat zu ihnen.
»Ich möchte Ihnen noch einmal für alles danken, Niko.«
Niko klopfte ihm auf die Schulter. »Keine Ursache. Es hat mir Spaß gemacht. Ich würde alles noch einmal tun – bis auf eines.«
»Ich weiß«, sagte Ariadne sehr ernst.
»Ich habe mich gegen von Richter albern benommen, wie ein kleines Kind. Ich wollte ihm klarmachen, weshalb er sterben mußte, aber er hat es einfach nicht begriffen. Er glaubte, stets im Recht gewesen zu sein. Er hielt mich für einen überspannten Narren, bis ich ihn erschoß. Es sollte eine Art Hinrichtung sein, aber ich habe ihn einfach umgebracht, weil ich wütend wurde.«
»Aber es war kein Mord«, versuchte Bond ihn zu trösten.
»Ich werde versuchen, es so zu sehen.« Litsas grinste gezwungen. »Sie haben sich anscheinend gut erholt – wieder ganz der berühmte Geheimagent. Aber ich muß jetzt gehen. Wegen Ionides sage ich Ihnen noch Bescheid. Ich habe alle Leute gebeten, nach ihm Ausschau zu halten. Er muß die *Altair* irgendwo verkauft haben, vielleicht in Ägypten. Wahrscheinlich versteckt er sich für eine Weile. Seltsam, ich hätte geschworen, daß er ehrlich ist.«
»Ich auch«, sagte Ariadne.
»Ich ebenfalls«, murmelte Bond und dachte an den offenen Blick und die aufrechte Haltung des Mannes.
»Na schön, Sie reisen morgen ab, kommen Sie bald wieder nach Griechenland, James, wenn Sie einmal nicht Chinesen und Russen jagen. Es gibt hier viele Orte, die ich Ihnen zeigen möchte.«
»Ich komme bestimmt wieder. Auf Wiedersehen, Niko.« Die beiden Männer schüttelten sich die Hände. Litsas gab Ariadne einen Kuß und war verschwunden.
Bond betrachtete ihr schönes Gesicht.
»Wie hast du alles überstanden, Ariadne?«
»Gut. Sieht man das nicht?«
»Schon, aber ich meine die Nacht in diesem Haus . . .«
Sie lächelte. »Reden wir nicht mehr darüber. Du mußt doch Hunger haben, wie?«

»Sehr. Wo gehen wir hin?«
»Auf jeden Fall nicht zu Dionysos.« Sie mußten beide lachen. »Wir finden schon ein nettes Lokal. Übrigens hast du dich bei Niko für seine Hilfe bedankt, nicht aber bei mir.«
»Natürlich nicht, du warst ja auch im Dienst – als CRU-Agentin.«
Ariadne lächelte ihn an. »Das bin ich auch immer noch. Aber wir haben nicht mehr viel Zeit. Warum müssen wir uns so ernst unterhalten? Du reist doch morgen ab, nicht wahr?«
»Ja. Aber ich hoffe, du glaubst mir, daß ich es nicht gern tue.«
»Ich glaube es dir, Liebling. Gehen wir.«

Ian Fleming

Ian Fleming, geboren am 28. Mai 1908 in London als Sohn eines Bankiers, studierte in München und Genf Psychologie. 1933 ging er für die Nachrichtenagentur Reuter als Korrespondent nach Moskau. Während des Zweiten Weltkriegs war er hochrangiger Verbindungsoffizier beim britischen Geheimdienst. Ab 1953 schrieb er seine James-Bond-007-Romane, die auf Anhieb zu Welterfolgen wurden und, verfilmt, ein Millionenpublikum begeisterten. Am 11. August 1964 starb er im Canterbury Hospital nahe London.

Die bei Scherz erschienenen 007-James-Bond-Romane:

Casino Royale
Countdown für die Ewigkeit
Leben und sterben lassen
Du lebst nur zweimal
Der goldene Colt
Goldfinger
Der Hauch des Todes
Im Angesicht des Todes
Im Dienst Ihrer Majestät
007 James Bond jagt Dr. No
Liebesgrüße aus Athen
Liebesgrüße aus Moskau
Moment mal, Mr. Bond
Mondblitz
Octopussy
  und andere riskante
  Geschäfte
Sag niemals nie
Der Spion, der mich liebte